OS SETE DEDOS DA MORTE

TRADUÇÃO
Sofia Soter

BRAM STOKER

OS SETE DEDOS DA MORTE

SH CLASSICS

São Paulo, 2024

Os sete dedos da morte

The Jewel of Seven Stars

Copyright © 2024 by Novo Século Editora Ltda.

Texto de acordo com as normas do Novo Acordo Ortográfico da Língua Portuguesa (1990), em vigor desde 1º de janeiro de 2009.

Dados Internacionais de Catalogação na Publicação (CIP)
Angélica Ilacqua CRB-8/7057

Stoker, Bram, 1847-1912
  Os setes dedos da morte / Bram Stoker ; tradução de Sofia Soter. -- Barueri, SP : Novo Século Editora, 2024.
  304 p. : il.

ISBN 978-65-5561-821-1
Título original: The Jewel of Seven Stars

1. Ficção irlandesa 2. Horror I. Título II. Soter, Sofia

24-2813   CDD Ir820

Índice para catálogo sistemático:
1. Ficção irlandesa

uma marca do
Grupo Novo Século

GRUPO NOVO SÉCULO
Alameda Araguaia, 2190 – Bloco A – 11º andar – Conjunto 1111
CEP 06455-000 – Alphaville Industrial, Barueri – SP – Brasil
Tel.: (11) 3699-7107 | E-mail: atendimento@gruponovoseculo.com.br
www.gruponovoseculo.com.br

SUMÁRIO

Convocação Noturna	13
Estranhas Instruções	27
A Vigília	41
O Segundo Atentado	55
Mais Instruções Estranhas	69
Desconfiança	85
A Perda do Viajante	101
Encontrando as Lâmpadas	115
A Necessidade de Conhecimento	127
O Vale da Feitiçaria	143
A Tumba da Rainha	159
O Cofre Mágico	173
Despertando do Transe	185
A Marca de Nascença	201
O Propósito de Rainha Tera	217
A Caverna	231
Dúvidas e Medos	247
A Lição do "Ka"	263
O Experimento	277

Nota das editoras

É com grande satisfação e orgulho que apresentamos aos leitores brasileiros esta edição de luxo de "Os sete dedos da morte", uma obra-prima de Bram Stoker, que, até então, era pouco conhecida por aqui. Nossa missão foi criar um livro que não apenas contasse uma história fascinante, mas que também fosse uma obra de arte em si. Optamos por uma capa dura e uma diagramação personalizada que mescla o moderno com o gótico, refletindo perfeitamente a atmosfera sombria e envolvente da narrativa. Os elementos visuais e gráficos foram inspirados na rica iconografia do Antigo Egito presente de forma marcante na obra, transportando os leitores para um mundo de mistério e maravilhas arqueológicas.

Trabalhar com uma obra de Bram Stoker foi uma experiência enriquecedora e desafiadora. Stoker, mundialmente conhecido por "Drácula", nos brinda em "Os sete dedos da morte" com uma trama cheia de mistério, elementos sobrenaturais e uma profundidade psicológica que cativa do início ao fim. Embora a história se passe principalmente na Inglaterra, a conexão com o Egito é profunda e central à narrativa. A trama explora o fascínio e os segredos das antiguidades egípcias descobertas pelo arqueólogo Abel Trelawny, incluindo a enigmática tumba da rainha Tera e as misteriosas ocorrências que seguem a descoberta desses antigos artefatos.

Acreditamos que esta edição de luxo oferecerá aos leitores uma experiência imersiva e única. Cada página vira uma porta para um mundo fascinante e assombroso, onde o suspense e o sobrenatural se entrelaçam de forma magistral. A riqueza dos temas egípcios, combinada com a habilidade narrativa de Stoker, promete envolver o leitor em uma atmosfera de mistério e descoberta. Esperamos que os leitores se deleitem com a riqueza da narrativa e com a beleza desta edição, e que descubram ou redescubram a genialidade de Bram Stoker. Boa leitura!

CAPÍTULO I

Convocação Noturna

Tudo me pareceu tão real que era difícil imaginar que já tivesse ocorrido; porém, cada acontecimento se seguiu não como uma etapa nova na lógica das coisas, mas como algo inesperado. É assim que a memória se mostra traiçoeira, para o bem ou para o mal; pelo prazer ou pela dor; por sorte ou azar. É assim que a vida se mostra agridoce, e o que se fez se torna eterno.

-Mais uma vez, o leve esquife, cessando de disparar pela água tranquila como fazia quando os remos brilhavam e pingavam, deslizou dos raios ferozes do sol de junho em direção à sombra fresca dos galhos imensos e pesados do salgueiro — eu, de pé no barco a balançar, e ela sentada, imóvel, se protegendo, com os dedos ágeis, de galhos soltos, e da liberdade da resiliência de ramas em movimento. Mais uma vez, a água tinha aparência marrom-dourada sob o dossel de verde translúcido, e a margem de grama tinha o tom das esmeraldas. Mais uma vez, nos sentamos à sombra fresca, e a miríade de ruídos da natureza, vindos de dentro e de fora de nosso recôndito, se misturavam naquele zumbido sonolento, cujo ambiente suficiente permite que se esqueça completamente do mundo maior, com seus pesares preocupantes, e alegrias mais preocupantes ainda. Mais uma vez, naquela privacidade prazerosa, a jovem moça perdeu as convenções da criação recatada e restrita, e me contou, com a voz natural e sonhadora, da solidão de sua nova vida. Com um teor melancólico, ela transmitiu a mim como, naquela casa ampla, cada membro do lar era isolado devido à magnificência particular do pai, e dela própria; que, lá, a confiança não encontrava altar, e a dó não encontrava ara; e que mesmo o rosto do pai lhe era tão distante quanto a antiga vida no campo lhe parecia. De novo, a sabedoria de minha masculinidade e a experiência dos meus anos se dispuseram aos pés da moça. Parecia que faziam isso por conta própria, pois o "eu" individual não tinha responsabilidade, e apenas obedecia a ordens imperativas. E, de novo, os segundos rápidos se multiplicavam sem cessar. Pois é nos mistérios dos sonhos que as existências se misturam e renovam, mudam e se mantêm — como a alma de um músico em fuga. Assim, a memória se arrebatava, vez e mais vez, em sono.

 Parece que nunca se dá o descanso perfeito. Mesmo no Éden, a cobra espreita entre os galhos carregados da Árvore do Conhecimento. O silêncio da noite sem sonhos é rompido pelo rugido da avalanche; pelo assobio de enchentes repentinas; pelo badalar do sino da locomotiva varrendo uma cidade americana adormecida; pelo baque de remos distantes ao mar... O que quer que seja, rompe o encanto do meu Éden. O dossel verdejante acima de nós, salpicado de pontos de luz como diamantes, parece estremecer no ritmo incessante dos remos; e o sino incansável parece nunca ter fim...

De uma só vez, os portões do sono foram escancarados, e meus ouvidos despertos entenderam a causa da perturbação sonora. A existência desperta é bastante prosaica: alguém tocava a campainha e batia na porta de alguma casa na rua.

Nos meus aposentos, na rua Jermyn, eu estava bem acostumado a sons passageiros; normalmente, não me incomodava, quer adormecido ou desperto, com os afazeres de meus vizinhos, por mais barulhentos que fossem. Porém, aquele ruído era contínuo, insistente e imperativo demais para ignorar. Havia inteligência ativa por trás do som incessante; e pressão ou necessidade por trás da inteligência. Eu não era inteiramente egoísta e, ao pensar na necessidade alheia, sem premeditação, saltei da cama. Por instinto, olhei o relógio. Acabara de dar três horas; havia um levíssimo brilho cinzento pela persiana verde que escurecia meu quarto. Era evidente que as batidas e os toques eram na porta da nossa casa; e evidente, também, que mais ninguém tinha despertado para atender. Vesti meu roupão e chinelos, e desci o corredor até a porta. Ao abri-la encontrei um criado elegante, apertando um dedo insistente na campainha e, com a outra mão, agarrado à aldraba, com a qual fazia ruído constante na porta. Assim que me viu, o ruído parou; ele levou a mão, por instinto, à aba do chapéu e, com a outra, tirou uma carta do bolso. Uma carruagem simples estava do outro lado da porta, e os cavalos resfolegavam, como se tivessem corrido. Um policial, com a lamparina noturna ainda acesa e presa ao cinto, aguardava nos arredores, atraído pelo barulho.

— Peço perdão, senhor, por incomodá-lo a esta hora, mas recebi ordens imperativas; eu não poderia perder um instante, e deveria bater e tocar até que alguém atendesse. Posso perguntar ao senhor se o sr. Malcolm Ross vive nesta residência?

— Sou eu, o sr. Malcolm Ross.

— Então esta carta é para o senhor, e a carruagem, também, é para o senhor!

Com estranha curiosidade, peguei a carta que ele me ofereceu. Como advogado, eu já enfrentara experiências curiosas uma ou outra vez, incluindo exigências repentinas de meu tempo, mas nada naquele nível. Voltei ao corredor e empurrei a porta, a encostando; em seguida, acendi a luz elétrica. A carta era redigida em uma letra estranha de mulher. Começava sem "Caro senhor", nem nenhum cumprimento.

"O senhor disse que me ajudaria se eu precisasse; e acredito que foi sincero. A hora chegou antes do previsto. Estou em tremendos apuros, e não sei aonde ir, ou a quem pedir socorro. Temo que um atentado tenha sido feito contra a vida de meu pai; mas, graças a Deus, ele sobreviveu. Porém, está inconsciente. Os médicos e a polícia foram chamados; mas não posso contar com ninguém. Venha imediatamente, se possível; e, se puder, me perdoe. Imagino que, mais tarde, entenderei o que fiz ao pedir tamanho favor; mas, no presente, nada entendo. Venha! Venha já! MARGARET TRELAWNY."

Dor e êxtase entraram em embate em mim conforme lia; mas o pensamento central era que ela estava em apuros e pedira minha ajuda — logo a minha! Meu sonho com ela, afinal, não era inteiramente despropositado. Gritei ao criado:

— Espere! Voltarei em um minuto!

Em seguida, subi correndo.

Bastaram-me poucos minutos para me lavar e me vestir, e logo estávamos percorrendo as ruas na maior velocidade dos cavalos. Era dia de feira, e, quando saímos em Piccadilly, havia um fluxo infinito de carroças vindo do este; porém, de resto, a estrada estava limpa, e não nos demoramos. Eu pedira para o criado me acompanhar na carruagem, para que me explicasse o ocorrido no trajeto. Ele se sentou, desajeitado, com o chapéu no colo, e falou.

— A srta. Trelawny, senhor, mandou um homem nos avisar para buscar uma carruagem imediatamente; e, quando nos aprontamos, ela mesma veio, me entregou a carta, e mandou Morgan, que é o cocheiro, senhor, vir voando. Disse que eu não poderia perder um segundo sequer, e bater até alguém atender.

— Sim, isso eu sei, você me disse! O que quero saber é por que ela me chamou. O que aconteceu na casa?

— Não sei bem, senhor; apenas que o senhor da casa foi encontrado no quarto, desacordado, em lençóis ensanguentados, e com uma ferida na cabeça. Não teve jeito de acordá-lo. Foi a própria srta. Trelawny que o encontrou.

— Como ela o encontrou a tal hora? Imagino que fosse madrugada, já?

— Não sei, senhor, não soube nada dos detalhes.

Como ele não podia me contar mais nada, parei a carruagem um instante e permiti que ele fosse sentar-se com o cocheiro; em seguida, sentado a sós, repensei na questão. Havia muitas perguntas que eu podia fazer ao criado e, por alguns momentos após sua partida, me irritei por ter desperdiçado a oportunidade. Pensando melhor, porém, me aliviei pela partida da tentação. Eu sentia que seria mais delicado aprender o que eu queria saber sobre a vida de srta. Trelawny dela própria, e não de seus criados.

Percorremos rapidamente a Knightsbridge, e o leve ruído de nosso veículo bem-cuidado ressoava, oco, no ar da manhã. Viramos na rua Kensington Palace, e paramos diante de uma casa enorme ao lado esquerdo, mais próxima, pelo que pude avaliar, da ponta da avenida que ficava em Notting Hill, do que da ponta de Kensington. Era uma belíssima casa, não apenas em tamanho, mas também em arquitetura. Até na luz acinzentada e fraca da madrugada, que tende a diminuir as coisas, parecia grande.

A srta. Trelawny me recebeu no corredor. Ela não se mostrou nem um pouco tímida. Parecia controlar todos a seu redor com uma espécie de dominação bem-nascida, ainda mais notável pois estava profundamente agitada, e pálida como a neve. No salão estavam vários criados, os homens agrupados perto da porta, e as mulheres aglomeradas nos cantos e portas mais distantes. Um superintendente da polícia estava conversando com a srta. Trelawny; dois outros homens de uniforme, e mais um à paisana, o acompanhavam. Quando pegou minha mão, por impulso, ela mostrou alívio no olhar, e soltou um leve suspiro de alívio. Seu cumprimento foi simples.

— Sabia que viria!

Um toque das mãos pode ter muito significado, mesmo que, ao ser feito, não tenha intenção de significado algum. A mão da srta. Trelawny se perdeu na minha. Não era que fosse uma mão pequena — era fina e flexível, com dedos compridos e delicados, uma mão linda e rara —, mas, sim, a entrega inconsciente. Apesar de, no momento, eu não poder ponderar o motivo da emoção que me tomou, a lembrança me voltou mais tarde.

Ela se virou para o superintendente da polícia.

— Este é o sr. Malcolm Ross.

O policial me cumprimentou e respondeu:

— Conheço o sr. Malcolm Ross, senhorita. Talvez o senhor se lembre que tive a honra de trabalhar com ele no caso de Brixton Coining.

De início, eu não tinha reconhecido o homem, pois minha atenção estava inteiramente na srta. Trelawny.

— Mas é claro, superintendente Dolan, lembro muito bem! — falei, e apertei a mão dele.

Não pude deixar de notar que o fato de nos conhecermos pareceu aliviar a srta. Trelawny. Havia um certo desconforto vago na postura dela que me chamou a atenção; por instinto, senti que ela se sentiria mais à vontade se conversasse comigo a sós. Portanto, disse ao superintendente:

— Talvez seja melhor se a srta. Trelawny conversar comigo a sós por um instante. O senhor, é claro, já escutou tudo que ela sabe; e, se eu puder fazer algumas perguntas, compreenderei melhor a situação. Em seguida, conversarei com o senhor sobre o assunto, se possível.

— Será um prazer ajudá-lo no que for, senhor — respondeu ele, sincero.

Acompanhei a srta. Trelawny a um cômodo delicado que saía do salão e tinha vista para o jardim nos fundos da casa. Quando entramos, eu fechei a porta e ela falou:

— Mais tarde, agradecerei por sua bondade ao vir me ajudar; mas, no momento, sua melhor ajuda será quando souber dos fatos.

— Claro — falei. — Me conte tudo que sabe, e não poupe detalhes, por mais triviais que lhe pareçam neste momento.

Ela começou no mesmo instante:

— Fui despertada por um barulho; não sei o que foi. Sei apenas que chegou a mim em sonho, pois, de repente, me vi desperta, com o coração desvairado, escutando, ansiosa, em busca de algum ruído do quarto de meu pai. Meu quarto é ao lado daquele de meu pai, e é comum que eu escute seus movimentos antes de pegar no sono. Ele trabalha até tarde da noite, às vezes tardíssimo; portanto, quando acordo cedo, como às vezes faço, ou na alvorada cinzenta, ainda ouço seus movimentos. Certa vez, tentei repreendê-lo por dormir tão tarde, pois não pode lhe fazer bem, mas nunca ousei repetir a experiência. Sabe muito bem como ele pode ser frio e severo, ou pelo menos deve lembrar o que falei; e, quando ele está neste humor e bem-educado, é um terror. Quando ele mostra raiva, eu suporto bem melhor; mas, quando se mostra lento e deliberado, e curva a boca, revelando os dentes, eu sinto... ora, nem sei o quê! Ontem à noite, eu me levantei devagar e fui de fininho até a porta, temendo mesmo incomodá-lo. Não ouvi ruído de movimento, nem nenhum grito; porém, vinha um som estranho, como se algo fosse arrastado, e uma respiração pesada e lenta. Ah! Foi horrível, esperar aqui, no escuro e no silêncio, temendo... temendo nem sei o quê!

"Finalmente, peguei a coragem nas duas mãos e, virando a maçaneta com o máximo de leveza, abri um pouquinho a porta. Fazia muito escuro lá dentro; eu via apenas a silhueta das janelas. Porém, na escuridão, o som de respiração tornou-se mais distinto, e temível. Enquanto eu escutava, ele continuou, mas não veio nenhum outro som. Escancarei a porta de uma vez. Eu tinha medo de abrir devagar; achei que talvez houvesse algum ser terrível, pronto para me atacar! Então acendi a luz elétrica e entrei no quarto. Primeiro, olhei para a cama. Os lençóis estavam todos amarrotados, portanto eu sabia que meu pai se deitara, mas havia uma mancha enorme, vermelho-escura, no centro da cama, se espalhando até a beira, que fez meu coração parar. Enquanto eu fitava a cama, o som de respiração aumentou, do outro lado do quarto, e eu o acompanhei com o olhar. Lá estava meu pai, deitado no lado direito, com o outro braço por baixo do corpo, como se seu cadáver tivesse sido jogado de qualquer jeito. O rastro de sangue atravessava o quarto e a cama, e havia uma poça ao redor dele, de um vermelho terrível e brilhante, que notei quando me abaixei para examiná-lo. O lugar onde ele se encontrava era bem diante do grande cofre. Ele estava de pijama. A manga esquerda tinha sido rasgada, expondo o braço esticado na direção do cofre. Era... ah! Tão horrível, manchado de sangue, a pele rasgada ou cortada ao redor de um bracelete de corrente de ouro. Eu não sabia que ele usava aquela joia, que me causou mais um choque de surpresa.

Ela parou por um momento. Querendo aliviá-la, distraindo os pensamentos por um momento, eu falei:

— Ah, não precisa se surpreender. Os homens mais improváveis usam braceletes por aí. Certa vez, vi um juiz condenar um réu à morte, e ele usava um bracelete de ouro na mão que ergueu no julgamento.

Ela não pareceu dar muito crédito às palavras, nem à ideia; a pausa, contudo, a aliviou um pouco, e ela continuou com a voz mais firme.

— Chamei por ajuda sem perder um instante, por medo de que ele morresse de hemorragia. Toquei o sino, e em seguida saí do quarto e gritei por ajuda o mais alto que consegui. Muito rápido, apesar do tempo ter me parecido longo, alguns dos criados chegaram correndo, e depois ainda mais, até o quarto parecer repleto de olhos arregalados, cabelo desgrenhado, e pijamas de todo tipo.

"Pusemos meu pai no sofá, e a governanta, sra. Grant, que parecia estar mais composta do que qualquer um de nós, começou a procurar de onde vinha o fluxo de sangue. Em alguns segundos, tornou-se aparente que vinha do braço exposto. Havia, no pulso, uma ferida profunda, mas não direta, como se um corte de faca, e, sim, rasgada de forma irregular. O corte parecia ter atingido a veia. A sra. Grant amarrou um lenço ao redor do corte, apertou bem e usou um cortador de papel de prata para prendê-lo; assim, o sangramento foi controlado. A tal ponto, eu já tinha recobrado os sentidos, ou o que me restava deles, e mandei um criado buscar o médico, e outro, a polícia. Quando eles partiram, senti que, exceto pelos criados, estava sozinha na casa, e não sabia nada, fosse do meu pai, fosse de qualquer outra coisa. Veio-me um desejo profundo de ter uma companhia que pudesse me ajudar. Foi então que pensei na sua gentil oferta, naquele barco, sob o salgueiro, e, sem esperar para refletir, mandei prepararem uma carruagem e escrevi o bilhete para chamá-lo."

Ela hesitou. No momento, eu não queria dizer nada do que sentia. Olhei para ela, e acho que ela me compreendeu, pois me olhou nos olhos por um momento antes de abaixar o rosto, com a face vermelha como peônias. Com esforço nítido, ela continuou a história.

— O médico chegou em tempo recorde. O criado o encontrara entrando em casa, ainda com a chave na fechadura, e ele veio correndo. Ele amarrou o braço de meu pobre pai com um torniquete de verdade, e em seguida voltou para casa, para buscar seus materiais. Ouso dizer que ele voltará agora mesmo. Em seguida, chegou um policial, que mandou recado à delegacia; portanto, o superintendente chegou pouco depois. E então, chegou o senhor.

Fez-se um longo intervalo e eu ousei pegar a mão dela por um instante. Sem dizer mais uma palavra, abrimos a porta, e nos juntos ao superintendente. Ele se aproximou com pressa, e já falando:

— Eu mesmo examinei o ambiente, e mandei recado para a Scotland Yard. Veja, sr. Ross, tanto do caso me pareceu estranho, que achei melhor contar com a ajuda do melhor funcionário possível do departamento de investigação criminal. Por isso, pedi para enviarem o sargento Daw imediatamente. O senhor deve lembrar-se dele, naquele caso americano de envenenamento em Hoxton.

— Ah, sim — respondi. — Lembro bem, tanto daquele caso, quanto de outros, pois várias vezes fui acudido pelo talento e pela perícia dele. A mente dele tem o melhor funcionamento entre todas que conheço. Mesmo quando estive do lado da defesa, acreditando que meu cliente era inocente, fiquei feliz de tê-lo como adversário!

— Isso, sim, é um elogio, senhor! — disse o superintendente, orgulhoso. — Fico feliz que aprove da minha escolha; de eu ter agido bem ao convocá-lo.

Respondi com ênfase:

— Não haveria escolha melhor. Não duvido que, entre ele e o senhor, encontraremos todos os fatos, e o que se esconde atrás deles.

Subimos ao quarto do sr. Trelawny, onde encontramos tudo exatamente como descrito pela filha.

A campainha tocou e, um minuto depois, um homem foi trazido ao quarto. Era um homem jovem, de traços aquilinos, olhos cinzentos e atentos, e uma testa quadrada e ampla como a de um pensador. A srta. Trelawny nos apresentou:

— Doutor Winchester, sr. Ross, superintendente Dolan.

Nós todos nos curvamos em reverência e o médico, sem delongas, começou a trabalhar. Todos esperamos, assistindo com avidez ao processo de curativo. Ele vez ou outra se virava para chamar a atenção do superintendente para determinados aspectos da ferida, e este segundo registrava as informações no caderno.

— Veja! Vários cortes ou arranhões paralelos, iniciados do lado esquerdo do punho, e, em certos pontos, pondo em risco a artéria radial. Estas incisões menores aqui, fundas e irregulares, parecem ter sido feitas com um instrumento pouco afiado. Esta aqui, em particular, parece ter sido infligida por uma espécie de aresta afiada; a pele ao redor parece ter sido perfurada por pressão lateral.

Ao se virar para a srta. Trelawny, perguntou:

— A senhorita acredita que posso remover este bracelete? Não é absolutamente necessário, pois cairá a uma posição mais frouxa no pulso. Porém, a remoção pode acrescer ao conforto do paciente no futuro.

A pobre moça corou profundamente e respondeu, em voz baixa:

— Não sei. Eu... eu vim morar com meu pai há pouco tempo, e sei tão pouco de sua vida e de suas ideias, que não posso decidir tal coisa.

O doutor, depois de olhá-la com atenção, respondeu, cheio de gentileza:

— Perdoe-me! Eu não sabia. Porém, de qualquer modo, não precisa se incomodar. No momento, não é necessário retirá-lo. Se fosse, eu o retiraria, e me responsabilizaria. Se tornar-se necessário no futuro, podemos removê-lo facilmente, com o auxílio de uma lixa. Seu pai sem dúvida tem algum interesse em guardar o bracelete onde está. Veja! Há uma chavinha presa à joia...

Enquanto ele falava, se abaixou, tirando a vela de minha mão para iluminar o bracelete. Em seguida, indicando que eu deveria manter a vela naquela posição, ele tirou do bolso uma lupa, que ajustou. Após um exame cuidadoso, ele se levantou e ofereceu a lupa a Dolan, dizendo:

— É melhor examiná-lo também. Este bracelete não é nada comum. O ouro foi forjado ao redor de elos triplos de aço; veja aqui, onde está gasto. Decididamente não foi feito para ser removido com tranquilidade, e seria necessário um instrumento mais forte do que uma simples lixa.

O superintendente curvou o corpo imenso, mas não se aproximou tanto quanto o médico, que se ajoelhara por cima do sofá. Ele examinou o bracelete minuciosamente, o girando devagar para não deixar de observar partícula alguma. Em seguida, se levantou e me entregou a lupa.

— Quando tiver examinado — falou —, deixe a senhorita olhar, também, se ela quiser.

Em seguida, ele começou a anotar longamente no caderno. Eu fiz uma simples alteração em sua sugestão, e entreguei a lupa à srta. Trelawny, com a oferta:

— Não é melhor examinar primeiro?

Ela recuou, levantando um pouco a mão, na defensiva, e falou, por impulso.

— Ah, não! Meu pai teria, sem dúvida, me mostrado o bracelete se quisesse que eu o visse. Eu não gostaria de olhar sem seu consentimento.

Então acrescentou, certamente temendo que sua perspectiva delicada nos ofendesse:

— É claro que é correto que os senhores olhem. É preciso que examinem e considerem tudo; e, sinceramente, sinceramente, fico agradecida...

Ela se virou, e notei que chorava discretamente. Era evidente a mim que, mesmo em meio àquela angústia e ansiedade, havia uma tristeza por saber tão pouco de seu pai, e por sua ignorância ser exposta em tal circunstância, entre tantos desconhecidos. Que fossem todos homens não diminuía a vergonha, apesar de servir de certo alívio. Ao tentar interpretar os sentimentos dela, não pude deixar de pensar que ela deveria estar feliz por não haver nenhum olhar feminino — mais astuto do que o masculino — voltado a ela naquele instante.

Quando me ergui e conclui a observação, que me confirmou aquela do médico, este segundo voltou à posição junto ao sofá e prosseguiu seus cuidados. O superintendente sussurrou para mim:

— Acho que tivemos sorte com este doutor!

Concordei, e estava prestes a acrescentar elogios a sua perspicácia, quando veio uma batida leve na porta.

CAPÍTULO II

Estranhas Instruções

O superintendente Dolan foi em silêncio abrir a porta; por certo acordo implícito, ele se tornara responsável dos assuntos do quarto. O resto de nós aguardou. Ele abriu um pouco a porta e, com um gesto de alívio evidente, a escancarou, deixando entrar o visitante. O homem era jovem, alto, magro, e de barba feita, com um rosto de águia e olhos brilhantes e ágeis que pareceram analisar tudo a seu redor em um instante. Quando ele entrou, o superintendente ofereceu a mão, e os dois homens se cumprimentaram calorosamente.

— Vim imediatamente, senhor, ao receber sua mensagem. Fico feliz de ainda ser merecedor de sua confiança.

— E sempre será — disse o superintendente, enfático. — Não esqueci nossa época na rua Bow, e nunca esquecerei!

Em seguida, sem uma palavra introdutória, começou a relatar tudo que sabia até o momento da chegada do novato. Sargento Daw fez algumas perguntas — muito poucas — quando necessário para compreender as circunstâncias ou as posições relativas dos sujeitos, mas, via de regra, Dolan, que entendia seu trabalho com profundidade, adiantava-se a qualquer dúvida e explicava todos os assuntos necessários no decorrer da fala. Sargento Daw ocasionalmente olhava ao redor, fosse para algum de nós, para algum ponto do quarto, ou para o homem ferido e desacordado no sofá.

Quando o superintendente acabou de falar, o sargento se virou para mim e disse:

— Talvez o senhor se lembre de mim. Trabalhamos juntos naquele caso em Hoxton.

— Lembro muito bem — falei, e apertei a mão dele.

— Sargento Daw — falou o superintendente —, espero que entenda que está em controle total deste caso.

— Sob seu comando, eu espero, senhor — interrompeu o sargento.

O superintendente sacudiu a cabeça e sorriu ao responder:

— Parece que este caso exigirá todo o tempo e o cérebro de um homem. Tenho outros trabalhos a fazer. Porém, terei imenso interesse, e ajudarei com prazer se for de qualquer forma possível!

— Muito bem, senhor — disse o outro policial, aceitando a responsabilidade com uma espécie de continência.

Imediatamente, o detetive começou a investigação. Primeiro, vou até o médico e, após aprender seu nome e endereço, pediu que escrevesse um relatório completo que a polícia pudesse usar, e enviar à delegacia, se fosse necessário. O dr. Winchester anuiu com uma reverência grave. Em seguida, o sargento veio até mim e falou, em voz baixa:

— Gostei da cara desse médico. Acho que podemos trabalhar juntos!

Ele se virou então para a srta. Trelawny, e perguntou:

— Por favor, me diga o que puder sobre seu pai, o estilo de vida e a história dele... na verdade, sobre qualquer coisa e qualquer tema que o interesse, ou que lhe diga respeito.

Eu estava prestes a interrompê-lo, e explicar o que ela já dissera a respeito da ignorância que tinha relativa ao pai e a seus hábitos, mas ela ergueu a mão em uma advertência clara, e se pronunciou.

— Infelizmente sei pouco, quiçá nada. O superintendente Dolan e o sr. Ross já sabem de tudo que eu poderia dizer.

— Bem, minha senhora, devemos nos contentar em fazer o possível — disse o policial, cordial. — Começarei com um exame minucioso. A senhora disse que estava do outro lado da noite ao ouvir o ruído?

— Eu estava em meu quarto quando ouvi o som estranho... deve ter sido a primeira parte do que me acordou. Saí do quarto no mesmo instante. A porta de meu pai estava fechada, e eu via todo o corredor, e a parte superior da escada. Ninguém teria como sair pela porta sem que eu soubesse, se for esta a questão.

— É exatamente esta a questão, senhorita. Se todo mundo que souber qualquer coisa me explicar bem assim, chegaremos rapidamente à solução.

Ele então foi até a cama, a observou com cautela, e perguntou:

— A cama foi mexida?

— Que eu saiba, não, mas perguntarei à sra. Grant, a governanta — disse srta. Trelawny, tocando o sino.

A sra. Grant respondeu ao chamado pessoalmente.

— Entre — pediu a srta. Trelawny. — Estes senhores querem saber se a cama foi mexida, sra. Grant.

— Não por mim, minha senhora.

— Então — disse a srta. Trelawny, voltando-se para o sargento — não pode ter sido mexida por ninguém. Eu ou a sra. Grant estivemos presentes aqui o tempo inteiro, e acho que nenhum dos criados que vieram quando eu chamei chegaram a se aproximar da cama. Veja bem, meu pai estava caído bem diante do cofre, e todos se agruparam ao redor dele. Em pouquíssimo tempo, foram todos dispensados.

Daw, com um gesto da mão, pediu para ficarmos do lado oposto do quarto enquanto examinava a cama com uma lupa, tendo o cuidado de, a cada movimento do lençol, reposicioná-lo precisamente. Em seguida, usou a lupa para examinar o chão, com atenção especial à área em que o sangue escorrera da cama, construída com madeira vermelha pesada e lindamente entalhada. Milímetro a milímetro, ajoelhado e evitando tocar as manchas do chão, ele acompanhou o rastro de sangue até o local, diante do cofre, onde o corpo caíra. Ele deu a volta neste local, mantendo um raio de alguns metros, mas aparentemente não encontrou nada que merecesse atenção especial. Então, examinou a frente do cofre, a fechadura, as portas duplas, por cima e por baixo, e, ainda mais atentamente, o contato das portas na frente.

Em seguida, foi às janelas, que estavam fechadas com o trinco.

— As persianas estavam fechadas? — perguntou à srta. Trelawny, com um tom tranquilo que indicava que esperava a resposta negativa, como de fato ocorreu.

Durante o tempo todo, o dr. Winchester cuidava do paciente, fazendo os curativos no punho, e examinando minuciosamente a cabeça e o pescoço, além do peito. Mais de uma vez, ele aproximou o nariz da boca do homem desacordado e fungou. Sempre que o fazia, acabava olhando ao redor do quarto, distraído, como se procurasse alguma coisa.

Ouvimos então a voz grave e forte do detetive:

— Pelo que percebo, o objetivo foi levar essa chave à fechadura do cofre. Parece haver um truque no mecanismo, que não consegui adivinhar, apesar de ter trabalhado por um ano com fechaduras na Chubb antes de entrar na polícia. É um cadeado de segredo com sete letras, mas parece haver um modo de trancar o segredo em si. Foi fabricado por Chatwood, então procurarei a empresa para aprender mais sobre isso.

Ele se virou para o médico, como se o próprio trabalho tivesse acabado, por enquanto, e falou:

— Tem algo que possa me dizer no momento, doutor, que não interfira com seu relatório completo? Se ainda houver dúvida, posso esperar, mas, quanto mais cedo souber algo de definitivo, melhor.

O dr. Winchester respondeu no mesmo instante:

— Por mim, não há motivo para aguardar. Prepararei o relatório completo, é claro, mas, enquanto isso, direi tudo que sei, apesar de, na realidade, ser pouco, e tudo que penso, apesar de ser menos definitivo. Não há ferimento na cabeça que explique o estado de estupor no qual o paciente continua. Devo, portanto, considerar que ele foi dopado, ou encontra-se sob alguma influência hipnótica. Pela minha análise, ele não foi dopado, ou, pelo menos, não indica sinal de uso de nenhuma droga cuja qualidade eu conheça. É claro que, neste quarto, o cheiro de múmia é tão forte que é difícil se assegurar da presença de qualquer coisa de aroma mais delicado. Devo supor que o senhor percebeu os cheiros egípcios peculiares, asfalto, nardo, resinas aromáticas, especiarias, e assim por diante. É bem possível que, em algum lugar deste quarto, entre os objetos e escondida por cheiros mais fortes, esteja alguma substância, ou algum líquido, que cause o efeito visto aqui. É possível que o paciente tenha ingerido alguma droga, e que, em alguma fase do sono, tenha se ferido. Porém, acho isto improvável; e as circunstâncias, além das que investiguei pessoalmente, podem provar que a suposição é incorreta. Enquanto isso, contudo, é possível, e deve, até comprovação, ser mantida em nossas hipóteses.

— Pode até ser — interrompeu o sargento Daw —, mas, se for o caso, deveríamos conseguir encontrar o instrumento que feriu o pulso. Haveria marcas de sangue em algum lugar.

— Exatamente! — disse o médico, ajeitando os óculos como se preparasse uma discussão. — Mas, se o paciente tiver consumido alguma droga estranha, o efeito pode demorar para começar.

Como, por enquanto, ignoramos suas características, e isto, é claro, se a suposição em si for correta, devemos estar preparados para qualquer possibilidade.

Foi então que a srta. Trelawny entrou na conversa:

— Estaria certíssimo, relativo à ação da droga, mas, de acordo com a segunda parte da suposição, a ferida poderia ter sido autoinfligida, após o efeito da droga.

— Verdade! — disseram o detetive e o médico, em simultâneo.

— Contudo, doutor — continuou ela —, suas hipóteses não exaurem as possibilidades, e devemos manter em mente que alguma variação da mesma ideia central pode ser verdadeira. Considero, portanto, que nossa primeira busca a partir dessa suposição deve ser pela arma que causou o ferimento no braço de meu pai.

— Talvez ele tenha guardado a arma no cofre antes de cair desacordado — falei, expondo um pensamento tolo e inacabado.

— Não pode ser — disse o médico, rápido. — Pelo menos, acho improvável — acrescentou, cauteloso, e fez uma breve reverência para mim. — Veja, a mão esquerda está coberta de sangue, mas não há mancha alguma de sangue no cofre.

— É mesmo! — falei.

Fez-se um longo intervalo, e o primeiro a romper o silêncio foi o médico.

— Queremos a presença de uma enfermeira o mais rápido possível, e sei exatamente quem chamar. Irei buscá-la agora mesmo, se puder. Devo pedir que, até minha volta, alguém acompanhe o paciente constantemente. Pode ser necessário levá-lo para outro cômodo em breve, mas, por enquanto, é melhor mantê-lo aqui. Srta. Trelawny, posso pedir que a senhorita ou a sra. Grant fiquem aqui, não apenas no quarto, mas próximas do paciente e atentas a ele, até que eu volte?

Ela anuiu com um aceno e se sentou ao lado do sofá. O médico instruiu o que ela deveria fazer no caso de o pai recobrar a consciência antes que ele voltasse.

O movimento seguinte veio do superintendente Dolan, que se aproximou do sargento Daw e disse:

— É melhor que eu volte à delegacia... a não ser, é claro, que o senhor deseje que eu me demore mais um pouco.

— Johnny Wright ainda está em sua divisão? — retrucou o outro policial.

— Está! Gostaria que ele o acompanhe? — perguntou o superintendente, e o sargento assentiu. — Então mandarei ele para cá assim que possível. Ele pode acompanhá-lo pelo tempo necessário. Direi que ele deve responder diretamente ao senhor.

O sargento foi com ele até a porta, dizendo, no caminho:

— Muito obrigado, senhor; sempre mostrou muito cuidado pelos homens que trabalham com o senhor. É um prazer trabalharmos juntos novamente. Voltarei à Scotland Yard agora, para conversar com meu chefe. Em seguida, visitarei Chatwood, e voltarei para cá o mais rápido possível. Imagino, senhorita, que eu possa me instalar aqui por um ou dois dias, se for preciso. Pode ser de alguma ajuda, ou até de certo conforto para a senhorita, se eu estiver presente até desenredarmos o mistério.

— Eu ficarei muito agradecida — disse ela.

Ele a olhou por alguns segundos antes de voltar a falar.

— Antes de partir, me daria permissão para olhar a escrivaninha e a mesa do seu pai? Pode haver algo lá que nos sirva de pista, ou um sinal, que seja.

A resposta dela foi tão inequívoca, que quase o surpreendeu:

— O senhor tem plena permissão para fazer qualquer coisa que possa nos ajudar nesta situação terrível, que descubra o que houve com meu pai, ou que possa protegê-lo no futuro!

Ele logo começou uma busca sistemática da mesa de cabeceira e, em seguida, da escrivaninha no quarto. Em uma das gavetas, encontrou uma carta já selada, com a qual atravessou o quarto, para entregá-la à srta. Trelawny.

— Uma carta... dirigida a mim... na letra de meu pai! — exclamou ela, abrindo com avidez.

Observei o rosto dela enquanto ela lia, mas, ao notar que o sargento Daw a observava atentamente, assistindo sem pausa a cada expressão passageira, passei a olhar fixamente para ele. Quando a srta. Trelawny acabou de ler a carta, firmou-se em minha mente uma convicção que, entretanto, mantive trancada no peito. Entre as suspeitas na mente do detetive encontrava-se uma, talvez mais potencial do que definitiva, da própria srta. Trelawny.

Por vários minutos, a srta. Trelawny manteve a carta em mãos e os olhos abaixados, pensativa. Em seguida, leu o texto novamente, com cuidado; dessa vez, as expressões variadas se intensificaram, e eu me senti capaz de interpretá-las com facilidade. Quando acabou de ler pela segunda vez, ela hesitou de novo. Enfim, apesar de certa relutância, entregou a carta ao detetive. Ele leu com avidez, mas sem mudança na expressão, leu uma segunda vez, e devolveu com um agradecimento. Ela mais uma vez hesitou, e me entregou a carta. Nesse momento, encontrou meu olhar por um mero instante, em apelo, e uma vermelhidão se espalhou rapidamente pelas faces e pela testa dela.

Com sentimentos misturados, aceitei a carta, mas, em última instância, estava feliz. Ela não mostrava nenhum incômodo ao dar a carta ao detetive, e talvez não tivesse mostrado a mais ninguém. Mas comigo... Temi perseguir tal pensamento, e continuei a ler, ciente de que tanto a srta. Trelawny quanto o detetive me olhavam fixamente.

Minha querida filha,

Quero que tome esta carta como instrução — absoluta e imperativa, sem admitir o menor desvio — no caso de algo indevido ou inesperado, por você ou por outros, me acontecer. Se eu for derrubado repentina e misteriosamente — seja por doença, por acidente, ou por ataque —, você deve cumprir essas orientações sem questionar. Se eu já não estiver no meu quarto quando você tomar conhecimento de meu estado, devo ser levado para lá o mais rápido possível. Mesmo que eu esteja morto, é para lá que deve levar meu corpo. Dali em diante, até eu recobrar a consciência, e a capacidade de dar instruções próprias, ou ser enterrado, não devo ser deixado sozinho nunca — nem por um instante. Do cair da noite ao nascer do dia, pelo menos duas pessoas devem permanecer em meu quarto. Seria bom que uma enfermeira treinada estivesse presente ocasionalmente, para anotar qualquer sintoma, seja permanente ou passageiro, que lhe ocorra. Meus advogados, Marvin & Jewkes, na rua Lincoln's Inn, número 27B, têm instruções completas para o caso de minha morte, e o sr. Martin em pessoa se responsabilizou por concretizar meus últimos desejos. Devo recomendar, querida filha, visto que não tem parentes a quem acudir, que busque alguma pessoa de sua amizade, na qual você confia para permanecer na casa, permitindo comunicação instantânea, ou para vir toda noite, para ajudar na vigília, ou ainda para manter-se à disposição. Tal pessoa pode ser homem ou mulher; mas, qualquer que seja a opção, uma pessoa do gênero oposto deve estar também disponível para ajuda e vigília. Entenda que é parte essencial de meu desejo que inteligências masculina e feminina estejam despertas e funcionando a meus propósitos. Mais uma vez, querida Margaret, quero insistir na sua necessidade de observação e raciocínio justo para chegar a conclusões, por mais estranhas que sejam. Se eu adoecer, ou for ferido, não será uma ocasião comum; e quero adverti-la, para que sua vigília seja completa.

Nada em meu quarto — me refiro aos objetos de curiosidade — deve ser retirado ou movido de modo algum, ou por qualquer razão. Tenho motivo e propósito especiais na posição de cada item, e movê-los atrapalharia meus planos.

Se precisar de dinheiro, ou conselho, o sr. Marvin cuidará de suas necessidades; para isso, ele já tem minhas instruções completas.

Abel Trelawny

Li a carta uma segunda vez antes de me pronunciar, por medo de me revelar demais. Minha escolha como amigo poderia ser uma ocasião importante. Eu já tinha base para esperança, pois ela me pedira ajuda no primeiro sinal de problema; mas o amor causa suas dúvidas, e eu tinha temores. Meus pensamentos pareceram se agitar na velocidade de um relâmpago e, em alguns segundos, um processo completo de razão foi formulado. Eu não deveria me oferecer para o papel de amigo que o pai aconselhara a filha a procurar para assistência na vigília; porém, aquele olhar carregava uma lição que eu não poderia ignorar. Afinal, ao precisar de ajuda, ela não procurara por mim? Por mim, um desconhecido, exceto por um encontro em um baile, e uma tarde breve de companheirismo no rio? Seria humilhante para ela, se eu a fizesse me pedir novamente? Humilhante! Não! Dessa dor, eu poderia poupá-la; recusa não humilha ninguém. Portanto, ao devolver a carta, falei:

— Sei que me perdoará, srta. Trelawny, se eu exagerar em presunção. Porém, se permitir que eu a auxilie na vigília, seria meu orgulho. Apesar da ocasião ser triste, tal privilégio me dará imenso prazer.

Apesar da tentativa nítida e dolorosa de autocontrole, a maré vermelha inundou seu rosto e pescoço. Até seus olhos pareciam afetados, em contraste severo com a face pálida quando a maré baixou. Ela respondeu em voz baixa:

— Ficarei muito agradecida pela ajuda!

Em seguida, como se pensasse de repente, acrescentou.

— Mas não me permita egoísmo por necessidade! Sei que o senhor tem muitos deveres e obrigações, e, apesar de eu valorizar sua ajuda imensamente, tremendamente, não seria justo monopolizar seu tempo.

— Quanto a isso — respondi imediatamente —, meu tempo é todo seu. Por hoje, será fácil organizar meu trabalho para que eu possa vir à tarde e ficar aqui até a manhã. Depois disso, se a ocasião ainda exigir, posso organizar o trabalho para ter ainda mais tempo à disposição.

Ela ficou muito comovida. Vi lágrimas encherem seus olhos, e ela desviou o rosto. O detetive falou:

— Fico feliz por sua presença, sr. Ross. Eu também estarei na casa, se a srta. Trelawny me permitir, e se meu chefe na Scotland Yard possibilitar. A carta parece dar um tom diferente à cena, mas o mistério fica ainda maior do que antes. Se puder esperar aqui uma ou duas horas, eu irei à central, e depois à serralheria. Depois, voltarei; e o senhor pode partir com tranquilidade, pois eu estarei aqui.

Quando ele se foi, eu e a srta. Trelawny ficamos em silêncio. Finalmente, ela levantou os olhos e os dirigiu a mim por um momento; depois disso, eu não teria trocado de lugar nem mesmo com um rei. Por um tempo, ela se ocupou ao redor do leito improvisado do pai. Enfim, pedindo para eu não parar de olhá-lo até sua volta, ela partiu.

Após alguns minutos, ela voltou com a sra. Grant, duas criadas, e mais alguns homens, trazendo toda a estrutura de uma cama de ferro. Eles montaram e arrumaram a cama e, quando o trabalho findou-se e os criados retiraram-se, ela se dirigiu a mim:

— Seria bom estar tudo pronto quando o médico voltar. Ele certamente sugerirá que meu pai se deite em uma cama, e é melhor uma cama confortável do que um sofá.

Então, ela levou uma cadeira para perto do pai, e se sentou, de olho nele.

Andei pelo quarto, observando bem tudo que via. Realmente, havia coisas o bastante no cômodo para atrair a curiosidade de qualquer homem, mesmo que as circunstâncias fossem menos estranhas. O lugar inteiro, exceto pelos móveis necessários para um quarto bem-equipado, era repleto de objetos de curiosidade magníficos, especialmente de antiguidades egípcias. Como era um quarto de dimensões imensas, havia a oportunidade de dispor uma grande variedade, mesmo daqueles que, como os presentes, fossem de proporções enormes.

Enquanto eu investigava o quarto, veio o ruído de rodas no cascalho diante da casa. Seguiu-se um toque da campainha e, alguns minutos depois, uma batida na porta e uma resposta de "Entre!". O dr. Winchester entrou, acompanhado por uma mulher jovem, de uniforme escuro de enfermeira.

— Tive sorte! — disse ele, ao entrar. — Eu a encontrei logo, e livre. Srta. Trelawny, apresento a enfermeira Kennedy.

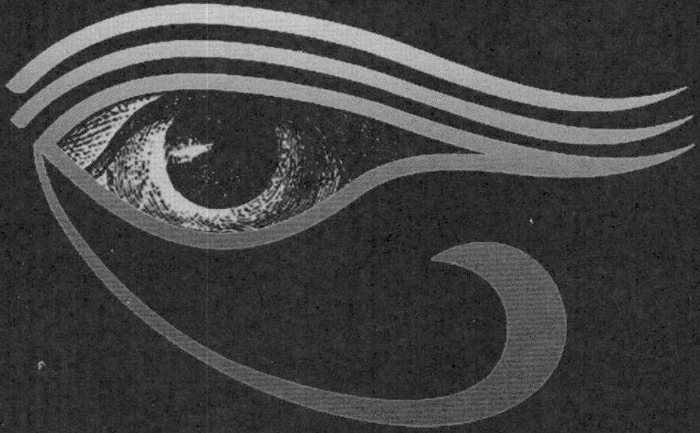

CAPÍTULO III

A Vigília

Fiquei impressionado pela forma como as duas jovens se olharam. Suponho que, pelo costume de analisar mentalmente a personalidade das testemunhas, e de formar julgamentos por ações inconscientes e por postura, estendi o hábito para minha vida além do tribunal. Nesse momento de minha vida, tudo que interessava à sra. Trelawny me interessava; e, como ela se chocou com a chegada da novata, por instinto, eu também a analisei. Comparando as duas, de certa forma adquiri novo conhecimento sobre a sra. Trelawny. As duas mulheres contrastavam nitidamente: a srta. Trelawny era uma bela figura, de traços finos e cabelo escuro.

Ela tinha olhos maravilhosos — grandes, abertos, e pretos e suaves como o veludo, com uma profundidade misteriosa. Fitá-los era como olhar um espelho escuro, como dr. Dee usava em seus rituais de feitiçaria. Ouvi um venho cavalheiro no piquenique, um grande viajante do oriente, descrever o efeito dos olhos dela "como fitar, à noite, as luzes distantes e grandiosas de uma mesquita pela porta aberta". As sobrancelhas eram típicas. Em arcos desenhados, de volume rico de pelo comprido e ondulado, pareciam o ambiente arquitetônico adequado para os olhos profundos e esplêndidos. O cabelo dela também era preto, e fino como seda. Normalmente, cabelo preto tem certa força animal, e parece expressar com força a potência de uma natureza forte; mas, naquele caso, não era o que ocorreria. Havia refinamento e bom berço ali; e, apesar de não haver sugestão alguma de fraqueza, qualquer sinal de poder era espiritual, e não animal. A harmonia do ser dela parecia completa. Postura, feições, cabelo, olhos; a boca móvel e carnuda, cujos lábios escarlate e dentes brancos pareciam iluminar a parte inferior do rosto, como os olhos faziam com a superior; o desenho largo da mandíbula, do queixo à orelha; os dedos compridos e finos; a mão que parecia mover-se do punho como se tivesse vida própria. Todas essas perfeições compunham uma personalidade que dominava por graça, doçura, beleza, ou charme.

A enfermeira Kennedy, por outro lado, estava mais para baixa, se comparada com a altura média das mulheres. Era firme e larga, com braços e pernas cheios e mãos grandes, fortes e competentes. A coloração dela tinha o efeito geral de uma folha no outono. O cabelo loiro-escuro era grosso e comprido, e os olhos castanhos--dourados cintilavam em meio à pele queimada de sol e salpicada de sardas. A face corada dava um tom geral de marrom rico. Os lábios vermelhos e os dentes brancos não alteravam o esquema de cores, e apenas o enfatizavam. Ela tinha o nariz curto e arrebitado, sem dúvida, mas, como é comum com tal tipo de nariz, indicava uma natureza generosa, incansável, e cheia de boa-vontade. A testa larga e branca, poupada até pelas sardas, era cheia de pensamento forte e razão.

O dr. Winchester, no caminho de volta do hospital, explicara a ela os detalhes necessários, portanto, sem dizer uma palavra, ela se encarregou do paciente e começou a trabalhar. Após examinar a cama recém-arrumada e afofar os travesseiros, conversou com o médico, que lhe transmitiu instruções. Em seguida, nós quatro, em sincronia, erguemos o homem desacordado do sofá.

No início da tarde, quando o sargento Daw voltou, entrei em contato com meus aposentos na rua Jermyn e pedi por roupas, livros e documentos de que provavelmente precisaria nos dias seguintes. Então saí para cumprir meus deveres jurídicos.

O tribunal manteve-se ativo até tarde, pois um caso importante chegava ao fim; dava seis horas quando passei pelo portão da rua Kensington Palace. Fui então instalado em um quarto amplo, perto dos aposentos do doente.

Naquele momento, ainda não estávamos organizados de modo adequado para a vigília, portanto, o início da noite foi ocupado por um grupo desequilibrado de acompanhantes. A enfermeira Kennedy, que passara o dia na ativa, estava descansando, e combinara de voltar à meia-noite. O dr. Winchester, que jantaria ali, ficou no cômodo até o jantar ser servido, e voltou assim que a refeição acabou. Durante o jantar, a sra. Grant ficou no quarto, acompanhada do sargento Daw, que desejava concluir o exame minucioso que iniciara de tudo contido no cômodo e em seus arredores. Às nove, eu e a srta. Trelawny fomos dispensar o médico. Ela descansara por algumas horas durante a tarde, para ter energia para o trabalho noturno. Ela me dissera que determinara que, pelo menos naquela noite, ficaria desperta para a vigília. Não tentei dissuadi-la, sabendo que ela estava decidida. No mesmo instante, optei por fazer a vigília com ela — a não ser, é claro, que notasse que ela não desejava minha presença. Por enquanto, porém, não expus minhas intenções.

Entramos de fininho, tão silenciosos que o doutor, debruçado na cama, não nos escutou, e se sobressaltou de leve quando, ao erguer o rosto, viu que o olhávamos. Senti que o mistério da situação estava começando a deixá-lo nervoso, como já deixara alguns de nós. Ele estava, percebi, um pouco incomodado por se sobressaltar assim, e imediatamente começou a falar, apressado, como se para nos distrair de sua vergonha:

— Estou mesmo no absoluto limite da minha capacidade de encontrar qualquer motivo adequado para este estupor. Mais uma vez, completei o exame mais preciso possível, e estou convencido de que não há nenhuma lesão cerebral, isto é, pelo menos nenhuma lesão externa. Todos seus órgãos vitais, na verdade, parecem ilesos. Como sabem, eu o alimentei diversas vezes, com efeito visivelmente positivo. A respiração dele é forte e regular, e os batimentos cardíacos, mais fortes e lentos do que de manhã. Não encontro sinais de qualquer droga conhecida, e essa inconsciência não se assemelha a nenhum dos muitos casos de sono hipnótico que observei no hospital Charcot, em Paris. Quanto a estes ferimentos — falou, tocando com leveza o punho enfaixado que saía de sob a manta —, não sei como interpretá-los. Poderiam ter sido causados por uma carda, mas tal suposição é insustentável. É possível considerar que sejam causados por um animal, caso a fera tivesse afiado bem as garras. Porém, também suponho que seja improvável. Por sinal, há algum animal de estimação estranho nesta casa? Qualquer espécie excepcional, como um maracajá, ou algum outro bicho incomum?

A srta. Trelawny abriu um sorriso triste que me causou dor ao responder:

— Ah, não! Meu pai não gosta de animais em casa, a não ser que estejam mortos e mumificados.

A fala continha um toque de amargura — ou de ciúmes, não soube identificar.

— Até meu pobre gatinho só teve permissão de adentrar a casa a contragosto — continuou —, e, apesar de ser o gato mais doce e comportado do mundo, está em uma espécie de regime semiaberto, e não pode entrar neste cômodo.

Enquanto ela falava, ouvimos um movimento leve da maçaneta. Ao mesmo instante, o rosto da srta. Trelawny se animou. Ela se levantou de um salto e foi até a porta, falando enquanto se movia:

— Aí está ele! É meu Silvio. Ele se levanta nas patas de trás e sacode a maçaneta quando quer entrar.

Ela abriu a porta, e falou com o gato como se fosse um bebê:

— Queria sua mamãe? Então venha; mas precisa ficar com a mamãe!

Ela ergueu o gato, e entrou com ele no colo. Ele era mesmo um animal magnífico. Um gato persa chinchila cinza, com pelos compridos e sedosos; um animal muito elegante, com postura imponente apesar da leveza, e patas largas que se espalharam ao tocar o chão. Enquanto ela o acariciava, ele se contorceu repentinamente, como uma enguia, e se desvencilhou. Ele correu até o outro lado do cômodo e parou diante de uma mesinha baixa, na qual estava exposto um animal mumificado, e começou a rosnar e miar. A srta. Trelawny o alcançou em um instante e o pegou no colo, apesar de ele chutar, se remexer e tentar se desvencilhar; porém, ele não mordia nem arranhava, e evidentemente amava sua linda dona. Ele parou de fazer barulho assim que foi pego no colo. Em sussurro, ela ralhou com ele:

— Ah, Silvio, que malvado! Quebrou a regra da sua mãe. Agora, dê boa noite aos cavalheiros, e vá deitar no quarto da mamãe!

Enquanto falava, ela esticou a pata do gato, para que eu o cumprimentasse. Ao fazê-lo, não pude deixar de admirar o tamanho e a beleza das patas.

— Ora — falei —, essas patas parecem luvinhas de boxe cheias de garras.

Ela sorriu.

— É assim mesmo. Não notou que meu Silvio tem sete dedos?

Ela abriu a pata e, realmente, havia ali sete garras separadas, cada uma envolta em uma camada delicada e fina, como uma concha.

Enquanto eu acariciava a pata devagar, as garras se sobressaíram e uma delas, por acidente — não havia mais raiva no gato, que ronronava —, arranhou minha mão. Por instinto, recuei e exclamei:

— Nossa, essas garras são afiadas!

O dr. Winchester se aproximara, e se abaixou para analisar as garras do gato. Depois de mim, ele também exclamou, rápido:

— Ah!

Ouvi ele arfar. Enquanto eu acariciava o gato, já obediente, o médico foi até a escrivaninha, arrancou um pedaço de papel mata-borrão, e voltou. Ele esticou o papel na palma e, pedindo licença à srta. Trelawny, posicionou a pata do gato no papel e apertou. O gato elegante pareceu incomodar-se com a intimidade, e tentou puxar a pata. Era exatamente o que o médico desejava, pois, naquele gesto, o gato esticou as garras e fez várias ranhuras no papel macio. Em seguida, a srta. Trelawny levou o gato embora. Ao voltar, poucos minutos depois, comentou:

— Que estranho isso com a múmia! Da primeira vez que Silvio entrou neste cômodo, quando, ainda filhote, eu o trouxe para mostrar a meu pai, agiu do mesmo modo. Pulou na mesa, e tentou arranhar e morder a múmia. Foi isso que enfureceu meu pai, e o fez banir Silvio, coitado. Apenas o regime semiaberto, por mim decretado, o manteve em casa.

Enquanto ela estava ausente, o dr. Winchester tirara a atadura do punho do pai dela. O ferimento estava bem nítido, e os cortes se destacavam em linhas vermelhas e vívidas. O médico dobrou o papel mata-borrão, alinhado com as perfurações feitas pelas garras do gato, e o aproximou da lesão. Ao fazê-lo, ergueu o rosto com olhar triunfante e nos chamou.

Os cortes no papel correspondiam aos ferimentos do braço! Não era necessário explicar, e ele disse:

— Seria melhor se o sr. Silvio não tivesse violado as regras!

Ficamos todos em silêncio por um momento, até que a srta. Trelawny disse, de repente:

— Mas Silvio não entrou aqui ontem!

— Tem certeza? Pode provar, se necessário?

Ela hesitou a responder:

— Tenho certeza; mas temo que seja difícil provar. Silvio dorme em uma cesta no meu quarto. Eu tenho certeza de botá-lo para dormir ontem; me lembro distintamente de cobri-lo com a mantinha, e acomodá-lo ali. Hoje cedo, o tirei da cesta pessoalmente. Garanto que nunca o notei aqui; porém, é claro, não é tanta garantia, pois eu estava preocupada com meu pai, e muito ocupada com ele, e portanto não teria notado Silvio.

O doutor sacudiu a cabeça e falou, com certa tristeza:

— Bem, de qualquer modo, não adianta tentar provar nada agora. Qualquer gato teria limpado das patas os rastros de sangue, caso existissem, em um centésimo do tempo que se passou desde então.

Mais uma vez, nos calamos; e, mais uma vez, o silêncio foi interrompido pela srta. Trelawny.

— Pensando bem, Silvio, coitado, não poderia ter ferido meu pai. Minha porta estava fechada quando ouvi o primeiro ruído; e a porta de meu pai estava fechada quando fui escutar ao pé dela. Quando entrei, o ataque já fora cometido; portanto, ocorreu antes que Silvio tivesse qualquer oportunidade de entrar.

A lógica era firme, especialmente para mim, como advogado, pois satisfaria um júri. Fiquei muito satisfeito por Silvio ser absolvido do crime — talvez por ser o gato da srta. Trelawny, e amado por ela. Que felizardo! A dona de Silvio ficou nitidamente feliz quando declarei:

— Veredito: inocente!

Após um instante, o dr. Winchester observou:

— Peço perdão ao sr. Silvio nesta ocasião; porém, ainda me intriga saber por que ele se incomoda tanto com essa múmia. Ocorre o mesmo com as outras múmias da casa? Suponho que sejam muitas. Vi três já no corredor ao entrar.

— São muitas, sim — confirmou ela. — Às vezes nem sei se moro em uma casa, ou no British Museum. Mas Silvio nunca se incomoda com nenhuma delas, além dessa. Imagino que talvez seja por ser a múmia de um animal, e não de um ser humano.

— Talvez seja de um gato! — disse o médico, atravessando o cômodo para observar a múmia de perto. — É, sim, a múmia de um gato; e uma múmia muito digna. Se o gato não fosse o favorito especial de alguma pessoa muito especial, nunca teria recebido tanta honra. Vejam! Um invólucro pintado, e olhos de obsidiana, como os de uma múmia humana. É extraordinário, o reconhecimento da espécie. Eis aqui um gato morto, apenas, talvez há quatro ou cinco mil anos; e outro gato, de outra raça, no que é praticamente o outro mundo, se vê pronto para atacá-lo, como se ainda estivesse vivo. Eu adoraria fazer um experimento com esse gato, se não se incomodar, srta. Trelawny.

Ela hesitou, e respondeu:

— Claro, faça tudo que considerar necessário, ou adequado; mas espero que não fira nem incomode meu querido Silvio.

O doutor, sorrindo respondeu:

— Ah, Silvio se sairá bem; é do outro que sentirei pena.

— Como assim?

— O sr. Silvio será responsável pelo ataque; o outro, pelo sofrimento.

— Sofrimento? — perguntou ela, com um pouco de dor.

O médico sorriu ainda mais.

— Ah, por favor, fique tranquila. O outro não sofrerá, de acordo com nosso entendimento, apenas, talvez, em estrutura e aparência.

— Como é isso?

— É simples, cara senhorita: o antagonista será um gato mumificado, como este. Há, imagino, inúmeros à disposição na rua Museum. Vou adquirir um deles e posicioná-lo aqui, no lugar deste. Espero que não considere que uma troca temporária vá contra as instruções de seu pai. Assim, saberemos, para começo de conversa, se Silvio tem objeção a todos os gatos mumificados, ou apenas a este em específico.

— Não sei, as instruções de meu pai me pareceram muito inflexíveis — disse ela, hesitante, e fez uma pausa. — Mas, é claro, sob as circunstâncias, devemos fazer tudo que servir, em última instância, para seu bem. Não imagino que haja nada tão especial em um gato mumificado.

O dr. Winchester não disse nada. Ficou sentado, rígido, com uma expressão tão séria que sua seriedade excessiva me contaminou; e, em sua perturbação iluminadora, comecei a entender, mais do que antes, a estranheza daquele caso no qual eu me envolvera. Quando comecei a pensar nisso, não pude mais parar. O pensamento cresceu, floresceu, se reproduziu de mil modos. O cômodo e todo seu conteúdo dava margem para ideias estranhas. Havia tantas relíquias antigas que, inconscientemente, eu era levado a terras estranhas, e épocas estranhas. Havia tantas múmias ou objetos mumificados, envoltos eternamente pelos odores penetrantes de betume, especiarias e gomas — "nardo e os perfumes quentes da Circássia" —, que era impossível esquecer o passado. Claro, entrava pouca luz no cômodo, e as sombras eram cuidadosas; portanto, não havia brilho algum. Nenhuma luz direta que se manifeste como poder ou entidade, e sirva de companhia. O cômodo era amplo, e arejado, em proporção ao tamanho. A vastidão tinha espaço para uma multidão de coisas de rara presença em aposentos. Nos cantos do fundo estavam sombras de formas estranhas. Mais de uma vez, enquanto eu refletia, a presença inumerável dos mortos e do passado me dominou de tal forma que me peguei olhando ao redor, temeroso, como se estivessem ali alguma personalidade ou influência estranha. Até a presença concreta do dr. Winchester e da srta. Trelawny não podia me confortar ou satisfazer inteiramente naqueles momentos. Foi com alívio distinto que vi uma nova presença no cômodo, na forma da enfermeira Kennedy. Não havia dúvida que aquela jovem capaz, independente e profissional acrescentava um elemento de segurança para uma imaginação desvairada como a minha. Ela tinha uma qualidade de bom senso que parecia permear tudo a seu redor, como se o emanasse. Até aquele momento, eu desenvolvi fantasias a respeito do doente; até que, finalmente, tudo a respeito dele, me incluindo, se envolvera naquelas fantasias, se emaranhara, se saturara, ou... Porém, quando ela surgiu, ele voltou à perspectiva adequada de paciente; o quarto era o aposento de um doente, e as sombras perderam a qualidade apavorante. A única coisa que não pode conter inteiramente foi o estranho cheiro egípcio. Mesmo que uma múmia seja protegida por uma caixa de vidro, hermeticamente selada para impedir a presença de ar corrosivo, o odor será exalado. Seria de se pensar que quatro ou cinco milênios exauririam a qualidade olfativa de qualquer coisa; mas a experiência nos ensina que esses cheiros permanecem, e que seus segredos nos são desconhecidos. São tão misteriosos hoje quanto eram quando os embalsamadores mergulhavam o corpo no banho de natro...

Eu me endireitei de repente. Tinha me perdido em um devaneio absorto. O cheiro egípcio parecia ter afetado meus nervos, minha memória, minha determinação em si.

Naquele momento, me ocorreu um pensamento, como uma inspiração. Se eu fora influenciado de tal modo pelo cheiro, não seria possível que o doente, que passava talvez mais da metade do tempo naquela atmosfera, gradualmente, por um processo lento, mas constante, tivesse absorvido no sistema algo que o permeasse a tal nível que chegasse a um novo poder, derivado de quantidade, ou força, ou...

Eu estava me perdendo em devaneio novamente. Não seria bom. Eu precisava tomar precauções para me manter desperto, e livre de pensamentos tão envolventes. Dormira menos de metade da noite na véspera, e precisava passar aquela noite em claro. Sem declarar minha intenção, pois temia acrescentar ao incômodo e à preocupação da srta. Trelawny, desci e saí da casa. Logo encontrei um farmacêutico, e saí de lá com uma máscara respiratória. Quando voltei, já dera dez horas, e o médico estava de partida. A enfermeira o acompanhou até a porta do cômodo, para receber as últimas instruções. A srta. Trelawny estava sentada, imóvel, à cabeceira. O sargento Daw, que entrara na saída do médico, mantinha-se um pouco afastado.

Quando a enfermeira se juntou a nós, nos organizamos para que ela ficasse em vigília até as duas, quando a srta. Trelawny tomaria seu lugar. Assim, de acordo com as instruções do sr. Trelawny, haveria sempre uma mulher e um homem no cômodo; e haveria sempre uma sobreposição de vigilantes, para que nunca viesse uma nova dupla sem que alguém pudesse contar o que ocorrera, se houvesse algo a contar. Eu me deitei em um sofá no meu próprio quarto, depois de pedir para que um criado me despertasse pouco antes da meia-noite. Em meros instantes, adormeci.

Ao ser acordado, levei vários segundos para reorganizar meus pensamentos, e reconhecer minha identidade e meus arredores. O cochilo, porém, me fizera bem, e vi o ambiente por uma perspectiva mais prática do que no início da noite. Lavei o rosto e, refrescado, me dirigi aos aposentos do doente. Caminhei com muita leveza. A enfermeira estava sentada à cabeceira, quieta e alerta; e o detetive, em uma poltrona, nas sombras escuras do outro lado do cômodo. Ele não se moveu quando me aproximei, até que, ao chegar, o ouvi dizer, em um cochicho seco:

— Está tudo bem; eu não estava dormindo!

Era desnecessário, pensei — sempre é, a não ser que seja mentira. Quando falei que a vigília dele era finda, e que ele poderia ir dormir até que eu o convocasse às seis, ele pareceu aliviado, e foi-se com rapidez. À porta, ele se virou e, voltando a mim, acrescentou, em um sussurro:

— Meu sono é leve, e estou com as pistolas. Não vou me sentir tão atordoado quando me livrar desse cheiro de múmia.

Ele também, então, sentira o entorpecimento!

Perguntei se a enfermeira precisava de algo. Notei que ela segurava, no colo, um frasco de sais. Sem dúvida, também sentira a influência que tanto me afetara. Ela disse que tinha tudo de que precisava, mas, caso necessitasse de algo, me diria. Queria que ela não notasse minha máscara, então fui até a poltrona nas sombras, ficando atrás das costas dela. Ali, pus a máscara em silêncio, e me acomodei.

Por um tempo que me pareceu longo, fiquei sentado, pensando e pensando. Era uma mistura estranha de pensamentos, como se espera das experiências do dia e da noite anteriores. Mais uma vez, me peguei refletindo sobre o cheiro egípcio; e lembro sentir a satisfação deliciosa de não senti-lo como antes. A máscara estava ajudando.

O alívio desse pensamento perturbador deve ter levado ao repouso da mente, que levou ao descanso físico, pois, apesar de não me lembrar bem de adormecer, nem de despertar, vi uma visão — ou sonhei um sonho, não sei dizer.

Ainda estava no quarto, sentado na poltrona. Estava de máscara, e sabia respirar livremente. A enfermeira estava na cadeira, de costas para mim. Ela estava sentada, imóvel. O doente também estava imóvel, quase como um defunto. Parecia um retrato da cena, e não a realidade; estava tudo quieto e silencioso; e a quietude e o silêncio eram contínuos. Lá fora, ao longe, ouvi os sons da cidade, rodas ocasionais, gritos de festa, o eco distante de apitos e o ronco dos trens. A luz era muito, muito fraca; o reflexo sob o abajur verde era um alívio leve da escuridão, em vez de ser luz de fato. A franja verde de seda do abajur tinha a mera cor de uma esmeralda ao luar. O quarto, apesar da escuridão, era repleto de sombras. Parecia, em meus pensamentos agitados, que todos os objetos concretos se tornaram sombras — sombras em movimento, passando pelos traços frágeis das janelas. Sombras independentes. Achei até ouvir um som, um som longínquo que lembrava o miado de um gato — o farfalhar de cortinas, e um tinido metálico, como de metais em contato. Fiquei sentado, em transe. Finalmente, senti, como em um pesadelo, que estava dormindo, e que, ao atravessar os portais do sono, minha determinação se esvaíra.

De uma vez só, meus sentidos despertaram plenamente. Um grito ecoou em meus ouvidos. O cômodo foi tomado de repente por luz. Soaram disparos de pistola — um, dois; e uma névoa de fumaça branca. Quando meus olhos, despertos, retomaram sua capacidade, eu mesmo quase gritei de horror diante do que vi.

CAPÍTULO IV

O Segundo Atentado

A imagem que veio ao meu olhar continha o terror de um sonho dentro de um sonho, acrescida a certeza da realidade. O cômodo era o que eu vira; porém, as sombras se esvaíram sob o brilho das inúmeras luzes, e todos os artigos se mostravam sólidos, reais e destacados.

À cabeceira da cama vazia estava sentada a enfermeira Kennedy, como eu a vira no momento anterior, sentada ereta na poltrona. Ela posicionara um travesseiro às costas, para manter-se direita; mas seu pescoço encontrava-se fixo, como se em transe cataléptico. Ela fora, para todas as aparências, transformada em pedra. Não havia expressão especial em seu rosto — nada de medo, de pavor; nada que se esperaria de alguém em tal condição. Seus olhos abertos não mostravam fascínio, nem interesse. Ela era apenas uma existência negativa, quente, respirando, plácida, mas completamente inconsciente do mundo a seu redor. Os lençóis estavam desarrumados, como se o paciente tivesse sido puxado do lugar sem afastar a coberta. O canto do lençol que antes o cobria estava caído no chão e, perto dele, via-se uma das ataduras que o médico usara para enfaixar o braço ferido. Mais uma e outra atadura se espalhavam pelo chão, formando um rastro que indicava a posição atual do combalido. Era quase exatamente onde ele fora encontrado na noite anterior, debaixo do grande cofre. De novo, o braço esquerdo se estendia ao cofre. Porém, havia mais um ultraje: fora feita uma nova tentativa de decepar o braço, perto da pulseira contendo a chavinha. Uma faca "kukri" pesada — uma das facas em forma de folha que os Gurkha e outros povos da Índia usam para tal efeito — fora tirada do lugar na parede, e com ela fora cometido o atentado. Era nítido que, bem ao momento do ataque, o golpe fora impedido, pois apenas a ponta da faca atingira a pele, e não o fio da navalha. Na situação, o lado externo do braço fora cortado até o osso, e sangue se derramava da ferida. Além disso, a antiga lesão na parte da frente do braço tinha sido terrivelmente cortada ou rasgada, e um dos cortes parecia jorrar sangue em jatos, como se de acordo às pulsações do coração. Ao lado do pai estava a srta. Trelawny, a camisola branca manchada pelo sangue onde se ajoelhara. No meio do cômodo, o sargento Daw, de camisa, calça, e meias, estava carregando o revólver de modo mecânico e atordoado. Seus olhos estavam vermelhos e pesados, e ele parecia apenas parcialmente desperto, e ainda menos consciente do que ocorria a seu redor. Vários criados, trazendo fontes variadas de luz, se aglomeravam diante da porta.

Quando me levantei e avancei, a srta. Trelawny ergueu o olhar para mim. Ao me ver, gritou e se levantou de um salto, me apontando. Nunca esquecerei a estranha imagem dela ali, a roupa branca toda manchada do sangue que, quando ela se ergueu da poça, corria em rios na direção de seus pés descalços. Acredito que eu estivesse antes apenas dormindo; que a influência que afetara o sr. Trelawny, a enfermeira Kennedy e, em menor grau, o sargento Daw, não me tocara. A máscara tivera sua utilidade, apesar de não impedir a tragédia cujas provas cruéis se dispunham ali. Agora entendo — na hora mesmo entendi — o pavor, acrescido ao anterior, que deve ter sido causado por minha aparência. Eu ainda estava de máscara respiratória, que cobria a boca e o nariz, e meu cabelo estava desgrenhado pelo sono. Ao avançar de repente, vestido e desalinhado assim, em meio àquela gente horrorizada, devo ter revelado, na mistura estranha de luzes, uma aparência extraordinária e aterrorizante. Foi bom eu ter reconhecido isso a tempo de evitar outra catástrofe — o detetive, meio atordoado e em gestos mecânicos, carregou o revólver e o apontou para mim, mas eu consegui arrancar a máscara e gritar para ele não atirar. Nessa resposta, também, foi mecânico; os olhos avermelhados, meio adormecidos, não continham nem mesmo a intenção de ação consciente. O perigo, porém, fora evitado. O alívio da situação, estranhamente, veio com simplicidade. A sra. Grant, ao ver que a jovem senhora estava apenas de camisola, fora buscar o roupão, que jogou para ela. Esse simples gesto nos trouxe todos de volta à proximidade dos fatos. Com um suspiro demorado, todos, um a um, se dedicaram à questão mais urgente diante de nós: estancar o fluxo de sangue do braço do homem ferido. Quando me voltou o pensamento para agir, me extasiei; pois o sangramento era prova de que o sr. Trelawny ainda estava vivo.

A lição da véspera não fora desperdiçada. Mais do que um dos presentes sabia finalmente o que fazer em uma emergência daquelas e, em meros segundos, mãos bem-dispostas se dedicaram a preparar um torniquete. Um homem foi imediatamente enviado para buscar o doutor, e vários dos criados desapareceram, para se endireitar. Erguemos o sr. Trelawny e o deitamos no sofá onde ele passara a véspera; e, após fazer o possível por ele, voltamos a atenção para a enfermeira. Em meio à turbulência, ela nem se movera; estava sentada, como antes, ereta e rígida, respirando suave e naturalmente, com um sorriso plácido. Como nitidamente não adiantava tentar nada até a chegada do médico, começamos a pensar na situação geral.

Naquele momento, a sra. Grant acompanhara a senhora e a ajudara a se trocar, e a srta. Trelawny voltou então, de chambre e chinelas, tendo limpado o sangue das mãos. Ela estava muito mais calma, apesar de tremer de infelicidade, e seu rosto estar de uma palidez fantasmagórica. Após observar o braço do pai, enquanto eu segurava o torniquete, ela olhou ao redor do cômodo, demorando-se vez ou outra em cada um dos presentes, sem parecer encontrar conforto. Foi-me tão aparente que ela não sabia por onde começar, nem em quem confiar, que, para tranquilizá-la, falei:

— Já estou bem; estava apenas dormindo.

A voz dela, baixa, saiu engasgada ao dizer:

— Dormindo! O senhor! E meu pai, em perigo! Achei que estivesse de vigília!

Senti a justiça arder na censura, mas, querendo mesmo ajudá-la, respondi:

— Apenas dormindo. Já é grave, eu sei, mas há algo além do "apenas" por aqui. Se eu não tivesse tomado precauções definitivas, talvez tivesse acabado como a enfermeira.

Ela voltou o olhar, ágil, para a estranha figura, sentada sóbria e empertigada como uma estátua pintada, e finalmente sua expressão se suavizou. Com a cortesia costumeira, falou:

— Perdoe-me! Não pretendi ser grosseira. Mas, de tamanha angústia e temor, mal percebo o que digo. Ah, que horror! Temo novos perigos, pavores, e mistérios a cada instante.

Isso me atingiu até o peito e, pelo peito cheio, falei:

— Não se preocupe comigo! Não mereço. Eu estava de guarda, e ainda assim dormi. Só posso dizer que não era o que pretendia, e que tentei evitá-lo, mas o sono me levou sem aviso. De qualquer modo, agora está feito, e não pode ser desfeito. É provável que, um dia, entendamos isso tudo, mas, por enquanto, tentemos ter ideia do que aconteceu. Diga-me do que se lembra!

O esforço de lembrar pareceu estimulá-la, e ela se mostrou mais calma ao responder.

— Eu estava dormindo, e despertei de repente, com o mesmo pressentimento horrível de que meu pai estava em perigo grave e imediato. Levantei-me de um salto e corri, como estava, até este cômodo. Fazia breu, mas, ao abrir a porta, a luz era suficiente para ver a camisola de meu pai, deitado no chão sob o cofre, como naquela primeira luz horrível. Então acredito ter enlouquecido por um momento.

Ela parou e estremeceu. Olhei sargento Daw, que ainda mexia, despropositado, no revólver. Sem desviar a atenção do torniquete, falei com calma:

— Agora, sargento Daw, diga: no que o senhor atirou?

O policial pareceu recompor-se pelo hábito da obediência. Olhou ao redor, para os criados restantes no cômodo, e declarou, com o ar de importância que suponho ser a postura obrigatória de um agente da lei diante de desconhecidos:

— Não acha, senhor, que podemos dispensar a criadagem? Assim, podemos nos aprofundar melhor no tema.

Concordei com um aceno; os criados entenderam a deixa e se retiraram, mesmo que a contragosto, até o último fechar a porta. Então o detetive continuou:

— Acho melhor expressar minhas impressões, senhor, do que relatar minhas ações. Isto é, dentro do que lembro.

Havia uma deferência envergonhada em seus modos, provavelmente advinda da consciência da posição comprometida na qual se encontrava.

— Fui dormir — continuou —, parcialmente vestido, como agora estou, com o revólver sob o travesseiro. É a última coisa de que me lembro como pensamento. Não sei por quanto tempo dormi. Eu tinha apagado a luz elétrica, e fazia escuro. Achei ouvir um grito, mas não tenho certeza, pois me sentia entorpecido, como ocorre quando um homem é convocado rápido demais após um período excessivamente longo de trabalho. Não que fosse esse o caso. De qualquer modo, pensei logo na pistola. Saquei a arma, e saí correndo do quarto. Então ouvi uma espécie de grito, ou um pedido de socorro, e vim correndo a este cômodo. O ambiente estava escuro, pois a luminária próxima à enfermeira fora apagada, e a única luz vinha, do corredor, pela porta aberta. A srta. Trelawny estava ajoelhada no chão ao lado do pai, gritando. Acreditei ver um movimento entre minha posição e a janela; portanto, sem pensar, atordoado e apenas parcialmente desperto, atirei. O movimento se dirigiu um pouco mais à direita, entre as janelas, e eu disparei novamente. Foi então que o senhor se ergueu da poltrona, com o rosto todo coberto. Pareceu-me, por eu estar, como falei, atordoado e apenas parcialmente desperto, e sei, senhor, que tomará isso sob consideração, que era o senhor, pois vinha na mesma direção da coisa na qual eu atirara. Por isso, estava prestes a disparar novamente quando o senhor se descobriu.

Fiz mais uma pedida — naquele exame, me sentia em casa:

— O senhor disse acreditar que eu era a coisa na qual atirara. Que coisa?

O homem coçou a cabeça, mas não respondeu.

— Por favor, senhor — insisti. — Que coisa? Qual era sua aparência?

A resposta veio em voz baixa:

— Não sei, senhor. Achei ter visto algo, mas não tenho a mais vaga noção do que era, nem de sua aparência. Imagino que seja porque eu estava pensando na pistola antes de adormecer, e porque, ao entrar aqui, estava atordoado e apenas parcialmente desperto, o que espero que o senhor sempre lembre no futuro.

Ele se agarrava àquela fórmula de desculpa, como se fosse sua âncora. Eu não queria antagonizar o homem; muito pelo contrário, queria apenas que ele voltasse a nós. Além do mais, naquele momento, eu mesmo lidava com a sombra de minha falha. Portanto, com a maior gentileza de que fui capaz, falei:

— Certamente, sargento! Seu impulso foi correto; porém, é claro, na condição parcialmente sonolenta na qual se encontrava, e talvez em parte afetado pela mesma influência, qualquer que seja, que me fez adormecer e pôs a enfermeira naquele transe cataléptico, não se poderia esperar que o senhor parasse e avaliasse a situação. Agora, contudo, enquanto o assunto ainda é recente, deixe-me ver exatamente onde o senhor se postou, e onde eu estava sentado. Assim, poderemos traçar o trajeto de suas balas.

A possibilidade de ação e o exercício de seu ofício habitual pareceu dar-lhe energia na mesma hora; ao trabalhar, ele parecia um homem diferente. Pedi à sra. Grant que segurasse o torniquete, e fui me postar onde ele antes de encontrava, e olhar ao que, na escuridão, ele apontara. Não pude deixar de notar a precisão mecânica de sua mente, ao me mostrar onde se pusera, sacar, é claro, o revólver do bolso, e o apontar. A cadeira que eu antes ocupava ainda estava no lugar. Pedi, então, que ele apontasse apenas com a mão, pois eu pretendia andar na linha de tiro.

Logo atrás da minha cadeira, um pouco afastado, encontrava-se um armário alto de madeira. A porta de vidro estava estilhaçada. Perguntei:

— Essa foi a direção do primeiro disparo, ou do segundo?

A resposta veio rápido:

— Do segundo. O primeiro foi ali!

Ele se virou um pouco à esquerda, mais voltado para a parede do cofre, e apontou. Segui a direção da mão e cheguei à mesa baixa onde estava disposta, entre outros objetos, a múmia de gato que instigara a ira de Silvio. Peguei uma vela e encontrei com facilidade a marca da bala. Tinha quebrado um vasinho de vidro e uma taça de basalto preta, gravada com hieróglifos espetaculares, as linhas fundas preenchidas com um cimento esverdeado, e o objeto todo polido de modo à superfície ficar lisa. A bala, amassada contra a parede, estava caída na mesa.

Fui, então, ao armário quebrado. Era evidentemente um receptáculo de objetos valiosos — continua grandiosos escaravelhos de ouro, ágata, jaspe verde, ametista, lápis-lazúli, opala, granito, e porcelana azul e verde. Felizmente, nada disso fora tocado. A bala tinha atravessado o fundo do armário, mas não causara dano além do vidro estilhaçado. Não pude deixar de notar o arranjo estranho dos objetos na prateleira. Os escaravelhos, anéis, amuletos etc. estavam arrumados em uma disposição oval irregular, ao redor de uma miniatura dourada e lindamente esculpida de um deus de cabeça de gavião, coroado com um disco e penas. Não observei mais atentamente no momento, pois minha atenção era exigida por questões mais urgentes, mas me decidi a examinar minuciosamente quando tivesse tempo. Era evidente que algo do estranho cheiro egípcio vinha daquelas antiguidades; através do vidro quebrado veio um novo odor de especiarias, goma e betume, quase mais forte do que eu já notara nas outras exposições do cômodo.

Isso tudo levou meros minutos. Eu me surpreendi quando, através das frestas entre as persianas escuras e o batente da janela, vi a luz mais forte da alvorada. Quando voltei ao sofá e peguei o torniquete das mãos da sra. Grant, ela foi abrir a persiana.

Seria difícil imaginar algo mais sinistro do que a aparência daquele cômodo à entrada da luz fraca e cinzenta do amanhecer. Como as janelas eram voltadas para o norte, a luz que entrava era cinza e fixa, sem nada da possibilidade rosada da manhã que chega pelo quarto leste do firmamento. As lâmpadas elétricas pareciam fracas, e ainda assim gritantes, e toda sombra tinha intensidade dura. Não havia nenhum frescor matinal, nenhuma suavidade noturna. Era tudo duro, frio, e indescritivelmente desolador. O rosto do homem desacordado no sofá parecia de um amarelo doentio, e o rosto da enfermeira tomara uma tez esverdeada devido ao abajur mais próximo. Apenas o rosto de srta. Trelawny estava branco, e sua palidez me doeu no peito. Parecia que nada nesta terra pudesse um dia fazer-lhe voltar a cor da vida e da felicidade.

Foi um alívio para todos nós quando o dr. Winchester chegou, ofegante de tanto correr. Ele fez apenas uma pergunta:

— Alguém sabe me explicar como essa lesão ocorreu?

Ao ver que todos nós sacudimos a cabeça, ele não disse mais nada, e se dedicou ao trabalho cirúrgico. Por um instante, olhou para a enfermeira, tão imóvel, mas logo se debruçou na tarefa, com a testa contraída em expressão grave. Foi só após atar as artérias e enfaixar completamente os ferimentos que ele voltou a falar; isto é, com a exceção, é claro, de quando pedia para entregarem algo para ele, ou ajudarem com algo. Quando os ferimentos do sr. Trelawny estavam inteiramente cuidados, o médico se voltou para a srta. Trelawny.

— E a enfermeira Kennedy?

Ela respondeu imediatamente:

— Honestamente, não sei. Eu a encontrei quando cheguei no quarto, às duas e meia, sentada exatamente onde está. Não a movemos, nem mudamos sua posição. Ela não desperta desde então. Nem mesmo os tiros da pistola do sargento Daw a incomodaram.

— Tiros de pistola? Descobriram, então, causa para esse novo ultraje?

O resto se calou, então fui eu a responder:

— Não descobrimos nada. Eu estava no quarto, de vigília junto à enfermeira. No entardecer, eu supus que estava ficando sonolento devido ao cheiro das múmias, portanto saí e adquiri uma máscara respiratória. Eu a estava usando durante a tarefa, mas nem isso me impediu de adormecer. Ao acordar, vi o cômodo cheio de gente; isto é, a srta. Trelawny e o sargento Daw, que, apenas parcialmente desperto e ainda entorpecido pelo mesmo odor ou influência que nos afetou, acreditou ver um movimento nas sombras escuras, e disparou duas vezes. Quando me levantei, com o rosto ainda coberto pela máscara, ele me tomou como motivo do perigo. Naturalmente, ele estava prestes a disparar novamente, mas, felizmente, tive tempo de revelar minha identidade. O sr. Trelawny estava deitado junto ao cofre, igual à véspera, e sangrava profusamente da nova lesão no braço. Nós o levantamos, o pusemos no sofá, e fizemos um torniquete. Isto é, literal e absolutamente, tudo que todos nós sabemos até agora. Não tocamos a faca, que, como pode ver, está caída, perto da poça de sangue. Veja! — insisti, indo até lá e erguendo a faca. — A ponta está vermelha de sangue seco.

O dr. Winchester ficou alguns minutos parado antes de falar:

— Então os acontecimentos desta noite são igualmente misteriosos aos da noite passada?

— Precisamente! — confirmei.

Ele não me respondeu, e se dirigiu à srta. Trelawny:

— É melhor levarmos a enfermeira Kennedy a outro cômodo. Imagino que nada impeça isso?

— Nada! Por favor, sra. Grant, prepare o quarto da enfermeira, e peça para dois funcionários ajudarem a carregá-la.

A sra. Grant se foi imediatamente, e voltou em poucos minutos.

— O quarto está pronto, e os funcionários estão aqui.

Sob direção dela, dois criados entraram, ergueram o corpo rígido da enfermeira sob supervisão do doutor, e a levaram embora. A srta. Trelawny ficou comigo nos aposentos do doente, e a sra. Grant acompanhou o médico ao quarto da enfermeira.

Quando ficamos a sós, a srta. Trelawny veio até mim, pegou minhas mãos e disse:

— Espero que esqueça o que eu disse. Não foi sincero, e eu estava angustiada.

Não respondi, mas peguei suas mãos e as beijei. Há modos diferentes de beijar as mãos de uma dama. Meu beijo tinha pretensões de homenagem e respeito, e foi aceito como tal, do modo elegante e digno que marcava a postura da srta. Trelawny em todos os momentos. Fui ao sofá e olhei o homem desacordado. A alvorada crescera naqueles minutos, e havia um pouco de claridade diurna na luz. Ao olhar o rosto severo, frio e imóvel, branco como um monumento de mármore na luz cinza-claro, não pude deixar de sentir que havia um mistério profundo além de tudo que ocorrera naquelas 26 horas. As sobrancelhas salientes disfarçavam algum propósito imenso; a testa alta e larga continha algum raciocínio concluso, que o queixo largo e a mandíbula enorme ajudariam a transmitir. Ao olhar e pensar, começou a me tomar novamente aquela fase de devaneio que, à noite, indicara a aproximação do sono. Eu resisti, e me segurei severamente ao presente. Ficou mais fácil quando a srta. Trelawny se aproximou e, encostando a testa em meu ombro, começou a chorar silenciosamente. Então, todo o homem em mim despertou, com propósito presente. Não adiantava tentar falar; as palavras eram inadequadas para o que pensava. Porém, nos entendemos; ela não se afastou quando passei o braço, em gesto protetor, por seu ombro, como fazia com minha irmãzinha, muitos anos antes, quando, em preocupações infantis, ela buscava conforto com o irmão mais velho. Esse ato e atitude de proteção me tornou mais decidido em meu propósito, e pareceu afastar de meu cérebro os devaneios vãos. Porém, com um instinto de maior proteção, afastei meu braço ao ouvir os passos do médico diante da porta.

Quando o dr. Winchester entrou, olhou atentamente o paciente antes de se pronunciar. Ele franzia as testas, e firmava a boca em uma linha fina e rígida.

— Há muito em comum entre o sono de seu pai e da enfermeira Kennedy — falou. — A influência que os causou provavelmente funcionou do mesmo modo em ambos os casos. No caso de Kennedy, o coma é menos pronunciado. Porém, não deixo de pressentir que, por ela, poderemos fazer mais, e mais rápido, do que por este paciente, pois nossas mãos não estarão atadas. Eu a mediquei com um elixir, e ela já mostra certos sinais, apesar de leves, da inconsciência comum. A rigidez dos músculos se aliviou, e a pele parece mais sensível, ou, diria, menos insensível, à dor.

— Como pode ser, então — falei —, que o sr. Trelawny ainda se encontra em estado de insensibilidade; mas, pelo que percebemos, seu corpo não demonstrou nenhuma rigidez?

— Isso, não sei dizer. Este problema talvez seja resolvido em algumas horas, ou, talvez, em alguns dias. Porém, será, para nós, uma lição útil sobre diagnóstico; e talvez também para muitos e muitos outros no futuro, quem sabe! — acrescentou, com o ardor sincero do entusiasta.

Conforme avançava a manhã, ele vagava perpetuamente entre os dois cômodos, cuidando, ansioso, dos dois pacientes. Ele pediu para a sra. Grant fazer companhia à enfermeira, e a srta. Trelawny ou eu, ou, em geral, nós dois, ficávamos com o homem ferido. Porém, nós dois tivemos oportunidade de nos banhar e vestir, e o médico e a sra. Grant ficaram junto ao sr. Trelawny quando fomos tomar café da manhã.

O sargento Daw foi à Scotland Yard para relatar o progresso da noite e, em seguida, à delegacia local, para pedir a vinda de seu colega, Wright, como determinado pelo superintendente Dolan. Quando ele voltou, não pude deixar de pensar que ele fora alvo de um sermão por disparar no quarto de um homem convalescente; ou talvez mesmo por disparar sem causa devida e certa. O comentário que me fez esclareceu a situação:

— Ter bom caráter tem seu valor, senhor, apesar do que alguns dizem. Veja! Ainda tenho permissão de portar revólver.

O dia foi longo e ansioso. Perto do anoitecer, a enfermeira Kennedy melhorou a tal ponto que a rigidez dos músculos desapareceu inteiramente. Ela ainda respirava de modo regular e quieto, mas a expressão fixa do rosto, apesar da calma, passou a revelar pálpebras caídas e a aparência negativa do sono. O dr. Winchester, no entardecer, levara para lá mais duas enfermeiras, uma das quais deveria fazer companhia à enfermeira Kennedy, e a outra, dividir a vigília com a srta. Trelawny, que insistia em ficar acordada. Para se preparar para o dever, ela dormira por várias horas durante a tarde. Todos nos reunimos, e organizamos a vigília no quarto do sr. Trelawny. A sra. Grant ficaria à cabeceira do paciente até a meia-noite, quando a srta. Trelawny a substituiria. A nova enfermeira ficaria no quarto da srta. Trelawny, e visitaria o cômodo do doente a cada quinze minutos.

O médico vigiaria até a meia-noite, quando eu o substituiria. Um dos detetives ficaria próximo ao quarto a noite inteira, e visitaria regularmente para ver se estava tudo bem. Assim, os vigilantes seriam vigiados, e seria evitada uma possível repetição dos acontecimentos da véspera, quando os vigilantes tinham sido derrubados.

Ao pôr do sol, uma ansiedade grave e estranha nos tomou a todos; e, cada um por sua vez, nos preparamos para a vigília. O dr. Winchester evidentemente estava pensando em minha máscara, pois falou que iria adquirir uma também. Na verdade, ele gostou tanto da ideia, que persuadiu a srta. Trelawny a usar também uma máscara quando chegasse a hora da vigília.

E assim se aproximou a noite.

CAPÍTULO V

Mais Instruções Estranhas

Quando saí do meu quarto, às onze e meia da noite, encontrei tudo em ordem no quarto do doente. A nova enfermeira, arrumada, recatada, e atenta, estava sentada na cadeira que a enfermeira Kennedy ocupara na véspera, à cabeceira. Um pouco além, entre a cama e o cofre, estava o dr. Winchester, sentado, desperto e alerta, mas com aparência estranha e quase cômica, devido à máscara cobrindo a boca e o nariz. Olhando para eles da porta, ouvi um leve ruído; ao me virar, vi o novo detetive, que acenou com a cabeça, levantou um dedo em pedido de silêncio, e recuou discretamente. Até então, nenhum dos vigilantes fora tomado pelo sono.

Peguei uma cadeira fora do quarto, perto da porta. Por enquanto não havia necessidade de arriscar a influência sutil da noite anterior. Naturalmente, estava pensando nos principais ocorridos da véspera, e cheguei a conclusões, dúvidas e conjecturas estranhas; porém, não me perdi, como na outra noite, em devaneios. A noção do presente não me deixou, e eu me sentia como uma sentinela. Pensar não é um processo lento, e, quando se dedica a ele com avidez, o tempo passa rápido. Pareceu-me muito pouco tempo até a porta, normalmente entreaberta, ser escancarada, e o dr. Winchester sair, tirando a máscara. A expressão dele, ao revelar o rosto, demonstrava sua perspicácia. Ele virou a máscara de lado e, cauteloso, cheirou o lado externo.

— Vou agora — falou. — Devo voltar de manhã cedo; a não ser, é claro, que me chamem antes. Mas hoje tudo parece em ordem.

O próximo a surgir foi o sargento Daw, que entrou silenciosamente no quarto e ocupou o assento liberado pelo médico. Eu continuei do lado de fora, mas olhava para dentro a cada poucos minutos. Era mais por formalidade do que por utilidade; pois o cômodo era tão escuro que, mesmo do corredor mal iluminado, era difícil distinguir qualquer coisa.

Um pouco antes da meia-noite, a srta. Trelawny veio, saindo de seu quarto. Antes de ir ao quarto do pai, entrou no cômodo ocupado pela enfermeira Kennedy. Após poucos minutos, ela saiu, com uma aparência um pouco mais alegre. Ela trazia a máscara, mas, antes de vesti-la, me perguntou se algo de especial ocorrera desde que ela fora se deitar. Respondi, em um sussurrou — ninguém falava alto na casa naquela noite —, que estava tudo bem, e seguro. Ela então pôs a máscara, e eu fiz o mesmo; e, assim, adentramos o quarto. O detetive e a enfermeira se levantaram, e nós ocupamos seus assentos. O sargento foi o último a sair e, como combinado, fechou a porta.

Fiquei sentado em silêncio por um tempo, o coração batendo forte. O lugar estava assustadoramente escuro. A única luz, fraca, vinha por cima da luminária que jogava um círculo branco no teto alto, além do brilho esmeralda do abajur que refletia a luz. Mesmo a luz parecia apenas enfatizar a escuridão das sombras. Essas sombras começaram a parecer, como na véspera, ganhar vida própria. Eu não sentia o menor sono, e, sempre que ia devagar verificar o paciente, o que fazia a cada dez minutos, via que a srta. Trelawny estava muito alerta. A cada quinze minutos, um ou outro policial olhava pela porta entreaberta. Todas essas vezes, eu e a srta. Trelawny dizíamos "tudo bem" através das máscaras, e a porta voltava a se fechar.

Conforme avançava o tempo, o silêncio e a escuridão pareciam se intensificar. O círculo de luz no teto continuava, mas parecia brilhar menos. A borda verde do abajur lembrava mais pedra-verde maori do que esmeralda. Os sons da noite fora da casa, e o luar espalhando linhas pálidas pela borda das janelas tornavam a mortalha sombria lá dentro ainda mais solene e misteriosa.

Ouvimos o relógio do corredor anunciar o quarto de hora com o sino de prata até as duas; e então uma sensação estranha me tomou. Pelo movimento da srta. Trelawny, olhando ao redor, notei que ela também experimentava nova sensação. O novo detetive tinha acabado de passar por lá; e nós dois estaríamos sozinhos com o paciente inconsciente por mais quinze minutos.

Meu coração começou a bater rápido. Fui tomado por medo. Não era por mim; o medo era impessoal. Parecia que uma nova pessoa entrara no quarto, e que uma inteligência poderosa despertara ao meu lado. Algo roçou minha perna. Abaixei a mão bruscamente e toquei os pelos de Silvio. Com um rosnado muito fraco e distante, ele se virou e me arranhou. Senti sangue na mão. Eu me levantei devagar e fui até a cabeceira. A srta. Trelawny também se levantara, e olhava para trás, como se algo estivesse perto dela. Seus olhos estavam arregalados, e seu peito subia e descia como se sufocando. Quando a toquei, ela não pareceu sentir; ela agitava as mãos para a frente, como se tentasse se desvencilhar de algo.

Não havia um instante a perder. Eu a peguei nos braços, corri até a porta e a escancarei, saí para o corredor e gritei:

— Socorro! Socorro!

Em um instante, dois detetives, a sra. Grant e a enfermeira apareceram. Vários dos criados, homens e mulheres, vieram logo atrás. Assim que a sra. Grant se aproximou o suficiente, entreguei a srta. Trelawny para ela e voltei correndo para o quarto, acendendo a luz elétrica no instante em que a toquei. O sargento Daw e a enfermeira me seguiram.

Foi bem a tempo. Sob o cofre, onde fora encontrado por duas noites consecutivas, o sr. Trelawny estava deitado, com o braço esquerdo, nu exceto pelas ataduras, estendido. Ao lado dele encontrava-se uma faca egípcia foliforme, que antes ficava entre os objetos da prateleira do armário quebrado. Estava enfiada pela ponta no chão de madeira, de onde fora removido o tapete manchado de sangue.

Porém, não havia nenhum sinal de perturbação, nem de ninguém ou nada excepcional. Eu e os policiais vasculhamos o cômodo com precisão, enquanto a enfermeira e dois criados levaram o homem adoentado de volta à cama, mas não encontramos nenhuma pista ou rastro. A srta. Trelawny logo voltou, pálida, mas composta. Quando se aproximou de mim, em voz baixa, falou:

— Eu me senti prestes a desmaiar. Não sei o motivo; mas me apavorei!

O único outro choque que senti foi quando a srta. Trelawny gritou por mim, quando pousei a mão na cama para me debruçar sobre o pai dela e observá-lo mais atentamente.

— O senhor está ferido! Veja! Veja! Há sangue em sua mão. Sangue no lençol!

No alvoroço, eu esquecera o arranhão de Silvio. Ao olhar o machucado, a lembrança me voltou; mas, antes que eu pudesse me pronunciar, a srta. Trelawny pegou minha mão e a ergueu. Ao ver as linhas paralelas dos cortes, exclamou novamente:

— É a mesma ferida de meu pai!

Em seguida, abaixou minha mão, rápido, mas gentilmente, e se dirigiu a mim e ao sargento Daw:

— Venham ao meu quarto! Silvio está lá, na cestinha.

Nós a seguimos e encontramos Silvio, acordado, na cesta. Ele lambia as patas. O detetive comentou:

— Está aqui, mesmo, mas por que lambe as patas?

Margaret — a srta. Trelawny — gemeu ao se abaixar e pegar uma das patas do gato; porém, o gato pareceu incomodar-se e rosnou. Foi então que a sra. Grant entrou no quarto. Ao ver que examinávamos o gato, ela contou:

— A enfermeira me disse que Silvio foi dormir na cama da enfermeira Kennedy desde que a senhora foi ao quarto de seu pai. Ele foi para lá assim que a senhora foi ao quarto do senhor. A enfermeira diz que a enfermeira Kennedy está gemendo e resmungando enquanto dorme, como se sofresse de um pesadelo. Acho melhor chamar o dr. Winchester.

— Chame imediatamente, por favor! — pediu a srta. Trelawny, e voltamos ao outro quarto.

A srta. Trelawny olhou o pai, franzindo a testa. Então, como se decidida, voltou-se para mim e falou:

— Não acha que devemos pedir consulta de mais alguém quanto ao caso de meu pai? É claro que confio plenamente no dr. Winchester, que parece um jovem imensamente inteligente. Porém, é mesmo jovem, e há de haver homens que se dedicam a este ramo da ciência. Um homem desses teria mais conhecimento e experiência, e tal conhecimento e experiência podem ajudar a iluminar o caso de meu pobre pai. O dr. Winchester parece, enquanto isso, no escuro. Ah! Não sei o que fazer. Que terrível!

Ela começou a chorar, e eu tentei reconfortá-la.

O dr. Winchester chegou rápido. Sua primeira preocupação foi o paciente, mas, ao encontrá-lo sem novos ferimentos, visitou a enfermeira Kennedy. Ao vê-la, ganhou uma expressão de esperança. Pegou uma toalha, e mergulhou a ponta em água fria, que respingou no rosto da doente. A pele ganhou cor, e ela se mexeu um pouco. Ele então se dirigiu à nova enfermeira, que chamava de irmã Doris.

— Ela está bem. Deve acordar em poucas horas, no máximo. Talvez inicialmente sinta-se tonta e angustiada, ou até histérica. Se for o caso, sabe como tratá-la.

— Sim, senhor! — respondeu a irmã Doris, com recato, e assim voltamos ao quarto do sr. Trelawny.

Assim que entramos, a sra. Grant e a enfermeira saíram, deixando apenas ao dr. Winchester, à srta. Trelawny e a mim. Após fechar a porta, o médico me perguntou o que ocorrera. Eu descrevi tudo, dando os detalhes mais exatos de que me lembrava. Ao longo da narrativa, que não demorou, ele me fez perguntas quanto a quem estava presente, e a ordem com que cada um chegara ao cômodo. Perguntou outras coisas também, mas nada de importância; foram apenas esses questionamentos que chamaram minha atenção, e ficaram retidos na memória. Ao fim da conversa, ele se virou para a srta. Trelawny e, muito decidido, declarou:

— Acho melhor, srta. Trelawny, pedirmos uma consulta externa para este caso.

Ela respondeu prontamente, parecendo surpreendê-lo um pouco:

— Fico feliz pela proposta. Concordo. Quem o senhor sugere?

— A senhorita tem alguma opção? — perguntou ele. — Alguém que conheça seu pai? Ele já consultou algum médico?

— Não que eu saiba. Mas espero que o senhor escolha quem achar melhor. Meu querido pai deve receber toda a ajuda possível, e eu ficarei muito agradecida por sua escolha. Quem é o melhor homem em Londres, ou em qualquer lugar, para tal caso?

— Há vários bons homens, mas espalhados pelo mundo. Percebe-se que o especialista neurológico tem um dom de nascença, e não adquirido, apesar de muito estudo ser necessário para completar e adequá-lo ao trabalho. Ele não é de país algum. O pesquisador mais ousado até o presente é Chiuni, japonês, mas ele é mais habituado a experimentos cirúrgicos do que à clínica. Há também Zammerfest, de Uppsala, e Fenelon, da Universidade de Paris, e Morfessi, de Nápoles. Isto, é claro, além de nossos próprios cientistas, Morrison, de Aberdeen, e Richardson, de Birmingham. Porém, à frente de todos eles, eu mencionaria Frere, do King's College. De todos os que mencionei, ele é quem melhor une teoria e prática. Ele não tem hobbies, pelo menos que tenham sido descobertos, e sua experiência é imensa. É uma tristeza para todos seus admiradores que nervos tão firmes e mãos tão destras devam ceder ao tempo. Em minha opinião, Frere é melhor do que qualquer outro especialista vivo.

— Então — disse a srta. Trelawny, decidida —, convocamos o dr. Frere, assim que possível no amanhecer! Por sinal, é "doutor", ou "senhor"?

Um peso pareceu aliviar-se do médico, e ele se pronunciou com mais tranquilidade e simpatia do que já mostrara:

— É *sir* James Frere. Irei pessoalmente vê-lo, o mais cedo possível, e o convocarei de prontidão.

Então, se virou para mim, e continuou:

— É melhor que eu cuide de sua mão.

— Não foi nada — retruquei.

— Mesmo assim, devo examinar. Qualquer arranhão de animal pode se tornar perigoso, e é melhor prevenir do que remediar.

Eu cedi, e ele começou a me tratar. Examinou, com uma lupa, as várias lesões paralelas, e as comparou com o papel mata-borrão marcado com as garras de Silvio, que tirou da carteira. Ele guardou o papel, e comentou simplesmente:

— Que pena que Silvio entre, e saia, bem quando não deveria.

A manhã avançou devagar. Às dez, a enfermeira Kennedy já se recuperara o bastante para se sentar e falar de modo inteligível. Porém, seus pensamentos ainda estavam enevoados, e ela não se lembrava de nada que ocorrera naquela noite, após se posicionar à cabeceira. Até então, não parecia saber, nem dar importância ao que acontecera.

Era quase onze horas quando o dr. Winchester voltou com o *sir* James Frere. Do patamar, os vi no corredor de baixo e senti um aperto no peito; eu sabia que a srta. Trelawny sofreria a dor de expor a ainda mais um desconhecido sua ignorância da vida do pai.

Sir James Frere era um homem que comandava atenção, seguida de respeito. Ele sabia de modo tão completo o que, pessoalmente, desejava, que deixava imediatamente de lado todos os desejos e ideias de pessoas menos definidas. O mero brilho de seus olhos penetrantes, ou a expressão de sua boca resoluta, ou o franzido de suas grandes sobrancelhas pareciam ordenar obediência imediata e voluntária a seus desejos. De certa forma, quando fomos todos apresentados e ele se juntar a nós, todo o mistério pareceu esvair-se. Foi com esperança que o vi entrar nos aposentos do doente, acompanhado do dr. Winchester.

Eles ficaram muito tempo no quarto; em determinado momento, mandaram chamar a enfermeira, a nova, irmã Doris, mas ela não se demorou. Em seguida, ambos foram ao quarto da enfermeira Kennedy, e ele dispensou a enfermeira que a acompanhava. Mais tarde, o dr. Winchester me contou que a enfermeira Kennedy, apesar da ignorância dos acontecimentos posteriores, deu respostas completas e satisfatórias às perguntas do dr. Frere relativas a seu paciente até o momento em que ela desmaiara. Em seguida, os dois doutores foram ao escritório, onde permaneceram por tanto tempo, e de onde suas vozes, erguidas em discussão fervorosa, pareciam em oposição tão ferrenha, que comecei a sentir desconforto. Quanto à srta. Trelawny, estava prestes a um colapso nervoso antes de eles voltarem a nós. Coitada! Ela passara por dias de muita ansiedade, e sua força nervosa estava perto do fim.

Finalmente, eles saíram. *Sir* James veio na frente, com o rosto sério tão misterioso quanto o de uma esfinge, e dr. Winchester o seguiu de perto, com o rosto pálido, mas o tipo de palidez que parecia uma reação, e dava a crer que pouco antes estivera vermelho.

Sir James pediu que a srta. Trelawny entrasse no escritório, e sugeriu que eu a acompanhasse. Quando entramos, *sir* James voltou-se para mim e falou:

— Entendo, pelo dr. Winchester, que o senhor é amigo da srta. Trelawny, e já tem conhecimento considerável do caso. Talvez seja boa sua presença. Já o conheço como advogado astuto, sr. Ross, apesar de nunca ter tido o prazer de encontrá-lo. Como o dr. Winchester me diz que há questões estranhas relativas ao caso que parecem confundi-lo, e a outros, e que ele acredita serem ainda de seu interesse especial, pode ser bom que o senhor conheça toda etapa do caso. Quanto a mim, não dou muita atenção a mistérios, exceto os científicos, e, como parece haver uma hipótese de tentativa de assassinato ou roubo, só posso dizer que, se assassinos se envolveram, eles devem assistir a aulas básicas de anatomia antes do próximo trabalho, pois parecem inteiramente ignorantes. Se o propósito foi roubo, parecem ter demonstrado uma ineficácia maravilhosa. Isso, contudo, não é de minha conta.

Ele pausou para cheirar uma pitada cheia de rapé e continuou, voltando-se para a srta. Trelawny:

— Agora, vamos ao paciente. Ignorando a causa de sua doença, tudo que podemos dizer no momento é que ele parece sofrer de uma crise aguda de catalepsia. Por enquanto, nada pode ser feito, além de manter sua força. O tratamento de meu amigo dr. Winchester é, de modo geral, de meu agrado, e tenho confiança de que, caso surja qualquer menor mudança, ele seja capaz de tratá-la satisfatoriamente. É um caso interessante, muito interessante, e, se ocorrer algum desenvolvimento novo ou anormal, terei o prazer de voltar a qualquer instante. Há apenas uma questão que desejo levantar, e a dirijo à senhorita diretamente, pois é de sua responsabilidade. O dr. Winchester me informa que a senhorita não tem liberdade neste aspecto, pois é obrigada por instruções dadas por seu pai para o caso desta mesma condição se dar. Recomendo veementemente que o paciente seja transportado para outro cômodo, ou, como alternativa, que as múmias e todas essas coisas sejam removidas de seus aposentos. Ora, qualquer homem se veria em uma condição anormal se cercado por tal variedade de horrores, respirando a atmosfera que exalam. A senhorita já tem provas do efeito de um odor mefítico daqueles. A enfermeira, acho que Kennedy, o doutor disse, ainda não saiu do estado de catalepsia; e o senhor, sr. Ross, sentiu, pelo que me disseram, alguns dos mesmos efeitos. Sei o seguinte — falou, fechando ainda mais as sobrancelhas e firmando a boca em uma linha rígida —: se eu fosse o responsável aqui, insistiria que o paciente mudasse de atmosfera, ou abriria mão do caso. O dr. Winchester já sabe que só posso ser consultado novamente se tal condição se cumprir. Porém, confio que a senhorita se decidirá, como qualquer boa filha, em minha opinião, decidiria, a cuidar da saúde e sanidade de seu pai, e não de qualquer vontade dele, quer seja, ou não, sustentada em presságio de medo, ou por uma variedade de mistérios de jornaleiro. Ainda não chegou o dia, felizmente, do British Museum e do hospital St. Thomas trocarem de função normal. Tenha um bom dia, srta. Trelawny. Espero, sinceramente, em breve ver seu pai recuperado. Lembre-se que, se cumprir a condição básica que expus aqui, estarei a seu serviço, dia ou noite. Bom dia, sr. Ross. Espero que possa me dar notícias em breve, dr. Winchester.

Quando ele se foi, ficamos em silêncio, até o rumor da carruagem desaparecer. O primeiro a falar foi o dr. Winchester.

— Acho justo dizer que, em minha opinião, unicamente na condição de médico, ele está certo. Senti vontade de esmurrá-lo quando ele criou tal condição para não abandonar o caso, mas, de qualquer modo, ele está correto quanto ao tratamento. Ele não entende que há algo de estranho neste caso especial, e não quer entender o nó que nos ata devido às instruções do sr. Trelawny. É claro...

— Dr. Winchester — interrompeu a srta. Trelawny —, o senhor também deseja abandonar o caso, ou está disposto a continuar sob as condições já sabidas?

— Abandonar? Ainda menos do que antes, srta. Trelawny. Não abandonarei o caso nunca, enquanto restar vida nele ou em algum de nós!

Ela não respondeu, e apenas estendeu a mão, que ele apertou, caloroso.

— Agora — disse ela —, se *sir* James Frere é exemplo do culto aos especialistas, não quero mais saber deles. Para começo de conversa, ele não parece saber mais do que o senhor quanto à condição do meu pai, e, se tivesse um centésimo do seu interesse, não insistiria em tal detalhe. É claro que estou extremamente ansiosa quanto a meu pobre pai, e, se encontrar um modo de cumprir alguma das condições do *sir* James Frere, o farei. Pedirei ao sr. Marvin para vir me visitar hoje, e me aconselhar quanto ao limite dos desejos de meu pai. Se ele acreditar que estou livre para agir de qualquer modo sob minha própria responsabilidade, não hesitarei.

O dr. Winchester, então, partiu.

A srta. Trelawny sentou-se e escreveu uma carta para o sr. Marvin, resumindo a situação, e pedindo para que ele viesse visitá-la e trouxesse quaisquer documentos pudessem esclarecer a questão. Ela enviou a carta por carruagem, para que o veículo trouxesse o advogado; esperamos sua chegada com a paciência de que fomos capazes.

O trajeto de Kensington Palace Gardens a Lincoln's Inn Fields não é, para quem o faz, muito demorado; porém, para quem espera que alguém o faça, parece infinito. Tudo, contudo, cede ao Tempo; no fim, demorou menos de uma hora para que o sr. Marvin nos encontrasse.

Ele reconheceu a impaciência da srta. Trelawny e, ao saber o suficiente da doença do pai da moça, falou:

— Quando estiver pronta, posso apresentar à senhorita os detalhes dos desejos de seu pai.

— Quando quiser — disse ela, evidentemente ignorando o que ele queria dizer. — Por que não agora?

Ele me olhou, como olharia a um colega, e declarou, gaguejando:

— Não estamos em particular.

— Trouxe o sr. Ross comigo de propósito — retrucou ela. — No momento, ele sabe de tanto, que desejo que saiba mais.

O advogado mostrou-se um pouco desconcertado, fato que, para os que o conhecem apenas do tribunal, seria quase inacreditável. Ele respondeu com certa hesitação:

— Mas, cara senhorita... são os desejos de seu pai! E a intimidade entre pai e filha...

Ela o interrompeu, com as faces, normalmente pálidas, tomando cor:

— Acredita mesmo que isso se aplique à circunstância atual, sr. Marvin? Meu pai nunca me contou nada de seus negócios, e agora, nesta tragédia extrema, só posso saber de seus desejos por meio de um cavalheiro que me é desconhecido, do qual nem ouvi falar até receber a carta de meu pai, escrita com intenção de que eu a lesse apenas em casos extremos. O sr. Ross é um amigo recente, mas tem toda minha confiança, e eu gostaria de sua presença. A não ser, é claro — acrescentou —, que tal aspecto seja proibido por meu pai. Ah! Perdão, sr. Marvin, por parecer-lhe grosseira, mas tenho vivido tanta ansiedade e perturbação, que mal tenho controle sob mim mesma.

Ela cobriu os olhos com a mão por alguns segundos, e nós dois, homens, nos entreolhamos e aguardamos, tentando não mostrar comoção. Ao prosseguir, soava mais firme, e composta.

— Por favor, por favor!, não creia que lhe falto com gratidão por sua gentileza em vir aqui com tal rapidez. Fico, mesmo, agradecida, e confio plenamente em seu discernimento. Se desejar que fiquemos a sós, ou acreditar que seja melhor assim, pode ser.

Eu me levantei, mas o sr. Marvin fez um gesto em negativa. Ele nitidamente estava satisfeito com a atitude dela, pois, ao falar, sua voz e postura eram simpáticos.

— De modo algum! De modo algum! Não há restrição da parte de seu pai, e, de minha parte, estou disposto. Na verdade, pensando bem, pode ser melhor assim. Pelo que falou da doença do sr. Trelawny, e das outras questões incidentais, será certamente o caso de qualquer eventualidade grave, compreendida desde o início, e circunstâncias determinadas pelas instruções imperativas de seu pai. Pois, entenda, por favor, as instruções são imperativas, extremamente. São tão inflexíveis, que ele me concedeu uma procuração, sob a qual ajo, que me autoriza a concretizar seus desejos escritos. Por favor, acredite definitivamente que ele teve intenção plena de tudo mencionado naquela carta à senhorita! Enquanto vive, ele deve permanecer em seu próprio quarto, e nenhuma de suas posses deve ser removida dali, sob circunstância alguma. Ele incluiu até mesmo um inventário dos bens que não devem ser movidos.

A srta. Trelawny fez silêncio. Ela parecia um pouco angustiada e, supondo entender o motivo imediato, perguntei:

— Podemos ver esta lista?

A expressão da srta. Trelawny animou-se imediatamente, mas logo voltou ao murchar diante da resposta ágil do advogado, que evidentemente estava preparado para a pergunta.

— Não, a não ser que eu seja compelido a agir de acordo com a procuração. Trouxe tal instrumento comigo. O senhor reconhecerá, sr. Ross — falou, com o tipo de convicção profissional que eu notara em seu trabalho habitual, e me entregou o documento —, a firmeza de seus ditos, e os desejos expressos de modo a não permitir qualquer brecha. As palavras são diretas do sr. Trelawny, exceto por certas formalidades jurídicas, e garanto que raramente vi documento tão blindado. Nem eu mesmo tenho o poder de relaxar as instruções de modo algum, sem cometer uma traição de fé gritante. E isso, nem preciso dizer, é impossível.

Ele evidentemente acrescentou essas últimas palavras para impedir que apelássemos a sua consideração pessoal. Porém, não gostou da aparência dura do que dissera, e acrescentou:

— Espero, srta. Trelawny, que compreenda que estou disposto, franca e inequivocamente, a fazer tudo que eu puder, dentro dos limites de meu poder, para aliviar sua angústia. Contudo, seu pai, em suas ações, tinha sempre um propósito próprio, que não me revelou. Pelo que vejo, não há uma palavra sequer em suas instruções que ele não tenha considerado plenamente. A ideia que ele tinha em mente era a ideia de sua vida; ele estudou cada frase possível, e estava preparado para defendê-la a todo instante.

"Agora, temo tê-la angustiado, e peço perdão sincero, pois vejo que a senhorita já tem muito, até demais, a suportar. Porém, não tenho alternativa. Se quiser consultar-me em qualquer momento, sobre qualquer questão, prometo que me apresentarei sem atraso, a qualquer hora do dia ou da noite. Eis meu endereço particular, seguido do endereço do meu clube, onde normalmente estou à noite."

Ele anotou na agenda, rasgou o papel e o entregou. Ela o agradeceu. Ele se despediu de mim e dela com apertos de mão, e se foi.

Assim que a porta se fechou após sua partida, a sra. Grant bateu na porta e entrou. A dor em seu rosto era tão clara que eu e a srta. Trelawny nos levantamos, pálidos, e perguntamos:

— O que foi, sra. Grant? O que aconteceu? Há novos problemas?

— Dói-me dizer, senhorita, que os criados, exceto por dois indivíduos, pediram demissão e desejam partir ainda hoje. Eles discutiram entre si, e o mordomo pronunciou-se por todos. Ele diz que estão dispostos a abrir mão do soldo, e até pagar a multa pela falta de adiantamento, mas que precisam partir hoje mesmo.

— Que motivo deram?

— Nenhum, senhorita. Dizem que sentem muito, mas não têm nada a dizer. Perguntei a Jane, a faxineira, senhorita, que não se juntou ao resto e prosseguirá aqui, e ela me disse, em confidência, que meteram em suas cabecinhas bobas que a casa é assombrada!

Deveríamos rir, mas não conseguimos. Não era possível ver o rosto da srta. Trelawny e ainda rir. A dor e o horror presentes ali não mostravam susto repentino, nem medo; aquilo fora a confirmação de alguma ideia já fixa. Quanto a mim, parecia que meu cérebro encontrara voz. A voz, porém, não estava completa; havia algum pensamento outro, mais profundo e sombrio, por trás dela, cuja voz ainda não soara.

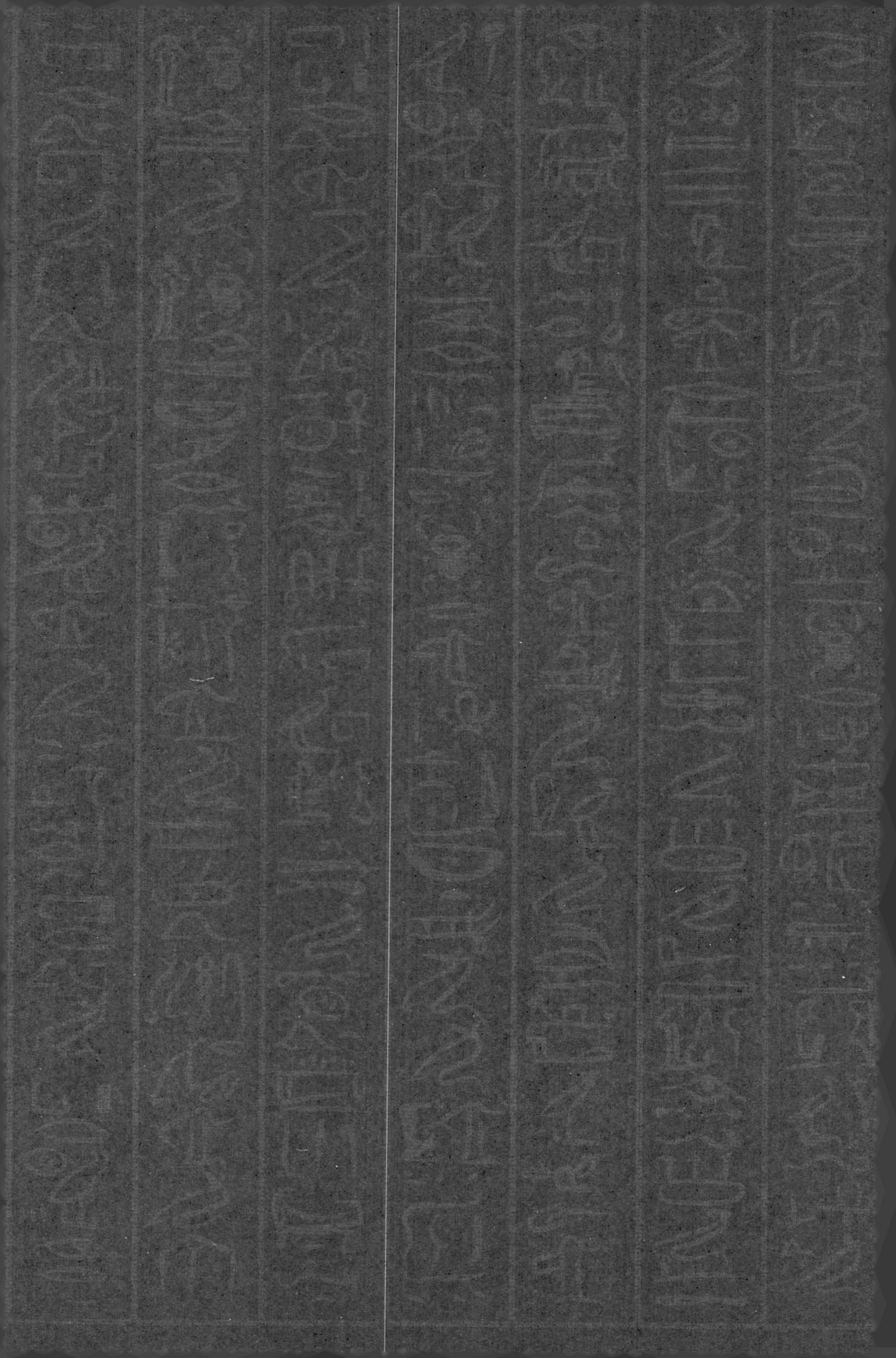

CAPÍTULO VI

Desconfiança

A primeira a recuperar a compostura foi a srta. Trelawny. Sua postura era altiva e digna ao dizer:
— Muito bem, sra. Grant. Libere eles! Pague pelo trabalho deles até hoje, e mais um mês de salário. Eles até agora se mostraram criados de muita qualidade, e a ocasião de sua partida não é comum. Não devemos esperar fidelidade de ninguém sufocado por medo. Aqueles que permaneceram terão, no futuro, seu salário dobrado; e por favor os traga para uma conversa comigo agora.

A sra. Grant estremeceu de indignação contida; seu orgulho de governanta mostrava ultraje diante de um tratamento tão generoso de criados que se uniram para se demitir.

— Eles não merecem isso, senhorita; não deveriam ter agido assim, depois de como foram tratados aqui. Nunca na vida vi criados serem tão bem tratados, nem patroa tão gentil e graciosa quanto a senhorita. Pelo tratamento, poderiam estar no lar de um rei! E agora, bem quando surge problema, decidem agir assim. É uma abominação, isso sim!

A srta. Trelawny foi muito gentil com ela, abafando sua indignação agitada, até que ela partiu com menos hostilidade para com os indignos. Em humor muito diferente, ela voltou para perguntar à patroa se deveria contratar uma equipe completa de novos criados, ou, pelo menos tentar.

— Pois a senhorita sabe — continuou — que, quando se estabelece susto nos aposentos da criadagem, é praticamente impossível livrar-se disso. Os criados podem vir, mas irão embora na mesma rapidez. Não há como segurá-los. Eles simplesmente não ficarão aqui. E, mesmo se trabalharem no mês devido antes da demissão, a vida fará com que a senhorita deseje, a cada hora de todos os dias, não tê-los mantido. As mulheres já são ruins, e atrevidas, mas os homens são ainda piores!

Não havia ansiedade nem indignação na voz, nem na postura da srta. Trelawny ao responder.

— Acredito, sra. Grant, que seja melhor tentar nos contentarmos com os que ainda temos. Enquanto meu querido pai estiver doente, não receberemos visitas, portanto seremos apenas três moradores exigindo cuidados. Se os criados dispostos a permanecer não bastarem, peço que tentemos encontrar apenas o suficiente para ajudá-los no trabalho. Imagino que não seja difícil arranjar algumas arrumadeiras, talvez que a senhora já conheça. E, por favor, lembre-se de que os funcionários que encontrar, e que sejam dignos e dispostos a trabalhar, recebam daqui em diante o mesmo salário dos restantes aqui. É claro que, sra. Grant, espero que entenda que, embora eu não a equipare de modo algum a esses criados, a regra do salário dobrado vale também para a senhora.

Enquanto falava, ela estendeu a mão comprida e fina, e a outra mulher a pegou, a levou à boca e a beijou de modo impressionante, com a liberdade de uma mulher mais velha diante de um amais nova. Não deixei de admirar a generosidade de seu tratamento dos criados. Mentalmente, concordei com o comentário feito pela sra. Grant, *sotto voce*, ao partir do cômodo:

— É claro que esta casa é como a morada de um rei, pois a senhora é como uma princesa!

Uma princesa! Era isso. A ideia pareceu me satisfazer, e trazer, em uma torrente de luz, a lembrança do primeiro momento em que ela surgiu aos meus olhos no baile da praça Belgrave. Uma figura real! Alta e esguia, curvando-se, balançando e ondulando como o lírio ou o lótus. Paramentada em um vestido esvoaçante, de um material preto fino com detalhes dourados. Como ornamento no cabelo, usava uma joia egípcia antiga, um minúsculo disco de cristal, encaixado entre plumas elevadas e esculpidas em lápis-lazúli. No punho, usava uma pulseira larga de ourivesaria antiga, no formato de um par de asas abertas forjadas em ouro, cujas penas eram compostas de pedras preciosas coloridas. Apesar de sua postura graciosa, quando me fora apresentada pela anfitriã, eu sentira medo dela. Foi só depois, no piquenique à beira do rio, quando a percebera doce e gentil, que meu fascínio se transformara em outra emoção.

Ela ficou um tempo sentada, escrevendo anotações e documentos. Em seguida, guardou os papéis e mandou chamar os criados fiéis. Achei melhor que aquela reunião fosse conduzida por ela sozinha, então a deixei. Quando voltei, havia rastros de lágrima em seus olhos.

A fase seguinte em que me envolvi foi ainda mais perturbadora, e infinitamente mais dolorida. Ao final da tarde, o sargento Daw entrou no escritório em que eu me encontrava. Fechou a porta com cautela, olhou ao redor do cômodo para garantir nossa privacidade, e finalmente se aproximou.

— O que foi? — perguntei. — Vejo que deseja conversar em particular.

— Exatamente, senhor. Permite que eu me expresse em confidência absoluta?

— É claro. Em tudo que for para o bem da srta. Trelawny, e, é claro, do sr. Trelawny, pode demonstrar franqueza perfeita. Imagino que nós dois queiramos servi-los com todo nosso poder.

Ele hesitou antes de responder.

— É claro que o senhor sabe que tenho também meu dever, e acredito que me conheça o suficiente para saber que irei cumpri-lo. Sou policial, detetive, e é meu dever descobrir os fatos do caso que me atribuem, sem medo, nem preferência por ninguém. Prefiro conversar com o senhor a sós, em sigilo, se possível, sem referência ao dever de ninguém para com ninguém, exceto ao meu pela Scotland Yard.

— É claro! É claro! — respondi, mecânico, e senti o coração afundar, sem saber o motivo. — Seja sincero comigo. Garanto o sigilo.

— Obrigado, senhor. Considero o que o que direi não será transmitido pelo senhor, para ninguém. Nem para a srta. Trelawny, nem mesmo para o sr. Trelawny quando ele se recuperar.

— Certamente, se for essa sua condição! — falei, um pouco mais seco.

O homem reconheceu a mudança em minha voz e postura, e falou com tom de desculpas:

— Perdão, senhor, mas estou fugindo aos limites de meu dever ao conversar com o senhor sobre este tema. Contudo, o conheço há muito tempo, e sinto que posso confiar no senhor. Não apenas na sua sinceridade, senhor, pois esta é garantida, mas em sua discrição!

Fiz uma reverência.

— Prossiga! — insisti.

Ele logo começou:

— Repassei o caso, senhor, até ficar tonto, mas não encontro nenhuma solução comum. No momento de cada atentado, aparentemente não houve entrada de ninguém na casa, e certamente não houve saída. O que supõe inferir dali?

— Que alguém, ou algo, responsável já estivesse na casa — respondi, sorrindo, a contragosto.

— É precisamente o que penso — disse ele, com um suspiro de óbvio alívio. — Muito bem! Quem pode ser esse alguém?

— "Alguém, ou algo", foi o que disse.

— Optemos por "alguém", sr. Ross! O gato, por mais que possa arranhar ou morder, nunca arrancou o sr. Trelawny da cama, nem tentou arrancar a pulseira com a chave de seu braço. Tudo isso pode servir muito bem em livros de detetives amadores, que sabem tudo antes da ocorrência e encaixam os fatos em teorias; mas na Scotland Yard, cujos homens não são idiotas, normalmente concluímos que, quando um crime é cometido, ou sua tentativa, são pessoas, e não coisas, as responsáveis.

— Então que sejam "pessoas", sargento.

— Estávamos falando de "alguém", senhor.

— Precisamente. Alguém, que seja.

— O senhor já percebeu que, em cada uma das três ocasiões em que ocorreu um ataque, ou uma tentativa, houve uma pessoa cuja presença foi a primeira, e que levantou o alarme?

— Vejamos! Acredito que a srta. Trelawny tenha pedido o socorro na primeira ocasião. Eu mesmo estava presente, apesar de adormecido, na segunda, assim como a enfermeira Kennedy. Quando despertei, havia várias pessoas no cômodo, dentre elas o senhor. Entendo que, também nessa ocasião, a srta. Trelawny adiantou-se ao senhor. E, na última situação que presenciei, a srta.

Trelawny desmaiou. Eu a levei, e voltei. Na volta, fui o primeiro, e acho que o senhor veio logo atrás.

Sargento Daw pensou por um momento antes de responder.

— Ela esteve presente, ou foi a primeira a aparecer, em todas as ocasiões; o dano só ocorreu na primeira e na segunda!

A inferência era, para mim, como advogado, inconfundível. Achei que o melhor a fazer seria adiantar-me à lógica. Sempre notei que a melhor forma de encontrar uma inferência é transformá-la em afirmação.

— Quer dizer — falei — que, nas únicas ocasiões em que houve dano, a chegada inicial da srta. Trelawny é prova de que foi ela a culpada, ou que no mínimo teve conexão com o atentado, assim como com a descoberta?

— Não ousaria ser claro assim, mas é, sim, aonde leva minha dúvida.

Sargento Daw era um homem corajoso; ele evidentemente não recuava diante de qualquer conclusão de seu raciocínio.

Nós dois ficamos um tempo em silêncio. Medos começaram a se agigantar em minha mente. Não eram dúvidas da srta. Trelawny, nem de nenhuma ação dela, mas o medo de que essas ações fossem mal interpretadas. Evidentemente havia algum mistério ali, e, se nenhuma solução fosse encontrada, a dúvida se dirigia a alguém. Nesses casos, a suposição da maioria tende a seguir o caminho de menor resistência; e, caso se provasse que alguma vantagem pessoal poderia decorrer da morte do sr. Trelawny, poderia ser difícil provar inocência diante de fatos suspeitos. Instintivamente, tomei a deferência que, até o plano da acusação se desenrolar, é uma atitude segura da defesa. Não me serviria, naquele estágio, combater qualquer teoria formada por um detetive. A melhor forma de auxiliar a srta. Trelawny seria ouvir e compreender. Quando viesse a hora de dissipar e obliterar tais teorias, eu me disporia a usar todo meu fervor militante, e todas as armas sob meu comando.

— É claro que cumprirá seu dever, eu bem sei, e sem medo — falei. — Que curso pretende tomar?

— Ainda não sei, senhor. Veja, até o momento, não me é nem uma suspeita. Se alguém mais me dissesse que aquela doce jovem teve envolvimento nessa questão, eu acharia tolice; porém, devo seguir minhas conclusões. Sei muito bem que pessoas igualmente improváveis já foram culpadas, com provas, mesmo que um tribunal inteiro, exceto pela acusação, que sabia dos fatos, e pelo juiz, que ensinara a mente a aguardar, juraria sua inocência. Eu não desejaria, por nada, tratar injustamente uma moça assim, ainda mais quando ela deve carregar um fardo tão cruel. E o senhor deve garantir não dizer uma palavra que leve mais ninguém a tal acusação. É por isso que vim conversar com o senhor em sigilo, entre homens. O senhor tem talento para provas, pois é sua profissão. A minha só chega à suspeita, e o que consideramos nossas provas, que não vão além de evidências *ex parte*. O senhor conhece a srta. Trelawny melhor do que eu, e, apesar de eu observar o quarto do doente, e circular pela casa e fora dela, não tenho as mesmas oportunidades do senhor de conhecer a moça, sua vida, e seus recursos, nem mais nada que possa me oferecer pista de seus atos. Se eu tentasse descobrir isso dela, atiçaria sua desconfiança imediatamente. Assim, no caso de ela ser culpada, a possibilidade de prova definitiva se esvairia, pois ela facilmente encontraria um modo de escapar à detecção. Porém, se ela for inocente, como espero, seria uma injustiça cruel acusá-la. Considerei a situação de acordo com minha perspectiva antes da conversa; e se fui indecoroso, senhor, peço sincero perdão.

— Não há nada de indecoroso, Daw — falei, calorosamente, pois a coragem, a honestidade e a consideração do homem me levavam a respeitá-lo. — Fico feliz que tenha conversado comigo com tamanha franqueza. Nós dois queremos descobrir a verdade, e há tanto de estranho neste caso, tanto que vai além de toda experiência, que nossa única oportunidade de esclarecer a situação a longo prazo é mirar a verdade, quaisquer que sejam nossas perspectivas, ou o objetivo final que almejamos!

O sargento demonstrou satisfação ao continuar:

— Achei, portanto, que, se lhe ocorresse que mais alguém se dedicava a tal possibilidade, procuraria, aos poucos, as provas; ou, de algum modo, ideias que o convenceriam, seja a favor, ou contra a hipótese. Assim, chegaríamos a alguma conclusão, ou, no mínimo, exauriríamos as outras possibilidades até a mais provável se tornar o mais próximo possível da prova, ou de uma forte suspeita. Depois disso, deveríamos...

Foi então que a porta se abriu, e a srta. Trelawny entrou. No momento em que nos viu, recuou, rápido.

— Ah, perdão! Não sabia que estavam aqui, e ocupados.

Quando me levantei, ela já estava prestes a ir embora.

— Entre, por favor — falei. — Eu e o sargento Daw estávamos apenas discutindo a situação.

Enquanto ela hesitava, a sra. Grant surgiu.

— O dr. Winchester chegou, senhorita, e pediu para vê-la.

Obedeci ao olhar da srta. Trelawny e, juntos, saímos.

Quando o doutor concluiu o exame, nos contou que não aparentara mudança. Porém, acrescentou que gostaria de passar a noite na casa, se possível. A srta. Trelawny se alegrou, e pediu para a sra. Grant aprontar um quarto para ele. Mais tarde, quando eu e ele ficamos a sós, ele disse, de repente:

— Arranjei de passar a noite aqui porque quero conversar com o senhor. E, por querer que a conversa seja bastante particular, achei que o menos suspeito seria fumarmos um charuto à noite, quando a srta. Trelawny estiver ocupada, observando o pai.

Ainda mantínhamos o arranjo de que eu ou a filha do doente estivéssemos na vigília durante toda a noite. Deveríamos dividir o dever na madrugada. Eu estava ansioso, sabendo, pela conversa, que o detetive estaria secretamente de vigília também, e especialmente alerta naquele momento.

O dia se passou sem mais complicações. A srta. Trelawny dormiu durante a tarde e, na hora do jantar, foi trocar de lugar com a enfermeira. A sra. Grant fez companhia a ela, enquanto o sargento Daw vigiava do corredor. Eu e o dr. Winchester tomamos café na biblioteca. Após acender os charutos, ele falou, baixinho:

— Agora que estamos a sós, desejo ter uma conversa confidencial. Estamos protegidos, é claro, em toda circunstância?

— Certamente!

Senti um aperto no peito ao pensar na conversa com sargento Daw de manhã, e nos medos perturbadores e angustiantes que deixara em mim.

Ele continuou:

— Este caso é suficiente para testar a sanidade de todos os envolvidos. Quanto mais penso nisso, mais enlouqueço; e as duas linhas, ambas fortalecidas, parecem puxar para seus sentidos opostos com cada vez mais força.

— Que linhas?

Ele me olhou atentamente por um instante antes de responder. A expressão do dr. Winchester naqueles momentos poderia chegar a desconcertar. Caso eu tivesse algum envolvimento na questão, para além de meu interesse na srta. Trelawny, teria me afetado. Porém, na situação como estava, mantive-me firme. Eu era um advogado em seu caso; em um sentido, um *amicus curiae*, e, em outro, contratado pela defesa. A mera ideia de que havia, na cabeça daquele homem inteligente, duas linhas igualmente fortes e opostas me consolou a ponto de neutralizar minha ansiedade quanto a um novo ataque. Conforme falava, o doutor mostrava um sorriso inescrutável, que, contudo, deu lugar a uma seriedade severa ao prosseguir.

— Duas linhas: fato e... fantasia! Na primeira, está aquilo tudo: ataques, tentativas de assalto e assassinato, estupefacientes, catalepsia organizada que aponta a hipnotismo criminoso e sugestão mental, ou a algum modo simples de veneno ainda não classificado por nossa toxicologia. Na outra, há o envolvimento de uma influência ainda não classificada em qualquer livro de meu conhecimento... além das páginas de romances. Nunca senti com tanta força a verdade das palavras de Hamlet: "Há mais coisas no céu e na terra... do que sonha a tua filosofia."

"Vamos começar pelo lado do fato. Há um homem em casa, em seu próprio lar, cercado de diversos criados de classes diferentes, o que impossibilita um atentado organizado por parte da criadagem. Ele é rico, estudado, e inteligente. Por sua fisionomia, não há dúvida de ser um homem de força de ferro e propósito determinado. Sua filha, que me parece ser filha única, e é uma jovem esperta e ágil, dorme no quarto bem ao lado. Não há motivo aparente para esperar ataque ou incômodo, nem oportunidade razoável para que o ato seja cometido por alguém de fora. Contudo, um ataque ocorre, um ataque brutal e insensível, cometido no meio da madrugada. Descobre-se rápido, com a agilidade que, em casos criminais, normalmente descobre-se não ser acidental, mas premeditada. O agressor, ou os agressores, aparentam ser interrompidos antes da conclusão do trabalho, qualquer que fosse seu objetivo final. No entanto, não há sinal visível de sua fuga; nem pista, nem nada incomodado; nem porta, nem janela aberta; nem som. Nada que mostre quem cometeu o ato, nem mesmo se o ato foi cometido; exceto pela vítima, e por seu ambiente incidente ao ato!

"Na noite seguinte, outro ataque semelhante ocorre, apesar da casa estar cheia de pessoas despertas, e apesar de o quarto e seus arredores serem vigiados por um detetive, uma enfermeira treinada, um amigo sincero, e a filha da vítima. A enfermeira entra em catalepsia, e o amigo vigilante, mesmo protegido por uma máscara, cai em sono profundo. Até mesmo o detetive é tão dominado por estupor que dispara a pistola no quarto do doente, e nem sabe descrever no que atirou. Sua máscara é a única coisa que parece pesar no lado "fato" da situação. Que não tenha perdido a cabeça como os outros, considerando que o efeito é proporcional à quantidade de tempo passada no cômodo, é um sinal de que, provavelmente, o estupefaciente não seja hipnótico, independentemente do que possa ser. Porém, há aí um fato contraditório. A srta. Trelawny, que ocupou o cômodo por mais tempo do que o resto, pois ela entrava e saía continuamente, e também cumpriu vigília permanente, não pareceu se afetar em nada. Isso mostraria que a influência, qualquer que seja, não tem efeito geral; a não ser, é claro, que ela estivesse de alguma forma acostumada. Caso venha de algo estranho exalado por algum dos objetos egípcios, pode estar aí a explicação; porém, aí nos deparamos com o fato de que o sr. Trelawny, que passou ainda mais tempo no cômodo, e que, na verdade, viveu mais de metade da vida ali, foi quem sofreu o pior efeito. Que influência explicaria todos esses efeitos diferentes e contraditórios? Não! Quanto mais penso nessa forma de dilema, mais me confundo! Ora, mesmo que o ataque, o ataque físico, contra o sr. Trelawny fosse cometido por algum residente da casa, que não esteja na esfera da suspeita, a estranheza do estupefaciente prosseguiria misteriosa. Não é fácil causar catalepsia. Na verdade, pelo que se sabe na ciência até o momento, é impossível cumprir tal objetivo por determinação. A chave de toda a questão é a srta. Trelawny, que parece não ser sujeita a nenhuma das influências, ou possivelmente das variantes da mesma influência. Ela passa por tudo incólume, exceto por aquele leve desmaio. É muito estranho!"

Escutei com um aperto no peito, pois, apesar de seus modos não indicarem desconfiança, seu argumento me perturbava. Apesar de não ser tão direto quanto as desconfianças do detetive, parecia identificar a srta. Trelawny como diferente de todos os outros envolvidos; e, em um mistério, estar a sós é ser suspeito, em última instância, senão na imediata. Achei melhor não dizer nada. Em tais casos, silêncio é mesmo de ouro; e, se eu não dissesse nada no momento, teria menos a defender, explicar ou retirar mais tarde. Portanto, fiquei secretamente satisfeito por sua forma de argumentar não exigir resposta — pelo menos, por enquanto. O dr. Winchester não parecia esperar resposta alguma — um fato que, quando reconhecido, me deu prazer, mesmo que eu mal soubesse o motivo. Ele hesitou por um momento, sentado com o queixo apoiado na mão, os olhos voltados para o ar, e as sobrancelhas franzidas. Segurava o charuto sem força nos dedos; aparentemente o esquecera. Em voz regular, como se recomeçasse exatamente de onde parara, prosseguiu o argumento:

— A outra ponta do dilema é questão totalmente diferente e, se nos permitirmos explorá-la, devemos deixar para trás tudo do campo da ciência e da experiência. Confesso que me fascina, apesar de eu temer, a cada novo pensamento, me encontrar fantasiando de tal modo que me faça parar abruptamente e encarar os fatos com firmeza. Às vezes me pergunto se a influência ou emanação do aposento do doente me afeta como afetou os outros... o detetive, por exemplo. É claro que, caso seja um composto químico, como, por exemplo, qualquer droga em forma de vapor, o efeito pode ser cumulativo. Porém, o que poderia produzir tal efeito? O cômodo, como sei, é repleto de cheiros de múmia, o que não surpreendente, devido à quantidade de relíquias do túmulo, além da múmia de animal que Silvio atacou. Por sinal, vou examinar esse objeto amanhã; tenho ido atrás de um gato mumificado, de que me apossarei de manhã. Quando o trouxer, descobriremos se é de fato instinto racial que sobrevive a milhares de anos da tumba. Enfim, voltemos ao tema. Os cheiros de múmia vêm da presença de substâncias, e suas combinações, que os sacerdotes egípcios, que eram os homens cultos e os cientistas da época, descobriram, por séculos de experiência, terem força para impedir as forças naturais da decomposição. Deve haver agentes poderosos envolvidos para efetuar tal propósito, e é possível que tenhamos aqui alguma substância ou combinação rara cujas qualidades e capacidades não sejam compreendidas em nossa época mais adiantada e prosaica. Eu me pergunto se o sr. Trelawny tem qualquer conhecimento, ou mesmo suspeita, de algo assim? Só sei com certeza que não se imaginaria uma atmosfera pior para a convalescência, e admiro a coragem do *sir* James Frere ao se recusar a se envolver com um caso sob tais condições. Essas instruções do sr. Trelawny à filha, e, pelo que me contou, a cautela com que protegeu os desejos com o advogado, mostram que ele desconfiava de algo... Eu me pergunto se seria possível aprender algo a respeito disso! Certamente os documentos dele mostrariam ou sugeririam algo... É uma questão difícil de abordar, mas pode ser necessária. A condição presente dele não pode se estender eternamente, e, se algo ocorresse, seria instaurada uma investigação. Em tal caso, tudo seria examinado minuciosamente... Na situação atual, as provas da polícia mostrariam um atentado de assassinato repetido mais de uma vez. Como não há pista aparente, seria necessário investigar pelo motivo.

Ele se calou. As palavras finais iam saindo em tom cada vez mais baixo, com o efeito da desesperança. Convenci-me que era a hora de descobrir se ele tinha algum suspeito definitivo; assim, como se obedecesse a um comando, questionei:

— Desconfia de alguém?

Ele pareceu mais assustado do que surpreso ao se virar para mim.

— Se desconfio de alguém? De algo, quer dizer. Desconfio, certamente, que haja alguma influência, mas, no momento, minha desconfiança se atém a esse limite. Mais adiante, se houver alguma conclusão suficientemente definitiva de meu raciocínio ou pensamento, pois não há dados adequados para raciocínio, posso desconfiar. Por enquanto, contudo...

Ele parou de repente e olhou a porta. Ouvimos um som leve e a maçaneta girou. Meu coração parou de bater. Fui tomado por uma apreensão sombria e vaga. A interrupção da manhã, durante minha conversa com o detetive, me voltou de repente.

A porta se abriu, e a srta. Trelawny entrou.

Ao nos ver, ela recuou, e seu rosto foi tomado por um rubor escuro. Por alguns segundos, hesitou, e os segundos seguintes pareceram se estender em progressão geométrica. Minha tensão e, como via, a do doutor também, relaxou-se quando ela falou:

— Ah, perdão, não sabia que estavam ocupados. Eu estava procurando o senhor, dr. Winchester, para saber se eu poderia dormir com segurança hoje, devido à sua presença. Estou tão cansada e abatida que tenho medo de desmoronar, e hoje certamente não seria útil.

O dr. Winchester respondeu com honestidade:

— Claro! Claro, vá deitar-se, por favor, e durma bem. Deus! A senhorita precisa mesmo disso. Fico muito feliz de ter feito tal sugestão, pois temi, ao vê-la hoje, ter mais uma paciente em mãos.

Ela suspirou de alívio e a expressão de cansaço pareceu derreter-se. Nunca esquecerei o brilho profundo e sincero em seus lindos olhos pretos e grandes ao me dizer:

— Cuide do meu pai hoje com o dr. Winchester, por favor? Estou tão ansiosa por causa dele que cada segundo me traz novos medos. Porém, estou mesmo abatida e, se não dormir bem, acho que vou enlouquecer. Mudarei de quarto esta noite. Temo que, se dormir muito perto do quarto de meu pai, multiplicarei cada som em mais pavor. Mas, é claro, me acordarão se houver motivo. Estarei no quarto da pequena suíte próxima ao boudoir do corredor. Era meu quarto quando me mudei para cá, e na época não tinha preocupações... Lá, será mais fácil descansar, e talvez por algumas horas possa me esquecer. De manhã, estarei bem. Boa noite!

Quando fechei a porta atrás dela e voltei à mesinha à qual estávamos sentados, o dr. Winchester falou:

— Essa moça, coitada, está exigida a nível terrível. Fico muito aliviado por ela descansar. Será vital e, de manhã, ela estará melhor. O sistema nervoso dela está à beira de pane. Notou o temor e a perturbação dela, além de seu rubor, ao entrar e nos ver conversando? Uma coisa comum assim, na casa dela, com seus convidados, não a incomodaria em circunstâncias comuns!

Eu estava prestes a contar, como justificativa para sua defesa, que sua entrada repetira a cena em que me encontrara com o detetive mais cedo. Porém, lembrei-me que a conversa era tão íntima que qualquer alusão poderia ser incômoda, ou evocar curiosidade. Assim, optei por me calar.

Nós nos erguemos a caminho do quarto do doente; porém, no caminho do corredor mal iluminado, não pude deixar de pensar, de novo e de novo, e de novo — ah, e por muitos dias ainda — como era estranho que ela tivesse me interrompido em duas ocasiões, bem quando aquele tema era citado.

Havia certamente uma teia estranha de acidentes que nos enredara todos.

Capítulo VII

A Perda do Viajante

Naquela noite, passou tudo bem. Sabendo que a própria srta. Trelawny não estava de guarda, eu e o dr. Winchester redobramos a vigilância. As enfermeiras e a sra. Grant ficaram a postos, e os detetives visitavam a cada quinze minutos. A noite toda, o paciente continuou em transe. Ele tinha aparência saudável, e o peito subia e descia no ritmo tranquilo de uma criança em repouso. Porém, ele nunca se mexia; se não pela respiração, pareceria de mármore. Eu e o dr. Winchester usamos as máscaras, por mais insuportáveis que fossem no calor daquela noite. Entre meia-noite e três da manhã, senti ansiedade, e mais uma vez encontrei aquela sensação incômoda à qual as últimas noites me acostumaram; porém, o cinza da alvorada, escapando pela borda das persianas, veio com alívio inexprimível, seguido de descansar. Durante a noite quente, meus ouvidos, atentos a cada som, tinham se incomodado quase a ponto da dor, como se meu cérebro e sentidos estivessem em contato ansioso com eles. A cada respiração da enfermeira, ou farfalhar de seu vestido; a cada passo leve de pantufas na patrulha da polícia; a cada momento de vida observada, parecia vir um novo ímpeto de proteção. Algo do mesmo sentimento deveria ter se espalhado pela casa; vez ou outra, ouvia, no segundo andar, o som de passos inquietos, e mais de uma vez, no primeiro, janelas sendo abertas. Com a chegada da manhã, porém, tudo cessou, e o lar pareceu descansar por fim. O dr. Winchester foi para casa quando a irmã Doris veio dispensar a sra. Grant. Ele me pareceu um pouco triste ou decepcionado por nada de natureza excepcional ter ocorrido durante sua noite longa de vigília.

Às oito, a srta. Trelawny se juntou a nós, e fiquei impressionado, além de alegre, ao ver o bem que uma boa noite de sono lhe fizera. Ela estava radiante, bem como eu a vira em nosso primeiro encontro, e no piquenique. Havia uma sugestão de cor uniforme no rosto dela, que, porém, parecia de um branco marcante em contraste com as sobrancelhas escuras e boca escarlate. Com a força restaurada parecia vir uma ternura ainda maior do que a que inicialmente mostrara ao pai adoentado. Não pude deixar de me comover com os toques carinhosos quando ela ajeitou o travesseiro dele, e ajeitou o cabelo em sua testa.

Eu mesmo tinha me cansado com o tempo longo de vigília e, agora que ela estava de guarda, fui a caminho da cama, pestanejando os olhos exaustos diante da luz plena, e sentindo de uma vez só o desgaste da noite insone.

Dormi bem e, após o almoço, estava prestes a sair a caminho da rua Jermyn quando notei um homem inconveniente. O criado encarregado era o de nome Morris, anteriormente o "faz-tudo", mas, desde o êxodo dos criados, promovido a mordomo provisório. O desconhecido falava bastante alto, então não foi difícil entender sua queixa. O criado era respeitoso em palavra e postura, mas manteve-se postado com firmeza diante do portão, para impedir a entrada do outro. As primeiras palavras que ouvi do visitante explicaram suficientemente a situação:

— Tudo bem, mas, já disse, preciso ver o sr. Trelawny! Do que adianta me dizer que não posso, se eu digo que preciso? Você me adia, me adia, e adia! Vim às nove, e disse que não estava acordado, não se sentia bem, e não podia ser incomodado. Vim às doze, e mais uma vez disse que ele não estava de pé. Pedi então para falar com alguém da família, e me disse que a srta. Trelawny dormia. Agora volto às três, e você me diz que ele ainda está deitado, e não despertou. E a srta. Trelawny? "Está ocupada e não deve ser incomodada!" Bom, ela precisa ser incomodada! Ou alguém precisa. Vim a respeito de negócios especiais do sr. Trelawny, e vim de um lugar onde criados sempre começam com "Não". "Não" dessa vez não me basta! Ouvi três anos disso, esperando diante de portas e tendas cujo acesso era ainda mais difícil do que o das tumbas; e, pensando bem, os homens lá dentro eram tão mortos quanto as múmias. Já me basta, aviso. Quando volto para casa, e encontro a porta do homem para quem trabalho trancada, da mesma forma, com as mesmas respostas, isso não me desce bem. O sr. Trelawny deixou ordens de que não me veria quando eu viesse?

Ele parou e secou a testa, agitado. O criado respondeu respeitosamente:

— Sinto muito, senhor, se, no exercício de meu dever, causei qualquer ofensa. Porém, tenho ordens, e devo obedecê-las. Se desejar deixar recado, entregarei à srta. Trelawny; e, se puder deixar seu endereço, ela entrará em contato caso deseje.

A resposta foi dita de tal forma que foi fácil notar que quem a dizia era um homem gentil, e justo.

— Meu caro, não tenho nenhuma crítica a você em particular, e peço desculpas caso o tenha magoado — continuou o homem.

— Devo ser justo, mesmo com raiva. Mas qualquer homem na minha posição sentiria raiva. O tempo urge. Não há uma hora, nem um minuto, a perder! E aqui estou, à toa há seis horas, sabendo que seu senhor estará cem vezes mais furioso do que eu ao saber do tempo desperdiçado. Ele preferiria ser despertado de mil sonos a deixar de me encontrar neste instante, e antes de ser tarde. Meu Deus! É um horror, depois de tudo que passei, ter meu trabalho estragado no último instante, impedido na porta por um capanga imbecil! Não há ninguém com bom senso nesta casa, ou com autoridade, mesmo que sem sentido? Eu poderia logo convencê-lo que seu senhor deve ser despertado, mesmo que durma o sono dos Sete Adormecidos do Éfeso...

A sinceridade do homem, assim como a urgência e importância de sua missão, eram inconfundíveis; pelo menos, do ponto de vista dele. Eu me apresentei.

— Morris — falei —, melhor dizer à srta. Trelawny que este senhor deseja vê-la muito especialmente. Se ela estiver ocupada, peça à sra. Grant para dar o recado.

— Muito bem, senhor! — respondeu ele, aliviado, e se foi.

Levei o desconhecido a uma salinha do outro lado do corredor. No caminho, ele me perguntou:

— O senhor é o secretário?

— Não! Sou amigo da srta. Trelawny. Meu nome é Ross.

— Muito obrigado, sr. Ross, pela gentileza! Meu nome é Corbeck. Eu daria meu cartão, mas, de onde venho, não se usam cartões. E, se eu tivesse algum, imagino que também teriam se perdido ontem...

Ele parou de repente, como se notasse ter falado demais. Ficamos os dois em silêncio e, enquanto aguardávamos, eu o analisei. Um homem baixo e parrudo, marrom como o fruto do café; talvez com inclinação à gordura, mas, no momento, excessivamente emagrecido. As rugas fundas no rosto e no pescoço não eram apenas causadas por tempo e exposição; eram os sinais inconfundíveis de carne e gordura perdidas, deixando a pele flácida. O pescoço era apenas uma superfície complexa de dobras e rugas, e manchado pelas queimaduras de sol do Deserto. O Extremo Oriente, os Trópicos, e o Deserto — cada um deles pode marcar a cor de um modo. Porém, os três são muito diferentes, e o olhar que os conhece sabe distingui-los com facilidade. A palidez morena de um; o marrom-avermelhado forte do outro; e, do terceiro, a queimadura escura e marcada, como se tornasse a cor permanente. O sr. Corbeck tinha uma cabeça grande, cheia e volumosa, com cabelo castanho-arruivado bem escuro e desgrenhado, mas cara nas têmporas. A testa era boa, alta e larga, com, pelos termos de fisionomia, o sino frontal bem demarcado. A estrutura quadrada mostrava "raciocínio", e o volume sob os olhos, "linguagem". Ele tinha o nariz curto e largo que marca energia, e o queixo quadrado — pronunciado apesar da barba espessa e descuidada — e a mandíbula grande que demonstram forte determinação.

"Nada mal, para um homem do Deserto!", pensei, o analisando.

A srta. Trelawny veio rapidamente. Quando o sr. Corbeck a viu, pareceu relativamente surpreso. Porém, sua irritação e agitação não tinham desaparecido; restavam o suficiente para disfarçar qualquer sentimento secundário, e puramente esotérico, como de surpresa. Porém, enquanto ela falava, ele não parava de olhá-la, e eu decidi-me a encontrar alguma oportunidade de investigar a causa de tal surpresa. Ela começou com um pedido de desculpas, que aliviou bastante o incômodo do homem.

— É claro que, se meu pai estivesse saudável, o senhor não teria sido obrigado a esperar. Na verdade, se eu não estivesse cumprimento meu dever no cuidado à convalescência dele quando o senhor veio pela primeira vez, o teria atendido imediatamente. Agora, por favor, me faria a gentileza de dizer que questão tem tamanha urgência?

Ele me olhou, hesitante. Ela logo acrescentou:

— O senhor pode falar diante do sr. Ross tudo que tiver a me dizer. Ele tem minha confiança absoluta, e me ajuda neste momento de dificuldade. Não acredito que o senhor entenda a seriedade da doença de meu pai. Há três dias ele não anda, nem dá sinal de consciência, e me encontro em estado de tremenda preocupação. Infelizmente, tenho também tremenda ignorância do meu pai, e de sua vida. Só vim viver com ele há um ano, e não sei nada de seus negócios. Nem sei quem é o senhor, e qual é a associação que tem com ele.

Ela falou com um pequeno sorriso tímido, plenamente convencional e inteiramente gracioso, como se desejasse expressar do modo mais genuíno sua ignorância absurda.

Ele a olhou por, talvez, um quarto de minuto; e então se pronunciou, começando de uma vez, como se decidido e confiante:

— Meu nome é Eugene Corbeck. Sou mestre em artes, doutor em direito, e mestre em medicina em Cambridge; doutor em letras em Oxford; doutor em ciências e doutor em linguagens pela London University; doutor em filosofia em Berlim; e doutor em línguas orientais em Paris. Tenho alguns outros diplomas, *honoris causa* e de outras atribuições, mas não preciso incomodá-la com isso. Esses que nomeei servem para mostrar que tenho tantas plumas no penacho que voaria mesmo no quarto de um doente. Ainda cedo na vida, felizmente para meus interesses e prazeres, mas infelizmente para meu bolso, me apaixonei pela egiptologia. Devo ter sido mordido por um escaravelho poderoso, pois a paixão me pegou de jeito. Parti para caçar tumbas, e consegui arranjar minha vida, e aprender algumas coisas que não se tiram de livros. Estava em um momento de maré bem baixa quando conheci seu pai, que fazia explorações por conta própria; e, desde então, não me encontrei com muitos desejos insatisfeitos. Ele é um verdadeiro patrono das artes; nenhum egiptólogo louco poderia desejar um chefe melhor!

Ele falava com avidez, e fiquei feliz ao ver que a srta. Trelawny corava de prazer diante dos elogios ao pai. Não pude deixar de notar, porém, que o sr. Corbeck falava, de certo modo, como se corresse contra o tempo. Entendi que ele queria, enquanto falava, analisar o terreno; ver que justificativa teria para confidenciar-se com os dois desconhecidos diante de si. Conforme prosseguia, vi sua confiança crescer. Quando pensei naquilo, em retrospecto, lembrando-me do que dissera, notei que a medida da informação que nos dava marcava essa mudança de confiança.

— Várias vezes saí em expedições no Egito com seu pai, e sempre achei um prazer trabalhar com ele. Muitos de seus tesouros, e, garanto, tem alguns bem raros, foram encontrados por mim, seja por exploração, compra, ou... ou... outros métodos. Seu pai, srta. Trelawny, tem conhecimento raro. Ele às vezes decide-se por encontrar algo particular, de cuja existência, se é que ainda existe, tomou consciência, e seguirá aquilo até o fim do mundo. Estive agora mesmo em uma dessas perseguições.

Ele parou bruscamente, tão de repente quanto se sua boca fosse calada pelo puxão de um fio. Esperamos; quando ele voltou a falar, foi com uma cautela nova a ele, como se desejasse evitar que fizéssemos qualquer pergunta.

— Não tenho liberdade de mencionar nada relativo à missão; onde ocorreu, por que ocorreu, nem mais nada a seu respeito. Tais questões são sigilosas, restritas a mim e ao sr. Trelawny; prometi absoluto segredo.

Ele hesitou, com uma expressão envergonhada. De repente, falou:

— Tem certeza, srta. Trelawny, que seu pai não está bem o suficiente para me encontrar hoje?

Uma expressão de assombro a tomou, mas logo se esvaiu. Ela se levantou e, em tom misturando dignidade e graça, falou:

— Venha ver!

Ela seguiu para o quarto do pai, o homem a seguiu, e eu fui na retaguarda.

O sr. Corbeck entrou no quarto do doente como se o conhecesse. Há uma atitude, ou postura, inconsciente presente na entrada de pessoas em ambientes novos, que é inconfundível. Mesmo na ansiedade de ver seu amigo poderoso, olhou ao redor do cômodo como se estivesse em ambiente familiar. Finalmente, toda sua atenção foi tomada pela cama. Eu o observei com foco, pois senti que daquele homem dependia muito de nosso esclarecimento relativo à situação estranha que nos envolvia.

Não era que eu duvidasse. O homem tinha honestidade transparente; era exatamente essa a qualidade que deveríamos temer. Ele tinha uma lealdade fixa e corajosa para com sua missão e, se considerasse devido guardar um segredo, o guardaria até o fim. O caso diante de nós era, no mínimo, incomum; e, por consequência, exigiria um reconhecimento mais liberal dos limites do dever do segredo do que sob circunstâncias habituais. Para nós, a ignorância era desamparo. Se pudéssemos aprender qualquer coisa do passado, poderíamos no mínimo formar alguma ideia das condições antecedentes ao ataque e, assim, atingir os meios de ajudar o paciente na recuperação. Talvez alguns dos objetos pudessem ser removidos... Meus pensamentos estavam agitados de novo; eu me interrompi, bruscamente, e observei. Havia uma expressão de piedade infinita no rosto enrugado e queimado de sol ao olhar seu amigo, deitado ali, tão desvalido. A severidade do rosto de sr. Trelawny não se aliviara no sono; porém, tornava o desamparo mais pronunciado. Não teria sido assim incômodo ver um rosto comum ou fraco sob tal condição, mas aquele homem importante e imperioso deitado diante de nós em sono impenetrável tinha todo o páthos da grande ruína. A imagem não nos era nova, mas vi que a srta. Trelawny, como eu, se comovera novamente pela presença do desconhecido. O rosto do sr. Corbeck ficou mais sério. Todo o pesar se esvaiu e, em seu lugar, veio uma expressão sombria e dura que indicava maus augúrios para a causa daquela queda tremenda. Essa expressão, por fim, deu lugar a um ar de decisão; a energia vulcânica do homem voltava-se para um propósito definido. Ele olhou ao redor e, ao ver a enfermeira Kennedy, levantou as sobrancelhas minimamente. Ela notou o olhar e olhou com interrogação para a srta. Trelawny, que respondeu também com um olhar. A enfermeira partiu do quarto em silêncio, e fechou a porta ao sair. O sr. Corbeck olhou primeiro para mim, com o impulso natural de um homem forte de aprender com um homem, e não com uma mulher, e finalmente para a srta. Trelawny, lembrando o dever da cortesia.

— Contem-me tudo — falou, então. — Como começou, e quando!

A srta. Trelawny me olhou em apelo, e eu imediatamente contei tudo que sabia. Ele pareceu nem se mover durante o tempo inteiro, mas o rosto de bronze tornou-se de aço. Quando, ao fim, contei da visita do sr. Marvin e da procuração, o olhar dele pareceu iluminar-se. Vendo seu interesse no assunto, detalhei mais os termos do acordo, e ele se pronunciou:

— Que bom! Agora sei qual é meu dever!

Com um aperto no peito, o escutei. Tal fala, em tal momento, pareceu fechar a porta das minhas esperanças de esclarecimento.

— Como assim? — perguntei, temendo que a pergunta fosse fraca.

A resposta enfatizou meus medos:

— Trelawny sabe o que faz. Ele teve algum propósito definido em tudo que fez, e não devemos interrompê-lo. Ele evidentemente esperava que algo ocorresse, e se protegeu em todos os aspectos.

— Nem todos! — falei, por impulso. — Há de haver um ponto de fragilidade, senão ele não estaria aqui deitado assim!

De algum modo, a impassibilidade dele me surpreendia. Eu esperava que ele encontrasse argumento válido no que eu dissera, mas eu não o afetei, pelo menos não como imaginava. Algo semelhante a um sorriso surgiu em seu rosto escuro quando ele respondeu:

— Não é o fim! Trelawny não se resguardou sem propósito. Sem dúvida, ele também esperava isso; ou, ao menos, sua possibilidade.

— Sabe o que ele esperava, ou de que fonte? — perguntou a srta. Trelawny.

A resposta foi imediata:

— Não! Não sei nada disso. Posso supor...

Ele parou bruscamente.

— Supor o quê?

A agitação suprimida na voz da moça era semelhante à angústia. A expressão de aço voltou ao rosto escuro, mas foi com ternura e cortesia na voz e na postura que respondeu:

— Acredite, eu faria tudo que pudesse, honestamente, para aliviar sua ansiedade. Porém, neste caso, tenho um dever maior.

— Que dever?

— Silêncio!

Ao pronunciar a palavra, fechou a boca forte como uma armadilha.

Ficamos em silêncio por alguns minutos. Na intensidade do pensamento, o silêncio tornou-se positivo; os pequenos ruídos da vida, dentro e fora da casa, pareciam intrusivos. A primeira a romper a quietude foi a srta. Trelawny. Eu vira uma ideia — uma esperança — brilhar em seus olhos, mas ela se recompôs antes de falar.

— Qual era o tema urgente pelo qual o senhor desejava me encontrar, sabendo que meu pai estava... indisponível?

A pausa mostrou sua maestria dos sentimentos.

A mudança instantânea no sr. Corbeck foi quase ridícula. O choque surpreso, imediatamente após a impassibilidade de aço, foi uma transformação de pantomima. Porém, toda a comédia foi varrida pela sinceridade trágica com que se lembrou do propósito inicial.

— Meu Deus! — falou, levantando a mão do espaldar da cadeira no qual a repousara, e batendo com ela com uma violência que por si só chamaria atenção. — Esqueci! — continuou, com as sobrancelhas corrugadas. — Que perda! Logo agora! Justo no momento do sucesso! Ele aqui, desamparado, e eu, de língua presa! Incapaz de erguer a mão ou o pé em ignorância a seus desejos!

— O que foi? Ah, por favor, nos conte! Estou tão ansiosa quanto a meu querido pai! É notícia de problemas? Espero que não! Ah, espero que não! Já tenho vivido tanta ansiedade, e tantos problemas! Volto a me alarmar a ouvir tal coisa! Não pode me dizer nada para aliviar o terror da ansiedade e da incerteza?

Ele empertigou o corpo robusto.

— Infelizmente, não posso, não devo, contar nada à senhorita. É o segredo dele — falou, apontando a cama. — Porém... porém, vim aqui em busca do conselho dele, de sua consulta, sua assistência. E ele aqui, desamparado... E o tempo voa! Logo será tarde!

— O que foi? O que foi? — interrompeu a srta. Trelawny, em um arroubo de ansiedade, o rosto torcido em dor. — Ah, fale! Diga algo! Essa ansiedade, esse horror, esse mistério vão me matar!

O sr. Corbeck acalmou-se com extremo esforço.

— Não posso contar-lhe detalhes, mas sofri uma grande perda. Minha missão, na qual passei três anos, teve sucesso. Descobri tudo que buscava, e mais ainda, e o trouxe para casa com segurança. Tesouros, inestimáveis por si só, mas ainda mais preciosos para aquele que me deu o desejo e instrução para encontrá-los. Cheguei a Londres apenas ontem à noite e, quando acordei hoje, minha carga valiosa fora roubada. Roubada de modo misterioso. Nem vivalma em Londres sabia que eu viria. Ninguém além de mim sabia o que continha o baú que carreguei. Meu quarto tinha apenas uma porta, que estava trancada de cadeado. O quarto ficava alto, no quinto andar, então não seria possível entrar pela janela. Na verdade, eu mesmo tinha fechado e trancado a janela, pois desejava toda a segurança. Hoje, o trinco estava intocado... Mas o baú, vazio. As lâmpadas se foram! Pronto! Falei! Fui ao Egito em busca de um conjunto de lâmpadas antigas que o sr. Trelawny desejava localizar. Com esforço incrível, e através de muitos perigos, eu as segui. Eu as trouxe para casa... E agora!

Ele se virou, muito comovido. Até sua natureza férrea cedia ao peso daquela perda.

A srta. Trelawny se aproximou e tocou o braço dele com a mão. Eu a olhei, impressionado. A paixão e a dor que a mobilizavam pareciam ter dado lugar à resolução. Tinha a postura ereta, os olhos, ardentes; energia manifestava-se em cada nervo e fibra do corpo.

Até a voz era tomada por poder nervoso. Ficou aparente que ela era uma mulher maravilhosamente forte, e que sua força reagiria quando convocada.

— Devemos agir imediatamente! Os desejos de meu pai devem ser cumpridos, se possível. Sr. Ross, o senhor é advogado. Na verdade, temos aqui um homem que considera um dos melhores detetives de Londres. Certamente podemos fazer alguma coisa. Podemos começar imediatamente!

O sr. Corbeck teve a força renovada por seu entusiasmo.

— Nossa! É mesmo filha de seu pai! — foi tudo que disse.

A admiração por sua energia foi manifestada pelo modo impulsivo com que ele pegou sua mão. Eu me dirigi à porta. Pretendia chamar o sargento Daw e, pela expressão de aprovação, eu sabia que Margaret — srta. Trelawny — entendia. Estava na porta quando o sr. Corbeck me chamou.

— Um momento, antes de trazermos um desconhecido à cena. Deve-se manter em mente que ele não deve saber o que agora o senhor e a senhorita sabem: que as lâmpadas foram objeto de uma busca prolongada, difícil e perigosa. Só posso contar a ele, e ele só pode saber, de qualquer fonte, é que alguns de meus bens foram roubados. Devo descrever algumas das lâmpadas, especialmente uma delas, por ser de ouro; e meu temor é que o ladrão, ignorante do valor histórico, tenha, para acobertar o crime, mandado derretê-la. Eu pagaria de bom-grado dez, vinte, cem, mil vezes seu valor intrínseco para não vê-la destruída. Contarei a ele apenas o necessário. Por isso, por favor, me permitam responder a qualquer pergunta que ele possa fazer; a não ser, é claro, que eu peça ou me refira ao senhor e à senhorita para tal.

Nós dois concordamos. Então uma ideia me ocorreu, e eu falei:

— Por sinal, se for necessário manter sigilo, seria melhor, se possível, apresentar o caso como um trabalho particular para o detetive. Pois, quando algo chega à Scotland Yard, não temos mais o poder da discrição, e o segredo pode tornar-se impossível. Sondarei com o sargento Daw antes que ele venha. Se eu não falar nada, é porque ele aceita a tarefa e trabalhará nela em particular.

O sr. Corbeck respondeu imediatamente:

— Sigilo é tudo. O que temo é que as lâmpadas, ou pelo menos algumas, sejam destruídas de uma só vez.

Para meu imenso choque, a srta. Trelawny pronunciou-se no mesmo instante, em uma voz quieta, mas decidida:

— Não serão destruídas; nenhuma delas será!

O sr. Corbeck chegou a sorrir de surpresa.

— E como sabe disso? — perguntou.

A resposta dela foi ainda mais incompreensível:

— Não sei como sei; mas sei que sei. Sinto essa verdade em mim, como se fosse uma convicção que me acompanhou a vida inteira!

CAPÍTULO VIII

Encontrando as Lâmpadas

O sargento Daw, de início, hesitou; mas, finalmente, aceitou ser consultado em um assunto particular que lhe pudesse ser apresentado. Ele acrescentou que eu deveria lembrar que ele só aceitava ser consultado, pois, se exigisse ação, ele talvez precisasse relatar a questão à delegacia. Com tal compreensão, eu o deixei no escritório, e trouxe a srta. Trelawny e o sr. Corbeck até lá. A enfermeira Kennedy assumiu o posto à cabeceira da cama antes de sairmos.

Não pude deixar de admirar a precisão cautelosa e fria com que o viajante apresentou seu caso. Ele não parecia esconder nada, porém, deu o mínimo de descrição possível dos objetos faltantes. Ele não exagerou o mistério do caso; pareceu considerá-lo um roubo ordinário de hotel. Sabendo, como eu sabia, que seu único objetivo era recuperar os artigos antes que sua identidade fosse obliterada, vi o raro talento intelectual com que apresentava a questão necessária e continha todo o resto, sem demonstrar fazê-lo. "Honestamente", pensei, "este homem aprendeu a lição dos bazares do leste e, com intelecto do oeste, aperfeiçoou o trabalho de seus mestres!". Ele transmitiu a ideia ao detetive, que, depois de refletir por alguns momentos, falou:

— Cadinho ou balança? É essa a questão.

— Como assim? — perguntou o outro, alerta.

— É uma expressão antiga, de ladrões de Birmingham. Achei que hoje em dia, como andam as gírias, todos conhecessem. Antigamente, em Brum, que tinha muitas pequenas fundições, os ourives compravam metal de qualquer um que aparecesse. Como o metal em pequenas quantidades poderia ser barato, desde que não perguntassem a origem, tornou-se costumeiro perguntar apenas uma coisa: se o cliente queria os bens derretidos, em cujo caso o comprador dava o preço, e o cadinho estava sempre no fogo. Se devesse ser preservado no estado atual, por opção do comprador, iria à balança e daria o preço padrão para metal velho.

"Ainda se faz muito desse trabalho, e em outros lugares, além de Brum. Quando estamos procurando relógios roubados, muitas vezes nos deparamos com esses lugares, e não é possível identificar engrenagens e molas no meio das pilhas; mas não é comum encontrarmos casos interessantes. Agora, o caso atual depende muito do ladrão ser um bom homem, isto é, um homem que sabe o que faz. Um salafrário de primeira saberá se uma coisa é mais valiosa que meramente o metal, e, neste caso, a guardaria com alguém que poderia um dia vendê-la, nas Américas ou na França, quem sabe. Por sinal, acredita que alguém, além do senhor, identificaria suas lâmpadas?"

— Ninguém além de mim!

— Há outras iguais?

— Não que eu saiba — respondeu o sr. Corbeck —, mas é possível que outras se assemelhem em muitos aspectos.

O detetive hesitou antes de fazer outra pergunta:

— Alguma outra pessoa com o conhecimento devido, por exemplo, no British Museum, ou um negociante, ou colecionador com o sr. Trelawny, reconheceria o valor, o valor artístico, das lâmpadas.

— Certamente! Qualquer pessoa sensata veria na mesma hora que são objetos de valor.

O rosto do detetive se iluminou.

— Então há chance. Se sua portava estava trancada, e a janela, também, os bens não foram roubados por acaso, por uma criada ou um engraxate que passassem por ali. O ladrão foi atrás daqueles bens em especial, e não abrirá mão do tesouro sem o preço adequado. Deve ser o caso de dar alerta aos penhoristas. Há uma boa coisa aqui, afinal, que não é necessário fazer estardalhaço. Não precisamos contar à Scotland Yard, a não ser que o senhor prefira. Podemos lidar com isso em particular. Se desejar manter sigilo, como falou de início, é nossa chance.

Após uma pausa, o sr. Corbeck falou, em voz baixa:

— Imagino que não possa sugerir como o roubo pode ter ocorrido?

O policial sorriu com conhecimento e experiência.

— De um modo muito simples, sem dúvida, senhor. É assim que esses crimes misteriosos todos se desenrolam a longo prazo. O criminoso conhece seu trabalho e todos os truques, e está sempre alerta a oportunidades. Além disso, sabe, por experiência, que oportunidades são prováveis, e como costumam surgir. A outra pessoa é apenas cautelosa; não sabe todos os truques e armadilhas que podem ser armados para ele, e, por uma ou outra distração, acaba caindo. Quando soubermos tudo deste caso, o senhor ficará impressionado por não ter percebido o método logo de início!

Isso pareceu irritar um pouco o sr. Corbeck. Havia um calor nítido em seu modo ao responder:

— Olhe só, meu caro, não há nada de simples neste caso, além do fato das coisas serem roubadas. A janela estava fechada; a lareira, embarreirada. Há apenas uma porta que dá acesso ao quarto, e a fechei e tranquei. Não há claraboia; já ouvi falar muito de roubos a hotéis pela claraboia. Não saí do quarto à noite. Olhei tudo antes de me deitar, e fui olhá-las de novo ao despertar. Se der um jeito de um roubo simples com esses fatos, é mesmo um homem inteligente. Digo apenas isso; inteligente o suficiente para recuperar minhas coisas.

A srta. Trelawny tocou o braço dele em gesto de conforto e, em voz baixa, falou:

— Não se estresse desnecessariamente. Tenho certeza de que ressurgirão.

O sargento Daw se virou para ela tão rapidamente que não pude deixar de lembrar, com vividez, sua desconfiança dela, já formada.

— Posso perguntar, senhorita, a base de tal opinião?

Temi a resposta, dada a ouvidos já atentos à desconfiança; mesmo assim, as recebi com choque e dor.

— Não sei dizer como sei. Mas tenho certeza!

O detetive a olhou por alguns segundos, em silêncio, e me olhou de relance a seguir.

Ele conversou mais um pouco com o sr. Corbeck a respeito dos movimentos do homem, dos detalhes do hotel e do quarto, e dos modos de identificação dos bens. Então, saiu para iniciar a investigação, após o sr. Corbeck insistir na necessidade do sigilo, por temor que o ladrão soubesse do perigo e destruísse as lâmpadas. O sr. Corbeck partiu para lidar com questões relativas ao próprio negócio, e prometeu voltar ao anoitecer, e permanecer na casa.

A srta. Trelawny passou o dia todo com melhor humor, e parecia ter recobrado as forças, apesar do novo choque e incômodo do roubo que acabaria por trazer tanta decepção ao pai.

Passamos a maior parte do dia analisando os tesouros e curiosidades do sr. Trelawny. Pelo que eu ouvira do sr. Corbeck, comecei a ter alguma ideia da vastidão de seu empreendimento no mundo da pesquisa egípcia, e, sob essa luz, tudo ao meu redor ganhou novo interesse. Conforme eu avançava, o interesse crescia; qualquer dúvida que me restasse transformou-se em fascínio e admiração. A casa parecia um verdadeiro depósito de maravilhas e arte antiga. Além dos objetos curiosos, pequenos e grandes, no quarto do sr. Trelawny — dos imensos sarcófagos aos escaravelhos de todo tipo nos armários —, o salão, os patamares da escada, o escritório, e até o *boudoir* eram repletos de peças antigas que deixariam qualquer colecionador com água na boca.

A srta. Trelawny me acompanhou desde o início, demonstrando interesse crescente por tudo. Após examinar alguns armários de amuletos espetaculares, me falou, com certa ingenuidade:

— Mal deve dar para acreditar, mas, até agora, eu raramente olhei para essas coisas. Só desde a doença de meu pai pareço ter desenvolvido qualquer curiosidade por elas. Agora, porém, o interesse cresce em mim a grau bastante envolvente. Eu me pergunto se é o sangue de colecionador em minhas veias que começa a se manifestar. Se for o caso, o estranho é não ter sentido tal chamado antes. É claro que conheço a maioria dos objetos maiores, e os examinei um pouco; mas, na verdade, nunca dei muita atenção, pois os tomei como certos, como se sempre estivessem aqui. Notei a mesma coisa, vez ou outra, com retratos de família, que não chamam a atenção da família em si. Se me permitir examinar os objetos também, será um prazer!

Adorei ouvi-la falar de tal modo, e sua última sugestão me emocionou. Juntos, caminhamos pelos vários cômodos e corredores, examinando e admirando os objetos magníficos. A quantidade e variedade dos objetos era tão assombrosa que só era possível olhar rapidamente para a maioria; porém, no caminho, combinamos de observá-los sucessivamente, dia a dia, e examiná-los mais de perto. No corredor ficava uma espécie de estrutura larga de aço forjado com ornamentos florais que Margaret explicou ser usada pelo pai para erguer as tampas de pedra pesadas dos sarcófagos. Não era pesada em si, e era relativamente fácil de movimentar. Com a ajuda do instrumento, levantamos as tampas e observamos o sem-fim de hieróglifos entalhados na maioria. Apesar de proferir ignorância, Margaret sabia muito do assunto; seu ano de vida com o pai servira-lhe de lição diária e horária inconsciente. Ela era uma moça notavelmente inteligente, de pensamento aguçado e memória prodigiosa; assim, seu repositório de conhecimento, acumulado pouco a pouco, crescera a proporções que muitos acadêmicos teriam invejado.

Porém, ainda assim, era tudo muito ingênuo e inconsciente; simples meninice. Ela mostrava ideias e perspectivas tão renovadas, e pensava tão pouco em si, que, em sua companhia, esqueci, por um momento, os perigos e mistérios que envolviam a casa, e voltei a me sentir menino...

Os sarcófagos mais interessantes eram, sem dúvida, os do quarto do sr. Trelawny. Destes, dois eram de pedra escura — um de pórfiro, e o outro de uma espécie de minério de ferro. Eram ambos esculpidos com alguns hieróglifos. O terceiro, contudo, era bastante diferente. Era composto de uma substância marrom-amarelada, com um efeito colorido que lembrava a ônix mexicana, rocha com a qual tinha muitas similaridades, exceto que o padrão natural da convolução era menos distinto. Aqui e ali, havia trechos quase transparentes — definitivamente translúcidos. A urna inteira, inclusive a tampa, era esculpida com centenas, talvez milhares, de minúsculos hieróglifos, em uma série de aparência incessante. Na frente, atrás, nos lados, nas bordas, embaixo, as imagens finas se espalhavam por todo lado, e seu tom de azul-escuro destacava-se em traços afiados na pedra amarela. Era um sarcófago grande, de quase três metros de comprimento, e talvez um de largura. A lateral ondulava, evitando linhas rígidas. Até os cantos eram curvados com excelência agradável aos olhos.

— Honestamente — falei —, deve ter sido feito para um gigante!

— Ou uma giganta! — argumentou Margaret.

O sarcófago ficava ao lado de uma das janelas. Era, em um aspecto, diferente de todos os outros sarcófagos da casa. Os outros todos, quaisquer que fossem seu material — granito, pórfiro, minério de ferro, basalto, ardósia ou madeira —, eram, por dentro, muito simples. Alguns tinham a superfície interna lisa; outros, gravados inteiramente ou em parte com hieróglifos. Porém, nenhum deles tinha protuberâncias, nem superfícies irregulares. Poderiam ter sido usados para banho; na verdade, lembravam muito as banheiras romanas de pedra e mármore que eu já vira. Dentro daquele, porém, estava um espaço elevado, delineado na forma de uma silhueta humana. Perguntei a Margaret se ela sabia explicar. Ela respondeu:

— Meu pai nunca quis falar disso. Atraiu minha atenção desde o início, mas, quando perguntei a ele, ele disse: "Um dia contarei tudo, mocinha... se eu viver! Mas ainda não! A história ainda não foi contada, e eu espero contá-la! Um dia, talvez logo, saberei de tudo; e, assim, a repassaremos juntos. E verá uma história muito interessante, do início ao fim!". Uma vez, certo tempo depois, falei, temo que com leveza demais: "A história do sarcófago já foi contada, pai?". Ele sacudiu a cabeça em negativa e me olhou com seriedade ao dizer: "Ainda não, mocinha; mas será... se eu viver... se eu viver!" A repetição daquela fala sobre viver me assustou, e nunca mais ousei perguntar.

Isso me causou certa emoção. Não sei dizer exatamente por quê, nem como, mas parecia finalmente um pouco de luz. Há, acredito, momentos em que a mente aceita algo como verdade, apesar de não saber justificar o processo do pensamento, nem, se for mais de um pensamento, sua conexão. Até então, estávamos em tanta ignorância relativa ao sr. Trelawny e à crise estranha que o acometera, que tudo que indicasse pistas, mesmo do tipo mais tênue e sombrio, tinha, de início, a satisfação iluminadora de uma certeza. Lá estavam duas luzes para nosso quebra-cabeça. A primeira era que o sr. Trelawny associava àquele objeto específico uma dúvida quanto à própria sobrevivência. A segunda, que ele tinha algum propósito ou expectativa relativo a ele, que não revelaria, nem à filha, até concluir-se. Mais uma vez, notei que o sarcófago era diferente dos outros, por dentro. O que aquele espaço elevado significava? Não falei nada à srta. Trelawny, temendo assustá-la ou encorajá-la com esperança futura, mas decidi que aproveitaria a primeira oportunidade de investigar melhor.

Logo atrás do sarcófago ficava uma mesa baixa de pedra verde com veias vermelhas, lembrando heliotrópio. Os pés eram esculpidos na forma de patas de chacal, e em cada pé estava enroscada uma serpente forjada em belíssimo ouro puro. Sobre a mesa encontrava-se um cofre de pedra estranho, e muito bonito, de forma peculiar. Lembrava um minúsculo caixão, porém, os lados mais compridos, em vez de cortados em ângulos retos, como a parte superior, continuavam até pontas. Assim, era um heptaedro irregular, com duas superfícies em cada um dos lados, uma ponta, e a parte de cima e de baixo. A pedra, uma única que servira para esculpir o objeto todo, era diferente de tudo que eu já vira. Na base tinha um tom verde forte, a cor da esmeralda, sem, é claro, seu brilho. Porém, não era nada fosco, em cor, nem substância, e a textura era infinitamente dura e fina. A superfície era quase de pedra preciosa. A cor ia ficando mais clara na subida, em gradações tão finas que eram imperceptíveis, chegando a um amarelo fino quase da cor da porcelana chinesa. Era diferente de tudo que eu já vira, e não se assemelhava a nenhuma pedra ou rocha que conhecia. Supus que fosse uma rocha-mãe única, ou matriz de alguma pedra preciosa. Era esculpida em toda a superfície, com a exceção de poucos pontos, com hieróglifos finos, de desenho estonteante e coloridos com o mesmo cimento ou pigmento azul-esverdeado do sarcófago. Tinha, de comprimento, aproximadamente oitenta centímetros; em largura, mais ou menos metade disso; e, de altura, quase trinta centímetros. Os espaços vazios eram distribuídos irregularmente na parte de cima, na direção da ponta. Esses lugares pareciam menos opacos que o resto da pedra. Tentei erguer a tampa para ver se eram áreas translúcidas, mas estava fixa no lugar. A tampa se encaixava tão exatamente que o cofre parecia uma pedra contínua, misteriosamente oca. Nas laterais e nas bordas havia algumas protuberâncias curiosas, esculpidas com a mesma exatidão do resto do cofre, e moldadas propositalmente durante o corte da pedra. Tinham buracos e reentrâncias de aspecto estranho, todos diferentes, e, como o resto, eram cobertas de hieróglifos finos e preenchidos com o mesmo cimento.

Do outro lado do enorme sarcófago encontrava-se outra pequena mesa de alabastro, estampada com lindas figuras de deuses e dos signos do zodíaco. A mesa servia de base para uma caixa quadrada, de trinta centímetros de lado, composta de blocos de cristal encaixados em um esqueleto de faixas de ouro vermelho, gravada com lindos hieróglifos, e colorida em azul-esverdeado, cor muito semelhante às figuras no sarcófago e no cofre. O trabalho era muito moderno.

Porém, se a caixa era moderna, o conteúdo, nem tanto. Lá dentro, em uma almofada de trama de ouro fina como seda, e com a suavidade peculiar do ouro antigo, encontrava-se disposta uma mão mumificada, tão perfeita que assustava. A mão de uma mulher, fina e comprida, com dedos esguios e afilados, quase tão perfeita quanto quando fora dada ao embalsamador milhares de anos antes. Na embalsamação não perdera nada do lindo formato; até o pulso parecia manter a maleabilidade, e a curva leve repousava na almofada. A pele tinha uma cor de creme forte, ou de marfim antigo; uma pele branca escurecida, sugerindo calor, mas calor nas sombras. O mais peculiar, como mão, era que tinha, no total, sete dedos, dentre eles dois do meio, e dois indicadores. A parte superior do pulso era chanfrada, como se tivesse sido quebrada, e manchada de marrom-avermelhado. Na almofada, junto à mão, estava um pequeno escaravelho esculpido maravilhosamente em esmeralda.

— É outro dos mistérios do meu pai. Quando perguntei, ele disse que talvez fosse a coisa mais valiosa que ele tem, exceto por uma. Quando perguntei qual seria essa primeira, ele se recusou a me contar, e me proibiu de perguntar. "Contarei tudo, também, quando for hora", falou. "Se eu viver!"

"Se eu viver!", aquela expressão de novo. Essas três coisas unidas — o Sarcófago, o Cofre, e a Mão — pareciam compor uma trilogia de mistério!

Naquele momento, a srta. Trelawny foi convocada para resolver uma questão doméstica. Olhei os outros objetos curiosos pelo quarto, mas eles não pareciam ter nada do mesmo charme, a meus olhos, sem a presença dela. Mais tarde, fui chamado ao *boudoir*, onde ela discutia com sra. Grant a hospedagem do sr. Corbeck. Estavam em dúvida quanto a deixá-lo em um quarto próximo do de sr. Trelawny, ou distante, e acharam de bom tom pedir meu conselho. Concluí que era melhor que ele não ficasse tão próximo; se necessário, afinal, era possível trazê-lo para mais perto. Quando a sra. Grant se foi, perguntei à srta. Trelawny por que a mobília daquele cômodo, o *boudoir* onde nos encontrávamos, era tão diferente dos outros ambientes da casa.

— Prudência do meu pai! — explicou. — Quando cheguei, ele pensou, corretamente, que eu poderia me assustar com tantos registros de morte e túmulos para todos os lados. Por isso, mobilou este cômodo, e a suíte, que daquela porta dá em uma sala, onde dormi ontem, com coisas mais bonitas. Veja, é tudo lindo. Aquele armário pertenceu ao grande Napoleão.

— Não há nada de egípcio nestes cômodos, então? — perguntei, principalmente para mostrar interesse no que ela dissera, já que a decoração do ambiente era óbvia. — Que lindo armário! Posso olhar melhor?

— É claro! Com prazer! — respondeu, sorrindo. — Por dentro e por fora, de acordo com meu pai, é inteiramente original.

Eu me aproximei e o analisei de perto. Era feito de tulipeiro, marchetado em padrões, e finalizado em ormolu. Abri uma das gavetas, uma bem funda, para ver melhor o trabalho. Quando a puxei, algo tilintou lá dentro, como se rolasse; ouvi o tilintar de metal em metal.

— Ora! — falei. — Tem algo aqui. Melhor eu não abrir.

— Não tem nada, que eu saiba — respondeu. — Alguma das criadas pode ter aproveitado para guardar algo aí e esquecido. Abra à vontade!

Puxei a gaveta e, ao fazê-lo, tanto eu quanto a srta. Trelawny exclamamos de choque.

Ali, diante de nós, encontrava-se uma variedade de lâmpadas egípcias, de tamanhos variados e formatos estranhamente diferentes.

Nós nos aproximamos e olhamos de perto. Meu coração batia como um martinete, e, pelo movimento do peito de Margaret, eu via que ela estava estranhamente agitada.

Enquanto olhávamos, com medo de tocar e medo até de pensar, ouvimos a campainha tocar; imediatamente depois, o sr. Corbeck chegou ao corredor, acompanhado do sargento Daw. A porta do *boudoir* estava aberta e, quando nos viram, o sr. Corbeck veio correndo, e o sargento logo atrás, mais lento. Havia uma espécie de alegria contida no rosto e na postura do sr. Corbeck quando falou, alegre:

— Compartilhe de meu alívio, srta. Trelawny, minha bagagem chegou e minhas posses estão todas intactas!

Com a expressão mais murcha, acrescentou:

— Exceto pelas lâmpadas. As lâmpadas que valiam mil vezes o resto todo...

Ele parou, notando a estranha palidez no rosto dela. Finalmente, acompanhando nosso olhar, se voltou para o grupo de lâmpadas na gaveta. Ele soltou uma exclamação de surpresa e alegria ao se debruçar para tocá-las.

— Minhas lâmpadas! Minhas lâmpadas! Estão seguras... seguras... seguras! Mas como, por Deus, por todos os deuses, vieram parar aqui?

Ficamos em silêncio. O detetive inspirou fundo, com ruído. Olhei para ele e, após encontrar meu olhar, voltou-se para a srta. Trelawny, que lhes dera as costas.

Havia no rosto dele a mesma expressão de desconfiança presente quando ele me falara a respeito de ela ter sido a primeira a encontrar o pai na ocasião dos ataques.

CAPÍTULO IX

A Necessidade de Conhecimento

O sr. Corbeck pareceu praticamente enlouquecer diante da descoberta das lâmpadas. Pegou uma a uma e as observou com ternura, como se as amasse. De prazer e agitação, respirava tão ruidosamente que chegava a lembrar o ronronar de um gato. O sargento Daw se pronunciou em voz baixa, quebrando o silêncio como uma dissonância na melodia:

— Tem certeza de que essas são as lâmpadas que o senhor tinha, e que foram roubadas?

A resposta dele foi indignada:

— Certeza? Claro que tenho certeza! Não existem outras lâmpadas iguais a estas no mundo!

— Até onde sabe!

As palavras do detetive eram bastante tranquilas, mas seu modo era tão exasperador que eu soube que havia motivo por trás; por isso, esperei em silêncio. Ele continuou:

— É claro que talvez haja semelhantes no British Museum, ou que o sr. Trelawny já as tivesse. Não há nada de novo sobe o sol, sabe, sr. Corbeck, nem mesmo no Egito. Essas podem ser as originais, e as suas, cópias. Há pontos que possa usar para identificá-las como suas?

O sr. Corbeck ficou furioso. Ele esqueceu a compostura e, indignado, soltou uma torrente de frases interrompidas, quase incoerentes, mas esclarecedoras.

— Identificar! Cópias! British Museum! Ridículo! Talvez tenham um conjunto na Scotland Yard para ensinar egiptologia a policiais idiotas! Se eu as reconheço? Quando as carreguei junto ao corpo, no deserto, por três meses, e passei noites a fio em claro para vigiá-las! Quando as analisei à lupa, hora após hora, até meus olhos arderem, até cada minúscula mancha, lasca e marca tornarem-se tão conhecidas de mim quanto o mapa de um capitão, tão familiares quanto já foram o tempo todo a qualquer gatuno cabeçudo nos limites da mortalidade. Veja bem, meu jovem, olhe só! — exclamou, enfileirando as lâmpadas em cima do armário. — Já viu um conjunto de lâmpadas desses formatos, qualquer formato desses? Veja as figuras dominantes! Já viu um conjunto tão completo, mesmo na Scotland Yard, mesmo na rua Bow? Olhe! Em cada uma delas uma das sete formas de Hator. Veja a figura do Ka de uma Princesa dos Dois Egitos, entre Rá e Osíris no Barco dos Mortos, com o Olho do Sono, sustentado em pernas, dobrado diante dela, e Harmochis se erguendo ao norte. Encontrará isso no British Museum, ou na rua Bow? Ou talvez seus estudos no museu de Gizé, no Fitzwilliam, em Paris, ou em Leyden, ou Berlim, tenham mostrado que o episódio é comum em hieróglifos, e que esta é apenas uma cópia. Talvez possa me dizer o significado dessa figura de Ptah-Seker-Ausar segurando o Tyet envolto no Cetro de Papiro? Já viu isso antes; no British Museum, em Gizé, ou na Scotland Yard?

Ele se interrompeu de repente, e prosseguiu de modo muito diferente:

— Veja bem! Parece que o idiota cabeçudo sou eu mesmo! Peço perdão, meu caro, pela minha grosseria. Perdi a calma diante da sugestão de que não reconheceria essas lâmpadas. Não se incomoda, não é?

O detetive respondeu com sinceridade:

— Não, senhor, de modo algum. Gosto de ver as pessoas furiosas quando trato com elas, quer estejam do meu lado, ou não. É na raiva que aprendemos a verdade sobre as pessoas. Eu me mantenho frio; é meu dever! Sabe que o senhor me contou mais dessas lâmpadas nos últimos dois minutos do que quando me descreveu os detalhes para identificá-las?

O sr. Corbeck resmungou; não estava feliz de ter se entregado assim. Ele se virou para mim e falou com naturalidade:

— Agora, me diga como as recuperaram?

Fiquei tão surpreso que respondi sem pensar:

— Não as recuperamos!

O viajante gargalhou.

— Como assim? Não as recuperaram! Ora, cá estão, diante dos seus olhos. Nós os encontramos olhando para elas.

Tive tempo de recuperar-me da surpresa, e recobrar a atenção.

— Ora, é isso — falei. — Tínhamos acabado de encontrá-las aqui, por acidente.

O sr. Corbeck recuou e olhou para mim e para a srta. Trelawny; olhando de um para o outro, perguntou:

— Quer dizer que ninguém as trouxe para cá, e que a encontraram na gaveta? Que, digamos, ninguém as trouxe de volta?

— Imagino que alguém deva tê-las trazido; não teriam como chegar sozinhas. Mas quem foi, ou quando, ou como, nenhum de nós sabe. Deveremos investigar, e ver se algum dos criados sabe de algo.

Ficamos todos em silêncio por vários segundos. Pareceu demorar. O primeiro a falar foi o detetive, que comentou, desatento:

— Nossa senhora! Perdão, senhorita.

Então ele se calou.

Chamamos os criados, um a um, e perguntamos se eles sabiam qualquer coisa dos artigos guardados em uma gaveta do *boudoir*, mas nenhum soube esclarecer as circunstâncias. Não dissemos que artigos eram, nem deixamos que os vissem.

O sr. Corbeck guardou as lâmpadas em lã de algodão, e as organizou em uma caixa de latão. Isso, mencionarei, foi então levado ao quarto do detetive, onde um dos guardas postou-se de vigília com um revólver à porta a noite toda. No dia seguinte, levamos um pequeno cofre à casa, e as guardamos lá. Havia duas chaves. Uma eu mesmo carregava; a outra, guardei na minha gaveta no cofre do banco. Estávamos todos determinados a impedir que as lâmpadas se perdessem novamente.

Aproximadamente uma hora após encontrarmos as lâmpadas, o dr. Winchester chegou. Ele trazia um embrulho grande que, ao abrir, revelou ser a múmia de um gato. Com permissão da srta. Trelawny, ele posicionou a múmia no *boudoir*, e Silvio foi trazido. Para a surpresa de todos, porém, exceto talvez do dr. Winchester, ele não manifestou o menor incômodo, e mal o notou. Subiu na mesa ao lado da múmia, e ronronou. Em seguida, prosseguindo o plano, o doutor o levou ao quarto do sr. Trelawny, e todos fomos atrás. O dr. Winchester estava animada; a srta. Trelawny, ansiosa. Eu estava mais do que interessado, pois começava a vislumbrar a ideia do médico. O detetive mantinha-se frio, calmo e superior; mas o sr. Corbeck, um entusiasta, estava cheio de curiosidade ávida.

Assim que o dr. Winchester entrou no cômodo, Silvio começou a miar e se remexer; e, pulando do colo do médico, correu até a múmia do gato e começou a arranhá-la com raiva. A srta. Trelawny teve dificuldade de afastá-lo, mas, assim que saiu do quarto, ele se aquietou. Quando ela voltou, foi em meio ao clamor de comentários.

— Bem imaginei! — do médico.

— O que quer dizer? — da srta. Trelawny.

— Que estranho! — do sr. Corbeck.

— Esquisito! Mas não prova nada! — do detetive.

— Abstenho-me de julgamento! — de mim, achando adequado dizer algo.

Então, por acordo comum, deixamos o tema para lá — por enquanto.

Ao anoitecer, eu estava no meu quarto, tomando notas dos acontecidos, quando ouvi alguém bater baixo na porta. Respondendo ao meu chamado, o sargento Daw entrou e fechou a porta com cautela.

— Ora, sargento, sente-se. O que foi?

— Queria conversar com o senhor a respeito das lâmpadas — falou, e eu concordei, aguardando. — Sabe que o cômodo onde foram encontradas dá diretamente ao quarto onde a srta. Trelawny dormiu ontem?

— Sei.

— Durante a noite, uma janela foi aberta e fechada em algum lugar da casa. Eu ouvi, e olhei ao redor, mas não vi sinal de nada.

— Sim, eu sei! — retruquei. — Eu também ouvi uma janela.

— Nada disso lhe parece estranho, senhor?

— Estranho! Estranho! Ora, é a coisa mais enlouquecedora e chocante que já encontrei. É tão estranho que nos pegamos pensando, e apenas aguardando o que virá a seguir. Mas ao que se refere?

O detetive hesitou, como se escolhesse bem as palavras, antes de falar, deliberadamente:

— Veja, não sou de acreditar em magia, nem nada disso. Defendo os fatos a todo momento, e sempre encontro, a longo prazo, e há razão e motivo para tudo. Este novo senhor diz que as coisas foram roubadas de seu quarto no hotel. As lâmpadas, percebo pelo que ele disse, pertencem mesmo ao sr. Trelawny. A filha dele, senhora da casa, deixando o cômodo que normalmente ocupa, dorme, naquela noite, no térreo. Ouve-se uma janela aberta e fechada durante a noite. Quando nós, que, durante o dia, procuramos uma pista do roubo, chegamos em casa, encontramos os objetos roubados em um cômodo perto de onde ela dormiu, com acesso direto!

Ele parou. Senti a mesma dor e apreensão que me ocorreram quando ele falara comigo antes, voltando a me cobrir em uma onda. Porém, tinha que encarar a situação. Meu relacionamento com ela, e o que sentia por ela, que, naquele momento, sabia plenamente ser amor profundo e devoção, exigiam tal postura. Falei, o mais calmo possível, pois sabia que o olhar astuto do investigador competente me fitava:

— E a inferência?

Ele respondeu com a audácia fria da convicção:

— A inferência é que não houve roubo algum. Os bens foram trazidos por alguém a esta casa, onde foram recebidos por uma janela do térreo. Foram guardados no armário, prontos para descoberta no momento adequado!

Senti certo alívio; a suposição era monstruosa demais. Porém, não queria aparentar o alívio, por isso respondi com toda a seriedade:

— E quem supõe tê-los trazidos para cá?

— Ainda estou aberto a possibilidades. Talvez o próprio sr. Corbeck; a questão pode ser arriscada demais para a confiança de terceiros.

— A natural extensão de sua inferência, então, é que o sr. Corbeck é um mentiroso fraudulento, e que conspira com a srta. Trelawny para enganar alguém a respeito daquelas lâmpadas.

— Que palavras duras, sr. Ross. São tão secas que fazem um homem se erguer e nascer novas dúvidas. Porém, devo ir aonde indica minha razão. Pode ser que outra parte, além da srta. Trelawny, esteja envolvida. Na verdade, se não fosse pela outra questão que me fez refletir e desenvolver dúvidas próprias a respeito dela, eu nem sonharia com envolvê-la nisso. Porém, quanto a Corbeck, estou certo. Independentemente de quem mais se envolve, ele está envolvido! As coisas não poderiam ser roubadas sem seu conhecimento, se ele estiver falando a verdade. Se não estiver... ora! Mente de qualquer modo. Acharia má ideia permitir que ele permaneça na casa com tantos objetos de valor, porém, isso me dará a oportunidade de vigiá-lo. Ficaremos bem atentos, garanto. Ele está no meu quarto agora mesmo, de olho nas lâmpadas, mas Johnny Wright o acompanha. Subirei antes de ele partir, então não há muita chance de outra invasão. É claro que, sr. Ross, tudo isso também fica entre nós.

— Claro! Pode contar com meu silêncio! — falei, e ele partiu para ficar de olho no egiptólogo.

Parecia que todas as minhas experiências doloridas deveriam acontecer em duplas, e que a sequência do dia anterior se repetiria, pois não demorou para que eu conversasse novamente em particular com o dr. Winchester, que fizera a visita noturna ao paciente e se encaminhava para casa. Ele se sentou no lugar que ofereci, e imediatamente começou:

— É mesmo uma situação estranha. A srta. Trelawny acabou de me contar das lâmpadas roubadas, e de encontrá-las no armário de Napoleão. Parece outra complicação do mistério; mas, quer saber, me alivia. Exauri todas as possibilidades humanas e naturais neste caso, e estou começando a recair nas possibilidades sobre-humanas e sobrenaturais. Há coisas tão estranhas aqui que, se eu não estiver enlouquecendo, acredito que encontremos a solução logo. Eu me pergunto se posso fazer algumas perguntas ao sr. Corbeck, e pedir sua ajuda, sem causar mais complicações nem nos constranger. Ele parece saber de coisas extraordinárias ligadas ao Egito. Talvez não se incomodasse de traduzir alguns hieróglifos. Será brincadeira para ele. O que acha?

Após refletir por alguns segundos, me pronunciei. Queríamos toda a ajuda possível. Quanto a mim, confiava perfeitamente em ambos os homens, e qualquer comparação de dados, ou assistência mútua, poderia trazer bons resultados. Era difícil que a conclusão fosse ruim.

— Pedirei a ele, sim. Ele parece um homem extraordinariamente culto, no que diz respeito à egiptologia, e me parece um bom sujeito, além de entusiasta. Por sinal, seria necessário manter certa cautela quanto às pessoas com quem falará sobre as informações que ele lhe der.

— É claro! — respondeu ele. — Eu nem sonharia em dizer nada a ninguém, exceto ao senhor. Devemos lembrar que, quando o sr. Trelawny despertar, pode não gostar de pensar que mexericamos indevidamente em seus negócios.

— Veja! — falei. — Por que não espera aqui um instante, e eu o convidarei para descer e fumar um cachimbo conosco? Podemos, assim, conversar.

Ele concordou. Por isso, subi ao quarto onde estava o sr. Corbeck, e desci com ele. Achei que os detetives estavam satisfeitos de vê-lo partir. A caminho do quarto, ele falou:

— Não gosto de deixar aquelas coisas ali, vigiadas apenas por aqueles homens. São preciosas demais para serem deixadas nas mãos da polícia!

Parecia que a suspeita não era limitada ao sargento Daw.

O sr. Corbeck e o dr. Winchester, após entreolharem-se rapidamente, tornaram-se amigáveis quase imediatamente. O viajante proferiu a disposição a ajudar como pudesse, desde que, é claro, ele tivesse liberdade de falar do tema. Isso não era muito promissor, mas o dr. Winchester logo começou:

— Gostaria, se possível que o senhor traduzisse alguns hieróglifos para mim.

— Certamente, com o maior prazer, dentro do possível. Pois direi que a escrita hieroglífica ainda não foi inteiramente dominada, apesar de estarmos chegando lá! Estamos chegando lá! Qual é a inscrição?

— São duas — respondeu. — Uma das quais, trarei.

Ele saiu e logo voltou com o gato mumificado que apresentara a Silvio. O acadêmico o pegou e, após breve exame, falou:

— Não há nada de especial aqui. É um apelo a Bastet, a Senhora de Bubástis, para que dê pão e leite de qualidade nos Campos Elísios. Há muitos outros por dentro, e, se quiser desenrolá-lo, farei o possível. Porém, não me parece haver nada especial. Pelo método de embrulho, diria que é do Delta, e de um período avançado, quando esse tipo de mumificação era comum e barato. Que outra inscrição deseja que eu veja?

— A inscrição no gato mumificado no quarto do sr. Trelawny.

A expressão do sr. Corbeck murchou.

— Não! — falou. — Isso, não posso fazer! Estou, no momento, praticamente jurado a sigilo a respeito de qualquer objeto no quarto do sr. Trelawny.

Eu e o dr. Winchester respondemos no mesmo momento.

— Xeque-mate! — exclamei, e acredito que ele tenha entendido que eu adivinhara mais de sua ideia e propósito do que lhe transmitira intencionalmente.

— Praticamente jurado a sigilo? — murmurou ele.

O sr. Corbeck respondeu ao desafio imediatamente:

— Não me entenda mal! Não estou preso a nenhum juramento formal de sigilo, mas devo, por honra, respeitar a intimidade do sr. Trelawny, que me ofereceu confiança, devo dizer, em grandes medidas. A respeito dos objetos no quarto, ele tem um propósito definido em mente, e não seria correto nem justo que eu, seu amigo e confidente, atrapalhar tal propósito. Sr. Trelawny, como o senhor talvez saiba, ou, melhor, não saiba, pois não teria interpretado assim meu comentário, é um pesquisador, um grande acadêmico. Ele trabalhou por muitos anos na direção de um certo fim. Para isso, não poupou esforço, custo, perigo ou abnegação. Ele está diante de um resultado que o colocará entre os descobridores ou pesquisadores mais célebres de sua era. E agora, bem quando está prestes a encontrar sucesso, foi derrubado!

Ele parou, aparentemente tomado pela emoção. Depois de um momento, se recompôs e prosseguiu:

— Novamente, não me compreendam mal. Falei que o sr. Trelawny confiou muito em mim, mas não quero dar a entender que eu saiba todos seus planos, metas ou objetivos. Sei o período que ele estuda, e o indivíduo histórico definitivo cuja vida investiga, e cujos registros acompanha, um a um, como paciência infinita. Porém, além disso, não sei de nada. Estou convencido que ele tenha projeto ou objetivo na conclusão desse conhecimento. O que é, só posso adivinhar, mas não devo dizer. Por favor, lembrem-se, senhores, que aceitei voluntariamente a posição de receptor de parcial confidência. Respeitei isso, e pediria que qualquer amigo fizesse o mesmo.

Ele falava com enorme dignidade e, momento a momento, crescia na minha estima, e na do dr. Winchester. Entendemos que ele não tinha acabado de discursar, então aguardamos em silêncio pela continuação.

— Falei isso tudo, apesar de saber bem que mesmo uma mínima pista que os senhores podem perceber em minha fala possa botar em risco o sucesso do trabalho dele. Porém, estou convencido de que os senhores desejam ajudar a ele, e à filha dele — falou, me olhando de frente —, dentro do possível, com honestidade e sem egoísmo. Ele está tão afetado, e de modo tão misterioso, que não posso deixar de pensar que foi, de algum modo, resultado de seu trabalho. Que ele tenha calculado algum obstáculo é óbvio para todos nós. Sabe-se Deus! Estou disposto a fazer o possível, e a usar todo meu conhecimento a seu favor. Cheguei à Inglaterra em êxtase ao pensar que tinha cumprido a missão a que ele me confiara. Tinha adquirido o que ele dissera serem os últimos objetos de sua busca, e senti que seríamos capazes de começar, finalmente, o experimento a que ele tanto aludira. É um pavor que bem nessa hora tal calamidade o atinja. Dr. Winchester, o senhor é médico; e, se o rosto não o trai, é ousado e astuto. Não consegue encontrar nenhum modo de despertar esse homem de seu estupor nada natural?

Fez-se uma pausa, e a resposta veio deliberada e lenta:

— Não há remédio ordinário, que eu saiba. É possível que exista um remédio extraordinário. Porém, não adiantaria tentar encontrá-lo, exceto por uma condição.

— Qual seria?

— O conhecimento! Sou completamente ignorante de questões egípcias, sua língua, alfabeto, história, segredos, medicina, venenos, poderes ocultos... tudo que compõe o mistério daquela terra misteriosa. Essa doença, condição, ou o que quer que seja, de que sofre o sr. Trelawny, tem alguma conexão com o Egito. Desconfiei disso desde o início e, mais tarde, tornou-se certeza, apesar de faltar-me prova. O que o senhor disse hoje confirma minha conjectura, e me faz crer que a prova é atingível. Não acho que o senhor saiba exatamente o que ocorreu nesta casa desde a noite do ataque, quando encontramos o corpo do sr. Trelawny. Agora, proponho que nos confidenciemos ao senhor. Se o sr. Ross concordar, pedirei que ele conte. Ele tem mais talento do que eu em expor fatos a outras pessoas. Ele pode dar seu relato e, neste caso, tem o melhor dos relatos, a experiência dos próprios olhos e ouvidos, e a evidência que ele próprio encontrou no papel de participante, ou espectador, do ocorrido. Quando souber de tudo, espero que esteja em posição de julgar como melhor ajudar o sr. Trelawny, e auxiliar seus desejos secretos, se em silêncio, ou fala.

Aquiesci. O sr. Corbeck se levantou e, com seus modos impulsivos, ofereceu uma mão para cada um de nós.

— Combinado! — falou. — Reconheço a honra de sua confiança e, por mim, juro que, se concluir que meu dever aos desejos do sr. Trelawny, por interesse dele, permite que eu abra a boca quanto a seus negócios, falarei com a liberdade possível.

De acordo, comecei a contar, com toda a exatidão possível, tudo que ocorrera do momento de meu despertar até bater na porta da rua Jermyn. Só mantive reservados meus sentimentos pela srta. Trelawny e as questões de pouca importância ao tema, assim como minhas conversas com o sargento Daw, que eram também sigilosas e exigiriam silêncio discreto. Conforme eu falava, o sr. Corbeck acompanhava com interesse, prendendo a respiração. Às vezes, se levantava e andava em agitação incontrolável, até se recompor repentinamente e voltar a sentar-se. Às vezes, estava prestes a falar e, com esforço, se continha. Acho que a narração ajudou a decidir-me também; pois, conforme falava, as coisas pareceram se esclarecerem. Coisas maiores e menores, em relação à importância par ao caso, entraram na perspectiva adequada. A história tornou-se coerente, exceto pela causa, que era um mistério cada vez maior. É o mérito da narrativa completa, ou composta. Fatos, dúvidas, desconfianças e conjecturas isoladas davam lugar a uma homogeneidade convincente.

Ficou evidente que o sr. Corbeck se convencera. Ele não passou por nenhum processo de explicação, nem limitação, e logo se pronunciou diretamente e destemido, como um homem:

— Isso me decide! Está em atividade uma força que exige cautela especial. Se todos seguirmos trabalhando no escuro, nos atrapalharemos e, ao atrapalhar uns aos outros, desfaremos o bem que qualquer e cada um de nós poderia fazer, trabalhando em suas direções diferentes. Parece-me que a primeira coisa que devemos conseguir é despertar o sr. Trelawny desse sono artificial. A possibilidade de despertar é evidente, pelo fato de a enfermeira ter se recuperado; embora ninguém possa dizer que danos adicionais lhe foram infligidos pelo tempo passado naquele cômodo. Devemos correr o risco, contudo. Ele se deitou ali, e qualquer que seja o efeito, já está dado; e devemos, e deveremos, tratá-lo como fato. Um dia a mais ou a menos não fará mal, a longo prazo. Agora, é tarde, e provavelmente amanhã teremos em mãos uma tarefa que exigirá energias renovadas. Doutor, o senhor deve querer dormir, pois imagino que amanhã terá mais trabalho além deste. Quanto ao senhor, sr. Ross, entendo que deve vigiar o quarto do doente por um momento esta noite. Trarei um livro que o ajudará a passar o tempo. Vou procurá-lo na biblioteca. Sei onde estava quando estive aqui pela última vez, e não imagino que o sr. Trelawny o tenha usado desde então. Ele sabia, há muito tempo, tudo que continha e que era ou pudesse ser de seu interesse. Porém, será necessário, ou no mínimo útil, entender outras coisas que direi mais tarde. O senhor poderá contar ao dr. Winchester tudo que o ajudará. Pois imagino que nosso trabalho se distanciará muito em breve. Cada um de nós terá uma ponta a segurar, e precisará de todo o tempo e compreensão para cumprir a própria tarefa. Não será necessário ler o livro completo. Tudo de seu interesse (digo, relativo à nossa questão, pois o livro inteiro é interessante como registro de viagem em um país até então pouco conhecido) está no prefácio, e em dois ou três capítulos que indicarei.

Ele se despediu com um aperto de mãos caloroso do dr. Winchester, que se levantara para partir.

Enquanto ele se foi, fiquei sentado, sozinho, pensando. Conforme pensava, o mundo ao meu redor me pareceu de uma grandeza ilimitada. O único pontinho que me interessava era uma manchinha no meio da selva. Ao seu redor estavam escuridão e perigos desconhecidos, apertando-se de todo lado. E a figura central em nosso pequeno oásis era de doçura e beleza. Uma figura que alguém amaria, por quem trabalharia, por quem morreria...!

O sr. Corbeck voltou logo com o livro, que encontrara imediatamente no lugar onde o vira três anos antes. Depois de marcar os trechos que deveriam ser lidos com pedacinhos de papel, ele me entregou o volume.

— Foi isso que deu partida ao sr. Trelawny, que me serviu de partida, quando o li, e que, sem dúvida, será ao senhor um início interessante de um estudo especial... qualquer que seja o fim. Se, isto é, qualquer um de nós veja o fim um dia.

À porta, ele hesitou e falou:

— Quero retirar uma coisa que disse. O detetive é, sim, um bom sujeito. O que o senhor me contou sobre ele hoje muda sua figura para mim. A melhor prova é que poderei dormir tranquilo hoje, deixando as lâmpadas sob cuidado dele!

Quando ele partiu, peguei o livro, vesti a máscara e fui cumprir meu dever na vigília do doente.

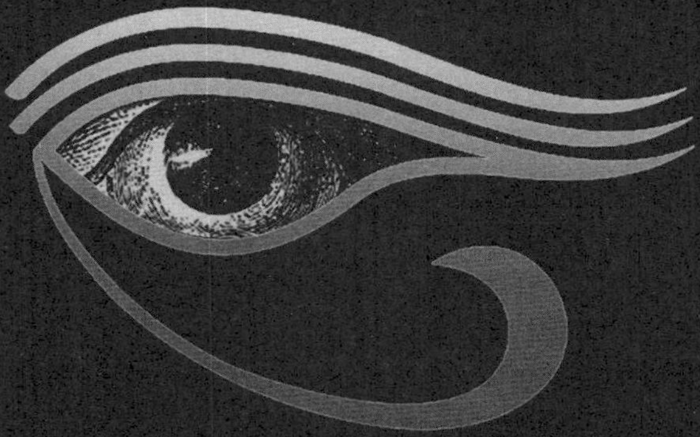

Capítulo X

O Vale da Feitiçaria

Deixei o livro na mesinha do abajur e empurrei o anteparo para o lado. Assim, iluminava o livro e, ao erguer o olho, via a cama, a enfermeira, e a porta. Não diria que a condição era confortável, nem calculada para permitir a absorção do tema que seria recomendada para um estudo eficiente. Porém, me dediquei ao trabalho como pude. O livro, logo de cara, exigia atenção especial. Era um fólio em holandês, impresso em Amsterdã em 1650. Alguém o traduzira literalmente, escrevendo a palavra em inglês abaixo da holandesa, e as diferenças gramaticais entre as duas línguas dificultava até a leitura da tradução. Era preciso ir e vir entre as palavras. A isso se acrescia a dificuldade de decifrar a letra escrita à mão duzentos anos antes. Porém, depois de algum tempo me acostumei a acompanhar a construção holandesa no inglês convencional; e, conforme me familiarizei com a letra, a tarefa ficou mais fácil.

De início, as circunstâncias do quarto, e o medo de que a srta. Trelawny voltasse inesperadamente e me encontrasse lendo o livro, me incomodavam um pouco. Pois tínhamos combinado entre nós, antes da partida do dr. Winchester, que ela não deveria se envolver na investigação vindoura. Consideramos que poderia causar certo choque à sua mente feminina a questão de aparente mistério; e, ademais, que ela, como filha do sr. Trelawny, poderia ver-se em posição difícil com ele no futuro, caso participasse, ou mesmo tivesse conhecimento, da desobediência a seus desejos expressos. Porém, quando me lembrei de que ela só viria à vigília às duas da manhã, o medo da interrupção se esvaiu. Eu ainda tinha quase três horas pela frente. A enfermeira Kennedy sentou-se à cabeceira, paciente e alerta. Um relógio tiquetaqueava no corredor, junto a outros relógios da casa, e a vida da cidade lá fora se manifestava no ruído distante, vez ou outra crescendo em ruído quando uma brisa soprando ao oeste carregava com ela os sons. Porém, a ideia dominante ainda era de silêncio. A luz no meu livro, e a franja tranquilizadora de seda verde no abajur, intensificavam, quando eu erguia o olhar, a penumbra do quarto. A cada linha que lia, isso parecia se aprofundar, tanto que, quando voltava a olhar a página, a luz parecia me ofuscar. Porém, me ative à tarefa e comecei a me envolver o suficiente no tema para me interessar.

O livro era escrito por um tal Nicholas van Huy de Hoorn. No prefácio, contava que, atraído pelo trabalho de John Greaves, do Merton College de Oxford, *Pyramidographia*, ele próprio visitara o Egito, onde se interessara tanto por suas maravilhas que dedicara alguns anos da vida a visitar lugares estranhos, e explorar as ruínas de muitos templos e tumbas. Ele encontrara muitas variantes da história da construção das pirâmides, conforme contada pelo historiador árabe Ibn Abd Alhokin, algumas das quais registrara. Não parei para lê-las, e segui para as páginas marcadas.

Assim que comecei a lê-las, porém, cresceu em mim a sensação de uma influência incômoda. Uma ou duas vezes, olhei para ver se a enfermeira se movera, pois senti que alguém estava perto de mim. A enfermeira estava sentada no lugar, firme e alerta como sempre, e eu voltei a ler.

A narrativa contava que, após passar vários dias viajando pelas montanhas ao leste de Assuã, o explorador chegou a determinado lugar. Aqui, citarei as palavras do autor, traduzidas ao inglês moderno:

"Ao anoitecer chegamos à entrada de um vale estreito e fundo, indo do leste ao oeste. Eu desejava prosseguir por ele, pois o sol, quase abaixo do horizonte, mostrava uma abertura larga entre os penhascos mais estreitos. Porém, os felás se recusavam absolutamente a entrar no vale àquela hora, alegando que poderiam ser pegos pela noite antes de emergir do outro lado. De início, não davam motivo para o medo. Tinham até então ido aonde eu quisesse, em qualquer momento, sem hesitar. Após insistência, porém, me disseram que o lugar era conhecido como Vale da Feitiçaria, onde ninguém poderia adentrar à noite. Quando pedi que me falassem do feiticeiro em si, eles se recusaram, dizendo que ele não tinha nome, e que não sabiam de nada. Na manhã seguinte, porém, quando o sol estava alto e brilhando no vale, os medos tinham diminuído. Então me contaram que um grande feiticeiro da antiguidade — "milhões e milhões de anos" foi o que disseram —, um rei ou uma rainha, não sabiam dizer, estava enterrado ali. Não dariam o nome, insistindo até o fim que não havia nome; e que quem o nomeasse se esvairia em vida até que, na morte, nada dele restaria para se reerguer no Além. Ao passar pelo vale, se mantiveram unidos, aglomerados, apressando-se à minha frente. Nenhum ousava ficar para trás. Como motivo para tal processo, disseram que os braços do feiticeiro eram compridos, e que era perigoso ser o último. Isso não me confortou muito, pois, por necessidade, tive que tomar a posição de honra. Na parte mais estreita do vale, ao sul, ficava um grande desfiladeiro de pedra, subindo íngreme, de superfície lisa e regular. Nele estavam gravados alguns sinais cabalísticos, e muitas figuras de homens, animais, peixes, répteis, e pássaros; sóis e estrelas; e muitos símbolos curiosos. Alguns deles eram de membros e traços desconectados, como braços e pernas, dedos, olhos, narizes, orelhas, e lábios. Símbolos misteriosos que serão um mistério para a interpretação dos anjos registradores no Juízo Final. O desfiladeiro era voltado exatamente par o norte. Havia nele algo de tão estranho, e tão diferente das outras rochas esculpidas que eu visitara, que pedi para pararem e passei o dia examinando a face do desfiladeiro como possível através do telescópio. Os egípcios em minha companhia estavam terrivelmente apavorados, e usavam todo tipo de persuasão para me convencer a partir. Fiquei até o fim da tarde, sem conseguir encontrar a entrada de qualquer tumba, que desconfiava ser o propósito da escultura na rocha. Nesse momento, os homens estavam rebeldes, e eu precisei sair do vale antes que minha comitiva me desertasse. Porém, em segredo, me decidi a descobrir a tumba e explorá-la. Para tal fim, avancei mais nas montanhas, onde encontrei um xeique árabe disposto a trabalhar comigo. Os árabes não tinham os mesmos medos supersticiosos dos egípcios; o xeique Abu Some e seus seguidores estavam dispostos a participar da exploração.

"Quando voltei ao vale com esses beduínos, fiz o esforço de escalar a face da rocha, mas fracassei, pois a superfície lisa era impenetrável. A pedra, já lisa e reta por natureza, fora esculpida até o fim. Era visível que antes existiram degraus projetados, pois, intocadas pelo clima espetacular daquela estranha terra, restavam as marcas de serras, cinzéis e martelos onde os degraus foram cortados ou quebrados.

"Assim impossibilitado de alcançar a tumba por baixo, e desprovido de escadas a escalar, acabei tomando uma jornada muito serpenteante até o alto do desfiladeiro. Lá fui abaixado, pendurado em cordas, até investigar a porção de rocha onde esperava encontrar a abertura. Descobri uma entrada, fechada por uma grande placa de pedra. A abertura era recortada na pedra a mais de trinta metros de altura, dois terços da altura total do desfiladeiro. Os símbolos cabalísticos e hieroglíficos entalhados na pedra tinham intenção de disfarçá-la. O recorte era fundo, e continuava pela pedra e pelos portais, assim como pela placa que formava a porta em si. Esta estava fixa com tanta precisão incrível que nenhum cinzel ou instrumento de corte que eu tinha conseguiu penetrar suas reentrâncias. Porém, usei muita força e, após muitos golpes pesados, ganhei acesso à tumba, pois é o que descobri ser. A porta de pedra caiu para dentro da entrada, e passei por cima dela para penetrar a tumba, notando, no caminho, uma corrente de ferro comprida, enroscada em um suporte próximo à entrada.

"Encontrei a tumba completa, seguindo a tradição das melhores tumbas egípcias, com uma câmara e um poço que descia pelo corredor, chegando à área da múmia. Tinha a tabela de imagens, que parecia uma espécie de registro — cujo sentido agora está eternamente perdido — gravado em cores assombrosas em uma rocha assombrosa.

"Todas as paredes da câmara e da passagem eram esculpidas com textos estranhos na forma misteriosa já mencionada. O caixão de pedra, ou sarcófago, imenso no poço profundo era maravilhosamente gravado de símbolos. O chefe árabe e os outros dois que entraram na tumba comigo, e que evidentemente estavam habituados a explorações assim sombrias, conseguiram tirar a tampa do sarcófago sem quebrá-la. Ficaram impressionados, pois, disseram, tal sorte normalmente não vinha de tais esforços. Eles não pareciam, mesmo, tomar excessivo cuidado, e mexeram nos muitos objetos da tumba com tal falta de cautela que, se não fosse pela força e grossura, o próprio caixão poderia ter sido danificado. Isso me preocupou imensamente, pois era uma obra lindamente esculpida de pedra rara, que eu não conhecia. Sofri muito pela impossibilidade de carregá-lo dali. Porém, o tempo e a jornada no deserto impediriam o feito; eu só poderia levar objetos pequenos o suficiente para carregar no corpo.

"Dentro do sarcófago estava um corpo, nitidamente feminino, envolto em várias camadas de linho, como é comum às múmias. Pelos bordados no tecido, identifiquei que era uma mulher de alta estirpe. Sobre o peito, deitava uma mão exposta. Nas múmias que eu já vira, os braços e as mãos ficam envoltos no pano, e alguns adornos de madeira, imitando braços e mãos em forma e pintura, são postos por cima do corpo embrulhado.

"Porém, aquela mão causou estranhamento, por ser sua verdadeira mão exposta ali; o braço se projetava da mortalha era de carne, aparentemente transformado à semelhança do mármore no processo de embalsamento. Braço e mão eram de branco escurecido, o tom do marfim exposto ao ar por tempo excessivo. A pele e as unhas estavam inteiras e incólumes, como se o corpo tivesse sido enterrado naquela mesma noite. Toquei a mão e a movi, pois o braço tinha certa flexibilidade, como se vivo, apesar de rígido por desuso, como os braços dos faquires que eu vira nas Índias. Havia, também, um fascínio acrescentado ali, pois aquela mão antiga continha nada menos do que sete dedos, todos igualmente finos e compridos, e de grande beleza. Baixa dizer que me fez estremecer, e minha pele se arrepiou ao tocar aquela mão que ficara ali, imperturbada, por tantos milhares de anos, e ainda assim lembrava carne viva. Sob a mão, como se protegida por ela, encontrava-se uma enorme joia de rubi; uma grande pedra, de imensidão assombrosa, pois o rubi é, habitualmente, uma joia pequena. Porém, o assombro principal não estava no tamanho, nem na cor, apesar de serem, como já destaquei, de raridade inestimável; o impressionante era que a luz brilhava dali em sete estrelas, sete pontas, com tanta clareza quanto se as estrelas estivessem verdadeiramente aprisionadas ali. Quando a mão foi erguida, ver aquela pedra assombrosa ali me causou um choque tão forte que quase levou a paralisia. Eu fitei a pedra, assim como os que me acompanhavam, como se fosse a fatídica cabeça da górgona Medusa, de cabelo de serpente, cujo olhar transformava em pedra todos que a viam. A sensação foi tão forte que eu queria sair correndo dali. O mesmo sentiram meus companheiros. Portanto, pegando a joia rara, junto a certos amuletos estranhos e ricos, pois forjados com pedras preciosas, me apressei para partir. Eu teria me demorado mais, e investigado mais o invólucro da múmia, mas temi fazê-lo, pois ocorreu-me, de repente, que estava em um lugar deserto, com homens estranhos que só me acompanhavam por falta de escrúpulos. Estávamos em uma caverna solitária dos mortos, a trinta metros do chão, onde ninguém me encontraria se mal me fosse feito, nem mesmo me buscaria. Porém, em segredo, decidi-me por voltar, com companhias mais seguras. Ademais, fiquei tentado a investigar melhor, pois, ao examinar as ataduras, notei várias coisas estranhamente importantes naquela tumba assombrosa, inclusive uma caixa de formato excêntrica e composta de pedra estranha, que achei talvez conter outras joias, pois era bem guardado, com segurança, no próprio sarcófago. Estava na tumba ainda outro cofre, que, apesar de rara proporção e adorno, tinha formato mais simples. Era de minério de ferro muito espesso, mas a tampa tinha sido levemente cimentada pelo que parecia goma e gesso, como se para impedir que penetrasse ar. Os árabes comigo insistiram tanto em abri-la, acreditando, pela espessura, que continha um tesouro, que aceitei. Porém, a esperança deles foi vã. Lá dentro, bem guardadas, encontravam-se quatro botijas, de fabricação fina e esculpidas com diversos adornos. Uma era na forma da cabeça de um homem, uma, de um cachorro, outra, de um chacal, e a última, de um falcão. Eu já soubera que tais urnas mortuárias eram usadas para conter as entranhas e outros órgãos dos cadáveres mumificados; porém, ao abrir essas botijas, pois a camada de cera que as tapava era fina e cedeu fácil, descobrimos que continha apenas óleo. Os beduínos, derramando o óleo no processo, tatearam as botijas em busca de algum tesouro escondido. A busca foi em vão; não havia tesouro algum. Fui advertido do perigo ao ver certos olhares gananciosos na expressão dos árabes. Assim, para acelerar a partida, manipulei os medos de superstição que eram aparentes até naqueles homens insensíveis. O chefe dos beduínos subiu do poço para dar sinal aos outros, pedindo que nos içassem, e eu, sem intenção de continuar na presença dos homens dos quais desconfiava, subi imediatamente atrás dele. Os outros demoraram a vir, e temi que estivessem revirando a tumba novamente, por conta própria. Evitei falar disso, contudo, temendo o pior. Eles finalmente chegaram. Um deles, o que subiu primeiro, ao chegar no alto do desfiladeiro perdeu o equilíbrio e caiu, morrendo imediatamente. Os outros vieram atrás, em segurança. O chefe subiu então, e eu, por último. Antes de sair, eu encaixei novamente no lugar, dentro do possível, a placa de pedra que cobria a entrada da tumba. Queria, se possível, preservá-la para meu exame no caso de outra visita.

"Quando todos chegamos à colina acima do desfiladeiro, foi bom ver o sol ardente, brilhante e glorioso, depois da escuridão e do mistério estranho da tumba. Fiquei até feliz pelo pobre árabe que caíra do desfiladeiro para sua morte jazer ao sol, e não na caverna sombria. Teria ido de boa vontade com meus companheiros para buscá-lo e sepultá-lo, mas o xeique fez pouco caso e mandou dois homens resolverem a questão enquanto nós seguíamos caminho.

"À noite, no acampamento, voltou um dos homens, e disse que um leão do deserto matara o companheiro após enterrarem o morto em uma área de areia profunda além do vale, e cobrirem o ponto com várias pedras, para que chacais e outros carniceiros não o desenterrarem, como era costumeiro.

"Mais tarde, à luz da fogueira ao redor da qual os homens se espalhavam, sentados ou deitados, vi ele exibir aos companheiros um objeto branco, que pareciam admirar com especial reverência e fascínio.

Assim, me aproximei em silêncio e vi que não era nada menos que a mão branca da múmia que protegera a joia no grande sarcófago. Ouvi o beduíno contar que a encontrara no corpo do homem que caíra do desfiladeiro. Era inconfundível, pois tinha os sete dedos que eu notei anteriormente. O homem devia tê-la arrancado do cadáver enquanto eu e o chefe estávamos ocupados; e, pelo fascínio dos outros, não duvidei que pretendesse usar como amuleto ou talismã. Porém, se o objeto tinha poderes, não eram a favor daquele que o arrancara da defunta, pois sua morte se seguira por pouco ao roubo. O amuleto já fora batizado, pois o punho da mão morta estava manchado de vermelho, como se mergulhado em sangue recente.

"Naquela noite, eu tinha medo certo de que alguma violência me seria cometida, pois, se a pobre mão morte era tão valorizada como amuleto, nem imaginava o que valeria a rara joia que ela guardara. Apesar de apenas o chefe saber da joia, minha dúvida era ainda pior, pois ele poderia dar ordens para eu me encontrar à sua mercê. Portanto, me protegi, me mantendo o mais desperto que pude, determinado a abandonar aquele grupo na primeira oportunidade e continuar minha jornada para casa, primeiro à margem do Nilo, e depois seguindo seu curso a Alexandria, com guias que não soubessem dos objetos estranhos que carregava.

"Finalmente, fui tomado por uma vontade de dormir tão potente que temi ser irresistível. Com medo de ataque, ou de, ao me revistar no sono, o beduíno encontrar a joia que me vira guardar em minhas roupas, tirei a pedra discretamente e a segurei na mão. Parecia refletir a luz do fogo crepitante e das estrelas — pois não havia lua — com igual fidelidade, e notei que no verso era gravada com símbolos semelhantes aos que eu vira na tumba. Quando mergulhei na inconsciência do sono, a joia gravada estava escondida na minha mão fechada.

"Despertei com a luz do sol da manhã. Eu me sentei e olhei ao redor. O fogo tinha se apagado, e o acampamento estava abandonado; exceto por uma silhueta deitada perto de mim. Era o chefe árabe, deitado de costas, morto. O rosto dele era quase preto; e os olhos, abertos e voltados horrivelmente par ao céu, como se visse ali alguma visão temível. Ele evidentemente fora estrangulado; ao observar, encontrei as marcas vermelhas de dedos no pescoço. Eram tantas marcas, que as contei. Eram sete, todas paralelas, exceto pelo polegar, como se feitas por uma única mão. Isso me emocionou, pois pensei na mão mumificada com seus sete dedos!

"Mesmo ali, no deserto, o encanto parecia verdadeiro!

"Surpreso, abri a mão direita, que até então estava fechada com a força do instinto, mesmo dormindo, de guardar o que continha. Ao abrir a mão, soltei a joia, que, por eu estar debruçado sobre o homem, o atingiu na boca. *Mirabile dictu*, jorrou da boca um jato volumoso de sangue, no qual a pedra vermelha se perdeu por um momento. Virei o defunto para buscá-la, e notei que ele estava deitado com a mão direita dobrada por baixo do corpo, como se tivesse caído por cima dela; e, na mão, segurava uma faca grande, de ponta e lâmina afiadas, como os árabes costumam carregar no cinto. Talvez ele estivesse prestes a me assassinar quando a vingança o atingira, vinda do homem, ou de Deus, ou dos Deuses antigos, não sei dizer. Basta dizer que, quando encontrei meu rubi, que brilhava como uma estrela viva de entre o sangue, não hesitei, e fugi. Viajei sozinho pelo deserto quente, até, pela graça de Deus, encontrar um grupo de árabes acampados próximos de um poço, que me deram sal. Com eles, descansei até me indicarem o caminho.

"Não sei o que ocorreu com a mão mumificada, nem com aquele que a guardou. Que conflito, suspeita, desastre ou ganância o acompanharam, também não sei; mas deve haver motivo para terem fugido com ela. Sem dúvida, é usada como amuleto potente por algum povo do deserto.

"Na primeira oportunidade, examinei o rubi estrelado, pois queria entender suas gravuras. Os símbolos — cujo sentido, porém, não entendi — eram os seguintes..."

Duas vezes, enquanto lia a narrativa envolvente, acreditara ver na página manchas sombreadas, que a estranheza do assunto me fizera associar à sombra de uma mão. Na primeira ocasião, notei que a ilusão vinha da franja de seda verde do abajur; mas na segunda, eu erguera o rosto e olhara a mão mumificada do outro lado do quarto, iluminada pelo luar sob a beira da veneziana. Era pouco impressionante que eu a tivesse conectado com a narrativa; pois, se pudesse acreditar nos meus olhos, ali, naquele mesmo cômodo, estava a mão descrita pelo explorador Van Huyn. Olhei a cama, e me reconfortou pensar que a enfermeira ainda estava lá, calma e desperta. Naquele momento, em tal ambiente, durante tal narrativa, fazia bem ter a certeza da presença de uma pessoa viva.

Fiquei olhando o livro na mesa à minha frente, e tantos pensamentos estranhos me ocorriam que minha cabeça começou a girar. Parecia até que a luz nos dedos brancos diante de mim começava a causar um efeito hipnótico. De uma vez, os pensamentos pararam; e, por um instante, o mundo e o tempo se interromperam.

Havia uma mão de verdade por cima do livro! O que me faria sucumbir assim, naquele caso? Eu conhecia a mão que via no livro — e a amava. Foi uma alegria ver ali a mão de Margaret Trelawny, e tocá-la; porém, naquele momento, após tantas outras maravilhas, causou em mim uma estranha comoção. Foi, contudo, apenas momentânea, e passou antes mesmo de sua voz me alcançar.

— O que o perturba? Por que olha assim esse livro? Achei, por um instante, que pudesse ter desmaiado novamente!

Eu me sobressaltei.

— Estava lendo um livro antigo da biblioteca — falei, o fechando e guardando debaixo do braço. — Vou devolvê-lo, pois entendo que seu pai deseja que tudo, especialmente livros, seja mantido em seu devido lugar.

Minhas palavras eram falsidades intencionais, pois eu não queria que ela soubesse o que eu lia, e achei melhor não atiçar a curiosidade ao deixar o livro ali. Parti, mas não fui à biblioteca; deixei o livro em meu quarto, onde poderia lê-lo após dormir durante o dia. Quando voltei, a enfermeira Kennedy estava pronta para se retirar, então a srta. Trelawny fez a vigília comigo. Eu não queria livro algum na presença dela. Ficamos sentados bem próximos, conversando aos cochichos enquanto os momentos passavam voando. Foi com surpresa que notei a borda das cortinas mudar de cinza para amarelo. Nosso assunto não tinha nada a ver com o homem combalido, exceto pelo fato do que diz respeito a sua filha necessariamente dizer respeito a ele. Porém, não tinha nada a ver com o Egito, com múmias, com os mortos, com cavernas, nem com chefes beduínos. A mão de Margaret não tinha sete dedos, mas apenas sete, o que notei bem na luz crescente — afinal, estava segurando a minha.

Quando o dr. Winchester chegou de manhã e visitou o paciente, foi me encontrar enquanto eu fazia uma refeição na sala de jantar — se era desjejum ou jantar, mal sabia — antes de ir me deitar. O sr. Corbeck chegou ao mesmo tempo, e retomamos a conversa onde a deixáramos na véspera. Contei ao sr. Corbeck que lera o capítulo a respeito da descoberta da tumba, e que achei que o dr. Winchester também devesse ler. Este último disse que, se possível, levaria o livro consigo; ele teria que viajar a Ipswich naquela manhã, e leria no trem. Disse que devolveria ao voltar no anoitecer. Subi ao quarto para trazer o livro, mas não o encontrei em lugar nenhum. Tinha a clara lembrança de tê-lo deixado na mesinha de cabeceira, logo que subira depois da chegada da srta. Trelawny no quarto do doente. Era muito estranho, pois o livro não era do tipo de criados normalmente pegariam. Precisei voltar e explicar aos outros que não o encontrara.

Quando o dr. Winchester se foi, o sr. Corbeck, que parecia conhecer o trabalho do holandês de cor, discutiu o tema comigo. Falei para ele que tinha sido interrompido pela mudança da guarda, bem quando chegara à descrição do anel. Ele sorriu e falou:

— Em relação a isso, não precisa se decepcionar. Na época de Van Huyn, e na verdade nem quase duzentos anos depois, o sentido da gravura não pôde ser compreendido. Foi apenas quando a tarefa foi assumida e acompanhada por Young, Champollion, Birch, Lepsius, Rosellini, Salvolini, Mariette Bem, Wallis Budge, Flinders Petri e outros acadêmicos da época que se obtiveram bons resultados, e o sentido verdadeiro dos hieróglifos foi determinado.

"Mais tarde, explicarei ao senhor, se o sr. Trelawny não explicar pessoalmente, ou se não me proibir, o sentido disso nesse lugar específico. Acho que é melhor que o senhor saiba o que se seguiu à narrativa de Van Huyn, pois, com a descrição da pedra e o relato de levá-la à Holanda e do fim da viagem, o episódio se encerra. Se encerra no que diz respeito ao livro. O central do livro é que faz outros pensarem... e agirem. Dentre estes, o sr. Trelawny, e eu mesmo. O sr. Trelawny é um bom linguista do oriente, mas não conhece as línguas do norte. Já eu, tenho habilidade no aprendizado de línguas, e, enquanto estudava em Leyden, aprendi holandês para facilitar minha consulta à biblioteca de lá. Foi assim que, bem quando o sr. Trelawny, que, ao compor sua enorme coleção de trabalhos sobre o Egito, adquirira aquele volume com a tradução manuscrita, o estudava, eu lia outro exemplar, no holandês original, em Leyden. Nós dois ficamos impressionados pela descrição da tumba solitária na rocha, recortada a tal altura que era inacessível a exploradores comuns, cujos meios de acesso foram cuidadosamente obliterados, e decorada com ornamentos tão elaborados na superfície lisa do desfiladeiro, de acordo com a descrição de Van Huyn. Também nos ocorreu a estranheza (pois, nos anos entre a época de Van Huyn e a nossa, o conhecimento geral de curiosidades e registros egípcios cresceu enormemente, de, no caso de uma tumba dessas, em um lugar desses, e que deve ter custado um valor imenso de dinheiro, não haver registro nem efígie aparente para indicar sua ocupante. Ademais, o nome mesmo do lugar, "Vale da Feitiçaria", tinha, na época prosaica, atração própria. Quando nos conhecemos, pela assistência de outros egiptólogos que trabalhavam para ele, conversamos sobre isso, como sobre tantas outras coisas, e determinamos buscar o vale misterioso. Enquanto esperávamos para iniciar a viagem, pois exigiam-se muitas coisas que o sr. Trelawny decidiu resolver por conta própria, fui à Holanda para tentar achar rastros que verificassem a narrativa de Van Huyn. Fui imediatamente a Hoorn, e me dediquei pacientemente a localizar a casa do explorador e seus descendentes, se existissem. Não preciso incomodá-lo com os detalhes da busca, e do encontro. Hoorn não mudou muito desde a época de Van Huyn, exceto por ter perdido sua posição anterior entre cidades comerciais. Externamente, é como era à época; em um lugar tão pacato e antigo, um ou dois séculos fazem pouca diferença. Encontrei a casa, e descobri que nenhum dos descendentes era vivo. Procurei pelos registros, mas cheguei a apenas um fim: morte e extinção. Então, comecei o trabalho de descobrir o que ocorrera com seus tesouros, pois era aparente que um explorador daqueles teria muitos bens. Rastreei muitos deles a museus em Leyden, Utrecht, e Amsterdã, e alguns a casas particulares de colecionadores ricos. Finalmente, na loja de um antigo relojoeiro e ourives em Hoorn, encontrei o que ele considerava seu maior tesouro: um grande rubi, esculpido como um escaravelho, com sete estrelas, gravado com hieróglifos. O velho vendedor não entendia de hieróglifos, e em sua vida pacata e isolada de velho mundo, as descobertas filológicas dos anos recentes não tinham chegado. Ele não sabia nada de Van Huyn, exceto que tal homem existia, e que seu nome fora venerado na cidade por dois séculos como aquele de um grande viajante. Ele valorizava a joia apenas como pedra rara, em parte estragada pelo corte, e, apesar de inicialmente não querer abrir mão de uma pedra preciosa tão única, acabou se convencendo com motivação comercial. Eu tinha uma carteira recheada, pois comprava em nome do sr. Trelawny, que é, como imagino que o senhor saiba, imensamente rico. Logo voltei para Londres, com o rubi em segurança na bolsa, e, no peito, uma alegria e exultação sem limites.

"Pois aqui estávamos, com provas da história maravilhada de Van Huyn. A joia foi guardada em segurança no cofre do sr. Trelawny, e começamos a jornada de exploração cheios de esperança.

"O sr. Trelawny, no fim, não queria deixar a jovem esposa, que tanto amava; porém, ela, que o amava igualmente, sabia de seu desejo de seguir com a busca. Portanto, mantendo para si, como toda boa mulher faz, suas ansiedades, que, em seu caso, eram especiais, ela encorajou que ele seguisse com o projeto."

CAPÍTULO XI

A Tumba da Rainha

— A esperança do sr. Trelawny era tão grande quanto a minha. Ele não é tão volátil quanto eu, tendencioso a altos e baixos de esperança e desespero; porém, tem um propósito fixo, que cristaliza esperança em crença. Às vezes, eu temia que duas pedras semelhantes existissem, ou que as aventuras de Van Huyn fossem ficção de um viajante, baseadas na aquisição ordinária do objeto em Alexandria ou no Cairo, ou mesmo em Londres ou Amsterdã. Porém, o sr. Trelawny nunca hesitou. Tínhamos muitas distrações de crença ou descrença. Foi pouco após Arabi Pasha, e o Egito era seguro para viajantes, especialmente ingleses. Mas o sr. Trelawny é um homem destemido, e eu até chego a pensar, às vezes, que não sou covarde. Nós juntamos um bando de árabes que um ou outro conhecia de viagens anteriores ao deserto, e nos quais confiávamos; isto é, dos quais desconfiávamos menos do que de outros. Éramos numerosos o suficiente para nos proteger de saqueadores, e trazíamos bons equipamentos. Tínhamos assegurado o consentimento e a cooperação passiva dos oficiais ainda amigáveis com a Grã-Bretanha; e nem preciso dizer a importância da riqueza do sr. Trelawny neste acordo. Viajamos a Assuã em *dhahabiyehs*, de onde, após pedir ajuda de alguns árabes do xeique e oferecer o *backsheesh* de costume, partimos na jornada ao deserto.

"Após muito vagar e experimentar cada caminho sinuoso no labirinto interminável de colinas, finalmente chegamos, ao anoitecer, no vale descrito por Van Huyn. Um vale com desfiladeiros altos e íngremes, estreito no meio, e aberto ao leste e ao oeste. De manhã, estávamos diante do desfiladeiro, e facilmente notamos a abertura no alto da rocha, e os hieróglifos evidentemente entalhados para disfarçá-la.

"Porém, os sinais que confundiram Van Huyn e outros de seu tempo, e de depois, não nos eram mais segredo. Os vários pesquisadores que deram cérebro e vida a esse trabalho tinham escancarado a prisão misteriosa da língua egípcia. Na face esculpida do desfiladeiro rochoso, nós, que aprendemos os segredos, lemos o que o sacerdócio tebano inscrevera lá quase cinquenta séculos antes.

"Pois não havia dúvida de que a inscrição externa era trabalho de um sacerdócio, e um sacerdócio hostil. A inscrição na pedra, em hieróglifos, dizia o seguinte:

"'Acá os Deuses não vêm sob chamado algum. A 'Inominável' os insultou e está eternamente solitária. Não se aproximem, para que a vingança não lhes derrube!'

"A advertência deve ter sido terrivelmente poderosa na época em que foi escrita, e por milhares de anos desde então, mesmo após a língua com que fora escrita se tornar mistério morto ao povo da terra.

A tradição desse terror dura mais do que sua causa. Até os símbolos usados ali tinham um sentido acrescentado de aliteração. 'Eternamente' em hieróglifos é dito como 'milhões de anos'. O símbolo se repetia nove vezes, em três grupos de três; e, após cada grupo, vinha um símbolo do Mundo de Cima, do Mundo de Baixo, e do Céu. Portanto, para aquele ser solitário não haveria, por vingança dos deuses, ressurreição no Mundo do Sol, no Mundo dos Mortos, nem da alma na região dos Deuses.

"Nem eu nem o sr. Trelawny ousamos contar aos nossos companheiros o sentido do texto. Afinal, apesar de não acreditarem na religião de onde vinha a maldição, nem nos Deuses cuja vingança era ameaçada, ainda eram tão supersticiosos que provavelmente, caso soubessem, teriam abandonado a tarefa e fugido.

"A ignorância deles e nossa discrição nos preservou. Acampamos por perto, atrás de uma pedra saliente um pouco adiante no vale, para que não estivessem sempre de olho na inscrição. Pois até o nome tradicional do lugar, "Vale da Feitiçaria", lhes inspirava medo; e em nós, por eles. Com a lenha que tínhamos levado, montamos uma escada na face da rocha. Penduramos uma polia em uma viga projetada do alto do penhasco. Encontramos a grande placa de rocha, que servia de porta, mal encaixada no lugar, presa por algumas pedras. O peso a mantinha em posição segura. Para entrar, precisamos empurrá-la, e passar por cima dela. Porém, havia provas abundantes, entre o desastre da pedra de rocha, que era afixada por dobradiças de ferro em cima e embaixo, que amplas provisões tinham sido tomadas inicialmente para fechar e trancá-la por dentro.

"Eu e o sr. Trelawny entramos na tumba sozinhos. Tínhamos levado muitas fontes de luz, que fixamos no trajeto. Queríamos concluir uma análise superficial de início, e depois examinar os detalhes. No caminho, fomos tomados por prazer e fascínio cada vez maiores. A tumba era uma das mais belas e magníficas que já tínhamos visto. Pela natureza elaborada da escultura e da pintura, assim como pela perfeição do artesanato, era evidente que a tumba fora preparada ao longo da vida daquela para a qual serviria de repouso final. O desenho dos hieróglifos era fino, e a coloração, esplêndida; e naquela caverna alta, distante até mesmo da umidade da enchente do Nilo, tudo estava tão fresco quanto estivera quando os artistas abandonaram suas paletas. Uma coisa, porém, não pudemos deixar de notar: que, apesar dos entalhes na rocha lá fora serem trabalho do sacerdócio, o alisamento da face do desfiladeiro provavelmente era parte do projeto inicial do construtor. O simbolismo da pintura e do recorte ali dentro dava a mesma ideia. A caverna externa, em parte natural, e em parte esculpida, era vista, arquitetonicamente, apenas como antessala. Ao fim, de frente par ao leste, ficava um pórtico de pilares, entalhado a partir da rocha sólida. Os pilares eram imensos, de sete lados, o que não tínhamos encontrado em nenhuma outra tumba. Esculpido na arquitrave estava o Barco do Luar, contendo Hator, com cabeça de vaca, disco e plumas, e Hapi, o Deus do Norte com cabeça de cão. Era guiado por Harpócrates na direção norte, representada pela Estrela Polar, cercada por Draco e pela Ursa Maior. Nesta última, as estrelas que formam o que chamamos de "Arado" eram maiores do que as outras estrelas, e preenchidas com ouro, para, à luz das tochas, parecerem brilhar com significado especial. Ao passar pelo pórtico, encontramos duas das características arquitetônicas de uma tumba de rocha, a Câmara, ou Capela, e o Poço, tudo completo, como Van Huyn notara, apesar de em sua época os nomes dados pelos egípcios àquelas áreas serem desconhecidos.

"A Estela, ou o registro, localizada na parte mais baixa da face oeste, era tão notável que a examinamos minuciosamente, mesmo antes de seguir caminho para encontrar a múmia que era nosso foco. A Estela era uma placa imensa de lápis-lazúli, inteiramente recortada por hieróglifos pequenos de muita beleza. O entalhe era preenchido de algum cimento de finura extrema, com a cor de puro vermelho. A inscrição começava:

"'Tera, Rainha dos Egitos, filha de Antef, Monarca do Norte e do Sul', 'Filha do Sol', 'Rainha dos Diademas'.

"Continuava, então, o registro completo de sua vida e reino.

"Os sinais de soberania eram dados com uma profusão de adorno verdadeiramente feminina. As Coroas unidas do Alto e Baixo Egito, em especial, eram desenhadas com precisão espetacular. Foi novidade para nós dois encontrar a Hejet e a Desher, as coroas branca e vermelha do Alto e do Baixo Egito, na Estela de uma rainha; pois era regra, sem exceção de registro, que no antigo Egito as coroas eram usadas apenas por reis, apesar de serem também vistas em deusas. Mais tarde, encontramos uma explicação, que elaborarei.

"Tal inscrição era, em si, tão impressionante que chamaria a atenção de qualquer pessoa, em qualquer lugar e qualquer tempo; mas nem imagina o efeito que teve em nós. Apesar de nossos não serem os primeiros olhos a vê-la, eram os primeiros que podiam entendê-la desde que aquela primeira placa de pedra fora presa na abertura do desfiladeiro, quase cinco mil anos antes. A nós foi dada aquela mensagem dos mortos. Aquela mensagem de alguém que entrara em guerra com os deuses antigos, e alegava controlá-los em uma época em que a hierarquia dizia ser o único modo de agitar seus medos ou ganhar sua boa vontade.

"As paredes da câmara superior do Poço e da Câmara do sarcófago tinham uma profusão de inscrições; e todas as inscrições, exceto pelas da Estela, eram coloridas com pigmento azul-esverdeado. O efeito quando se olhava de lado, capturando as facetas verdes, era de uma turquesa indiana antiga e desbotada.

"Descemos o Poço com o auxílio dos apetrechos que levamos. Trelawny desceu primeiro. O poço era fundo, de mais de vinte metros, mas nunca fora preenchido. A passagem no fundo subia, inclinada, à Câmara do sarcófago, e era mais comprida do que de costume. Não tinha sido emparedada.

"Lá dentro, encontramos o grande sarcófago de pedra amarela. Porém, isso não preciso descrever, pois já o viu no quarto do sr.

Trelawny. A tampa estava no chão; não fora cimentada, e se mostrava exatamente como descrita por Van Huyn. Nem preciso dizer que foi com excitação que olhamos lá dentro. Porém, houve uma certa decepção. Não pude deixar de sentir como teria sido diferente a emoção aos olhos do holandês ao encontrar ali a mão branca disposta, como se ainda viva, sobre a mortalha da múmia. É verdade que parte do braço estava lá, branco como marfim.

"Mas tivemos uma emoção que não foi vivida por Van Huyn!

"A ponta do punho estava coberta de sangue seco! Parecia que o corpo tinha sangrado após a morte! As bordas retalhadas do pulso quebrado eram ásperas de sangue coagulado; através dessa camada, o osso branco e protuberante parecia uma matriz de opala. O sangue escorrera, manchando de ferrugem as ataduras marrons. Ali, então, estava plena confirmação da narrativa. Com tal prova da verdade do narrador, não podíamos duvidar dos outros aspectos que ele descrevera, como o sangue na mão da múmia, ou as marcas dos sete dedos no pescoço do xeique estrangulado.

"Vou poupá-lo dos detalhes do que vimos, e de como aprendemos o que sabíamos. Parte veio do conhecimento comum aos pesquisadores; parte lemos na Estela da tumba, e nas esculturas e nas pinturas nas paredes.

"A rainha Tera foi da décima-primeira dinastia, ou dinastia texana, dos reis egípcios, que dominou entre os séculos XXIX e XXV antes de Cristo. Ela chegou à sucessão como filha única do pai, Anef. Deve ter sido uma moça de personalidade e capacidade extraordinárias, pois era apenas uma jovem menina quando da morte do pai. A juventude e o sexo dela encorajaram o sacerdócio ambicioso, que adquirira, então, imenso poder. Por riqueza, volume e conhecimento, cominavam todo o Egito, ainda mais especialmente a região do Alto. Portanto, estavam secretamente prontos para atingir o plano ousado e havia muito considerado, de transferir o poder governante de um reinado a uma hierarquia. Porém, o rei Antef desconfiava de tal movimento, e tomara precauções para assegurar à filha a lealdade do exército. Ele também ensinara a ela a arte da política, e até a instruíra nos conhecimentos dos próprios sacerdotes. Ele usara aqueles de uma seita contra outra, cada uma tendo esperança de ganho presente próprio por influência do rei, ou ganho futuro da influência própria sobre a filha dele. Assim, a princesa foi criada entre escribas, e não foi uma artista ruim. Muito disso foi dito nas paredes, em pinturas ou hieróglifos de enorme beleza; e concluímos que muitos deles tinham sido feitos pela própria princesa. Não era sem razão para estar descrita na Estela como 'Protetora das artes'.

"Porém, o rei tinha ido além, e ensinara magia à filha, dando a ela poder sobre o Sono e Arbítrio. Era magia de verdade, magia 'das trevas', não a magia dos templos que, explico, era da ordem 'da luz', inofensiva, e servia mais para impressionar do que para afetar. Ela fora uma pupila dedicada, e superara seus professores. Seu poder e recursos deram a ela grandes oportunidades, que ela aproveitou ao máximo. Aprendeu segredos da natureza de modos estranhos, e chegou a descer na tumba pessoalmente, embrulhada, sepultada e deixada lá, como morta, por um mês inteiro. Os sacerdotes tentaram dar a entender que a princesa Tera morrera no experimento, e que outra menina a substituíra, mas ela provara conclusivamente o equívoco. Isso tudo foi contado em imagens de grande mérito. Provavelmente foi na época dela que se deu o impulso para restaurar a grandeza artística da Quarta Dinastia, que encontrara perfeição no tempo de Chufu.

"Na Câmara do sarcófago estavam imagens e textos mostrando que ela conquistara o Sono. Na verdade, havia um simbolismo presente em tudo, impressionante até em uma terra e uma época de simbolismo. Dava-se proeminência ao fato de que ela, apesar de rainha, reivindicava todos os privilégios dos reis e da masculinidade. Em um lugar, era ilustrada em roupas de homem, usando as coroas branca e vermelha. Na imagem seguinte, usava roupas de mulher, mas ainda usava as coroas, e as vestes masculinas descartadas encontravam-se a seus pés. Em toda imagem expressando esperança, alvo, ou ressurreição, acrescentava-se o símbolo do norte; e em muitos lugares, sempre representando eventos importantes, passado, presente, ou futuro, agrupavam-se as estrelas do Arado. Ela nitidamente via essa constelação com alguma associação própria e peculiar.

"A declaração talvez mais notável no registro, tanto na Estela quanto nos murais, era que a rainha Tera tinha o poder de compelir os deuses. Isso, por sinal, não era crença isolada na história egípcia, mas tinha causa diferente. Ela gravara em um rubi, esculpido como escaravelho e com sete estrelas de sete pontas, palavras de ordem que compeliriam todos os deuses, dos mundos superior e inferior.

"Na declaração estava exposto nitidamente que o ódio dos sacerdotes, sabia, se voltara contra ela, e que, após sua morte, tentariam apagar seu nome. Era uma vingança terrível, explico, na mitologia egípcia; pois, sem nome, ninguém pode ser apresentado aos deuses após a morte, nem ser alvo de preces. Portanto, ela planejava ressuscitar depois de muito tempo, em uma terra mais ao norte, sob a constelação cujas sete estrelas dominaram seu nascimento. Para este fim, sua mão deveria manter-se exposta ao ar, 'desembrulhada', segurando a joia das sete estrelas, para que onde houvesse ar ela se movesse como seu Ka! Eu e sr. Trelawny, após refletir, entendemos que isso queria dizer que seu corpo poderia tornar-se astral sob comando, e mover-se, partícula por partícula, e tornar-se completo novamente, quando e onde exigido. Havia também um trecho escrito que aludia a um baú ou uma arca que continha todos os deuses, o Arbítrio, e o Sono, estes dois últimos personificados como símbolos. A caixa, segundo a descrição, teria sete lados. Não nos surpreendeu muito quando, sob os pés da múmia, encontramos a arca de sete lados, que o senhor também deve ter visto no quarto do sr. Trelawny. Na parte inferior das ataduras de linho do pé esquerdo estava pintado, no mesmo vermelho usado na Estela, o hieróglifo da água, e, no pé direito, o símbolo da terra. Interpretamos que o simbolismo dizia que o corpo dela, imortal e transferível à vontade, comandava terra e água, ar e fogo, este último exemplificado pela luz da joia, e também pelo sílex e pelo ferro próximo à múmia.

"Quando erguemos a arca do sarcófago, notamos as protuberâncias estranhas que o senhor já viu, mas, na hora, não soubemos explicá-las. Havia alguns amuletos no sarcófago, mas nenhum de valor ou significado especial. Supusemos que, se houvesse algum mais relevante, estaria por dentro das ataduras, ou, ainda mais provável, na estranha arca sob os pés da múmia. Esta, porém, não conseguimos abrir. Havia sinal de uma tampa; a parte superior e a inferior eram certamente partes únicas. A linha fina, um pouco abaixo do topo, parecia indicar a junção da tampa, mas a finura e o acabamento eram tais que mal se via o ponto. Não era possível mover a tampa. Supusemos que era, de algum modo, trancado por dentro. Explico isso tudo para que o senhor entenda coisas com que poderá entrar em contato mais adiante. Deve suspender seu julgamento inteiramente. Ocorreram tantas coisas estranhas a respeito desta múmia e a seu redor, que é necessário nova crença em algum lugar. É absolutamente impossível reconciliar certos acontecimentos com a corrente comum da vida ou do conhecimento.

"Ficamos pelo Vale da Feitiçaria até copiarmos como podíamos todos os desenhos e escritos nas paredes, no teto, e no chão. Levamos conosco a Estela de lápis-lazúli, cujo registro entalhado era colorido de pigmento vermelho. Levamos o sarcófago e a múmia; o baú de pedra com as botijas de alabastro; as placas de heliotrópio, alabastro, ónix e cornalina; e o travesseiro de marfim cujo arco repousava em 'fivelas', envoltas por uraeuses[1] forjados em ouro. Levamos todos os artigos na Capela e no Poço, as canoas de madeira contendo as figuras shabti, e os amuletos simbólicos.

---
1 adorno em forma de serpente usado nas coroas de deuses e faraós do Antigo Egito como símbolo de soberania

"Ao sair, desmontamos as escadas e as enterramos na areia sob um desfiladeiro mais ao longe, que sinalizamos para, se necessário, as encontrarmos novamente. Então, com nossa carga pesada, começamos a jornada trabalhosa a caminho do Nilo. Não foi fácil, acredite, levar aquele enorme sarcófago pelo deserto. Tínhamos uma carroça e homens o suficiente para puxá-la, mas o progresso parecia terrivelmente lento, pois estávamos ansiosos para levar os tesouros a um lugar seguro. A noite era sempre um momento de ansiedade, pois temíamos ataques de saqueadores. Temíamos ainda mais, porém, alguns dos nossos companheiros. Eles eram, afinal, homens predatórios e inescrupulosos, e carregávamos um volume considerável de coisas preciosas. Eles, ou pelo menos os mais perigosos entre eles, não sabiam o motivo do valor; supunham que levávamos algum tipo de tesouro material. Tínhamos tirado a múmia do sarcófago, preferindo guardá-la em uma caixa separada, para viajar com segurança. Na primeira noite, duas tentativas foram feitas de roubar pertences da carroça, e dois homens foram encontrados mortos pela manhã.

"Na segunda noite veio uma tempestade violenta, um daqueles simuns terríveis do deserto que nos fazem sentir o desamparo. Fomos dominados por areia ao vento. Alguns dos beduínos fugiram antes da tempestade, em busca de abrigo; o resto de nós, embrulhados em albornozes, suportamos com a paciência necessária. Pela manhã, tendo passado a tempestade, recuperamos o que podíamos dos equipamentos de sob as pilhas de areia. Encontramos a caixa que continha a múmia inteiramente quebrada, mas a múmia em si não estava em lugar algum. Procuramos por todo lado, cavamos a areia que nos cercava, mas foi em vão. Não sabíamos o que fazer, pois Trelawny estava decidido a levar aquela múmia. Esperamos dias inteiros na esperança dos beduínos fugidos voltarem; tínhamos uma esperança tola de que eles poderiam de algum modo ter removido a múmia da carroça, e que a devolveriam. À noite, logo antes do amanhecer, o sr. Trelawny me acordou e cochichou ao pé do meu ouvido:

"'Devemos voltar à tumba no Vale da Feitiçaria. Não hesite quando eu der a ordem pela manhã! Se fizer qualquer pergunta quanto ao nosso destino, atiçará a desconfiança, e irá contra nosso propósito.'

"'Tudo bem!', respondi. 'Mas por que ir até lá?'

"A resposta dele me emocionou como se fizesse ressoar um acorde afinado em mim: 'Encontraremos a múmia lá! Tenho certeza!' E, antecipando dúvida ou discussão, acrescentou: 'Espere, e verá!' Finalmente, voltou para baixo da coberta.

"Os árabes se surpreenderam quando voltamos pelo mesmo caminho, e alguns ficaram insatisfeitos. Houve muita fricção, e vários abandonos, então foi com um grupo diminuto que voltamos ao leste. De início, o xeique não manifestou curiosidade quanto ao nosso destino, mas, quando ficou aparente que estávamos voltando ao Vale da Feitiçaria, ele também mostrou preocupação. Esse incômodo cresceu conforme nos aproximávamos, até que, finalmente, na entrada do vale, ele parou e se recusou a prosseguir. Disse que aguardaria nossa volta, se escolhêssemos seguir sozinhos. Que aguardaria por três dias; mas que, se não voltássemos naquele tempo, iria embora. Nenhuma ofertou de dinheiro o tentou a mudar de opinião. A única concessão que fez foi de encontrar as escadas e trazê-las para mais perto do desfiladeiro. Isso, ele fez; e então, com o resto da tropa, voltou para aguardar na entrada do vale.

"Eu e o sr. Trelawny pegamos cordas e tochas e mais uma vez subimos à tumba. Ficou evidente que alguém estivera lá em nossa ausência, pois a placa de pedra que protegia a entrada estava caída lá dentro, e uma corda pendia do cume do penhasco. Lá dentro, outra corda pendia do Poço. Nós nos entreolhamos, mas não dissemos nada. Prendemos nossa corda e, como combinado, Trelawny desceu primeiro, e eu o segui. Foi só quando nos encontramos no fim do poço que me ocorreu que poderíamos estar em alguma espécie de armadilha; que alguém poderia descer do desfiladeiro, cortar a corda que usamos para descer ao Poço, e nos enterrar vivos. Pensar nisso me horrorizou, mas já era tarde.

Fiquei em silêncio. Nós dois tínhamos tochas, então havia boa luz na passagem que levava à Câmara onde antes ficava o sarcófago. A primeira coisa que notamos foi o vazio do ambiente. Apesar dos adornos magníficos, a tumba ficava desolada pela ausência do grande sarcófago, motivo pelo qual fora esculpida na rocha; do baú de botijas de alabastro; das mesas que continham os implementos e a comida para uso dos mortos, e das figuras shabti.

"Ficava ainda mais desolada pela figura da múmia da rainha Tera, que, envolta em sua mortalha, encontrava-se caída no chão onde antes ficava o sarcófago! A seu lado, em posturas estranhas e contorcidas de morte violenta, estavam três dos árabes que abandonaram nosso grupo. O rosto deles estava preto, e as mãos e o pescoço manchados de sangue que jorrara da boca, do nariz e dos olhos.

"No pescoço de cada um estavam as marcas, cada vez mais escuras, de uma mão de sete dedos.

"Trelawny e eu nos aproximamos, e nos seguramos, apavorados e impressionados, ao ver a cena.

"Pois, ainda mais maravilhoso, no peito da rainha mumificada repousava uma mão de sete dedos, branca como marfim, cujo pulso mostrava uma cicatriz na forma de uma linha vermelha irregular, de onde pendiam gotas de sangue."

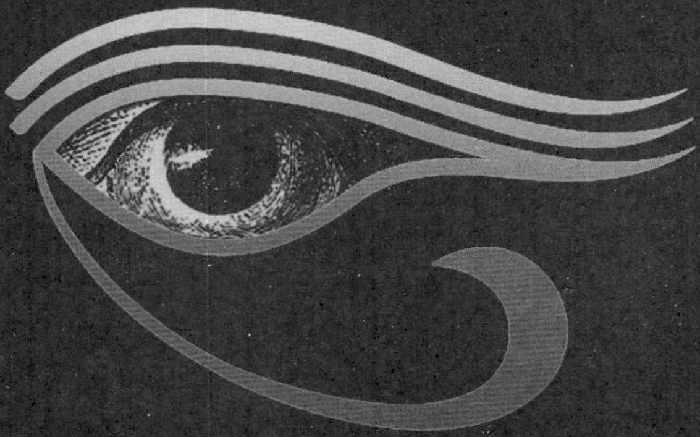

Capítulo XII

O Cofre Mágico

"Quando nos recuperamos do choque, que pareceu durar um tempo excessivamente longo, não nos demoramos para carregar a múmia pela passagem e subir com ela pelo Poço. Subi primeiro, para recebê-la no alto. Quando olhei para baixo, vi o sr. Trelawny pegar a mão arrancada e segurá-la junto ao peito, supostamente para protegê-la de dano e da possibilidade de se perder. Deixamos os árabes mortos onde estavam. Com a ajuda de cordas, descemos com a carga preciosa ao chão, e a carregamos à entrada do vale, onde esperaria nossa escolta. Para nosso choque, os vimos já em movimento. Quando discutimos com o xeique, ele respondeu que tinha cumprido o contrato com precisão; esperara os três dias combinados. Achei que estivesse mentindo para disfarçar a intenção cruel de nos abandonar, e, ao comparar anotações, vi que Trelawny desconfiava do mesmo. Foi só quando chegamos ao Cairo que descobrimos que ele estava correto. Era 3 de novembro de 1884 quando entramos no Poço pela segunda vez; tínhamos motivo para lembrar-nos da data.

"Tínhamos perdido três dias inteiros de razão, da vida, em fascínio naquela câmara dos mortos. Seria estranho, então, que tivéssemos uma sensação supersticiosa relativa à falecida rainha Tera e a tudo que lhe pertencia? É surpresa, então, que ainda perdure em nós uma noção desconcertante de algum poder além de nós e de nossa compreensão? Seria surpresa se isso nos acompanhar ao túmulo na hora devida? Isto é, se houver túmulo para nós, que roubamos os mortos!"

Ele se calou por um minuto antes de prosseguir:

— Chegamos bem ao Cairo, e de lá a Alexandria, onde deveríamos pegar o navio de transporte a Marselha, e, de lá, o trem para Londres. Mas "os melhores planos, de ratos e homens, costumam dar errados". Ao chegar em Alexandria, Trelawny encontrou a sua espera um telegrama informando que a sra. Trelawny falecera ao dar à luz a filha.

"O marido desolado foi-se embora correndo pelo Expresso do Oriente; e precisei levar o tesouro sozinho à casa desolado. Cheguei a Londres em segurança; nossa jornada pareceu enfrentar especial boa fortuna. Quando cheguei a esta casa, o velório já passara. A menina tinha sido entregue à ama; e o sr. Trelawny se recuperara tão bem do choque da perda que logo decidiu retomar os fios rompidos da vida e do trabalho. Que ele sofrera um choque, e um choque grave, era aparente. Os fios grisalhos que surgiram repentinamente em seu cabelo preto já serviam de prova; mas, além disso, suas feições fortes tinham ficado rígidas e severas. Desde que recebeu aquele telegrama em Alexandria, nunca mais vi um sorriso feliz em seu rosto.

"O trabalho é o melhor nesses casos, e ele se dedicou ao trabalho em corpo e alma. A estranha tragédia da perda e do ganho, pois a criança nascera durante a morte da mãe, ocorrera no tempo que passamos em transe na tumba de rainha Tera. Parecia ter formado certa associação com seus estudos egípcios, ainda mais com os mistérios ligados à rainha. Ele me falou muito pouco da filha, mas era aparente que duas forças entravam em conflito dentro dele. Eu via que ele a amava, praticamente idolatrava. Porém, nunca conseguia esquecer que o nascimento dela custara a vida da mãe. Além do mais, havia algo cuja existência parecia apertar seu peito de pai, apesar de ele nunca me contar o que era. Ele uma vez me disse, em um momento de relaxamento de seu propósito silencioso: 'Ela é diferente da mãe; mas, em cor e feição, tem uma semelhança maravilhosa às imagens da rainha Tera.'

"Ele disse que a tinha mandado para a tutela de pessoas que poderiam cuidar dela de um modo que ele não poderia; e que, até virar mulher, ela teria todos os prazeres simples de uma moça, o que seria o melhor para ela. Eu muitas vezes tentei falar dela com ele, mas ele nunca dizia muito. Uma vez, me disse: 'Há motivos para eu não falar mais do que o necessário. Um dia, você saberá, e entenderá!' Eu respeitava sua reticência e, além de perguntar por ela quando voltava de uma viagem, nunca mais falei dela. Nunca a vi até encontrá-la em sua presença.

"Bem, quando os tesouros que tínhamos, ah!, tomado da tumba foram trazidos para cá, o sr. Trelawny organizou sua disposição pessoalmente. A múmia, exceto pela mão, posicionou no grande sarcófago de minério de ferro no corredor. O sarcófago em questão foi esculpido para o Sumo Sacerdote texano Uni, e, como talvez tenha notado, é inscrito com invocações maravilhosas aos antigos deuses do Egito. O resto do conteúdo da tumba ele dispôs pelo quarto, como o senhor viu. Entre os objetos, posicionou, por motivos próprios e particulares, a mão da múmia. Acho que ele vê esse bem como o mais sagrado, talvez com uma exceção. Sendo esta o rubi esculpido que chama de 'Joia das Sete Estrelas', e guarda naquele cofre trancado e protegido por vários métodos.

"Ouso dizer que o senhor deve achar isso tedioso, mas precisei explicar para que entendesse tudo até o presente. Foi muito depois de minha volta com a múmia de rainha Tera que o sr. Trelawny voltou ao tema comigo. Ele fora várias vezes ao Egito, às vezes comigo, e às vezes sozinho; e eu também fizera várias viagens, por conta própria, ou em nome dele. Porém, nesse tempo todo, quase dezesseis anos, ele nunca mencionou o assunto, a não ser que alguma ocasião urgente sugerisse, senão necessitasse, uma referência.

"Certa manhã cedo ele me chamou, com pressa; eu estava estudando no British Museum, e morava na rua Hart. Quando cheguei, ele estava ardendo de agitação. Eu não o vira brilhar assim desde antes da morte da esposa. Ele me levou ao quarto imediatamente. As persianas estavam fechadas, e as cortinas, também, e não entrava um raio de sol sequer. As luzes comuns do quarto não estavam acesas, mas havia muitas lâmpadas elétricas poderosas, de no mínimo cinquenta candelas, arranjadas em um lado do quarto. A mesinha de heliotrópio onde fica o cofre heptagonal tinha sido puxada ao centro do quarto. O cofre tinha uma aparência espetacular sob o brilho da luz. Parecia reluzir, como se iluminado por dentro.

"'O que acha?', perguntou.

"'Parece uma joia', respondi. 'Podemos chamar de Cofre Mágico da feiticeira, se for sempre assim. Quase parece vivo.'

"'Sabe por quê?'

"'Por causa do reflexo da luz, imagino?'

"'É a luz, claro, mas principalmente sua disposição', respondeu. Ao falar, acendeu as luzes comuns do quarto e apagou as especiais. O efeito foi surpreendente; em um segundo, a caixa parou de brilhar. Ainda era uma pedra linda, como sempre, mas apenas pedra, e nada mais.

"'Notou algo na posição das lâmpadas?', perguntou.

"'Não!'

"'Estavam na forma das estrelas do Arado, como as estrelas do rubi!' A declaração chegou a mim com certa convicção. Não sei o motivo, exceto que houvera tanta associação misteriosa à múmia e a tudo que lhe dizia respeito, que qualquer novidade parecia esclarecedora. Ouvi Trelawny prosseguir com a explicação:

"'Por dezesseis anos, não parei de pensar naquela aventura nunca, nem de tentar encontrar uma pista aos mistérios que nos surgiram; mas nunca, até ontem, senti encontrar solução. Acho que devo ter sonhado com isso, pois acordei ardendo por dentro. Saltei da cama determinado a agir, antes de saber exatamente o que pretendia fazer. Até que, de repente, o objetivo tornou-se claro. Havia alusões no texto das paredes da tumba às sete estrelas da Ursa Maior que compõem o Arado, e o norte era enfatizado sempre. Os mesmos símbolos se repetiam no Cofre Mágico, como chamamos. Já tínhamos notado os espaços translúcidos peculiares na pedra da caixa. Você deve se lembrar que os hieróglifos contaram que a joia vinha do cerne de um aerólito, e que o cofre também fora esculpido de lá. Pode ser, pensei, que a luz das sete estrelas, brilhando na direção correta, tenham algum efeito na caixa, ou em algo lá dentro. Levantei a cortina e olhei para fora. O Arado estava alta no céu, e tanto suas estrelas quanto a estrela Polar estavam bem diante da minha janela. Levei a mesa com o cofre à luz, e a movi até as partes translúcidas se dirigirem às estrelas. Imediatamente, a caixa começou a brilhar, como viu sob as lâmpadas, apesar de mais tênue. Esperei e esperei, mas o céu se nublou, e a luz se esvaiu. Por isso, peguei cabos e lâmpadas, pois sabe como gosto de usá-los em experimentos, e tentei repetir o efeito com luz elétrica. Levei um tempo para posicionar corretamente as lâmpadas, para corresponderem com as partes da pedra, mas assim que acertei a coisa toda começou a brilhar, como já viu.'

"'Porém, não pude ir além. Evidentemente, faltava alguma coisa. De uma vez, me ocorreu que, se a luz tinha algum efeito, deveria haver na tumba algum modo de produzir luz, pois o brilho das estrelas não chegaria ao Poço na caverna. Foi então que tudo se esclareceu. Na mesa de heliotrópio, que tem uma reentrância cavada, na qual se encaixa a parte de baixo da caixa, pus o Cofre Mágico, e imediatamente vi que as estranhas protuberâncias, tão cuidadosamente esculpidas na substância da pedra, correspondiam às estrelas da constelação. Era lá, então, que ficariam as luzes.'

"'*Eureka!*, exclamei. *Agora, só precisamos das lâmpadas.* Tentei posicionar as luzes elétricas nas protuberâncias, ou próximas delas, mas o brilho nunca chegou à pedra. Portanto, me convenci que haveria lâmpadas especiais, feitas para tal propósito. Se as encontrássemos, avançaríamos um passo na solução do mistério.'

"'Mas e as lâmpadas?', perguntei. 'Onde estão? Quando as descobriremos? Como saberemos onde encontrá-las? O que...'

"Ele me interrompeu imediatamente: 'Uma coisa de cada vez!', falou, baixinho. 'Sua primeira pergunta contém todo o resto. Onde estão as lâmpadas? Pois direi: na tumba!'

"'Na tumba!', repeti, surpreso. 'Ora, nós dois revistamos o lugar de cabo a rabo, e não vimos nem sinal de lâmpadas. Nem sinal de nada que restava lá quando saímos da primeira vez, nem da segunda, exceto pelos corpos dos árabes.'

"Enquanto eu falava, ele desenrolou folhas de papel amplas, que trouxera do quarto. Ele as dispôs na mesa maior, prendendo as bordas com livros e pesos. Eu reconheci no mesmo instante: eram as cópias cuidadosas que ele fizera de nossa primeira transcrição dos escritos da tumba. Quando preparou tudo, ele se virou para mim, e falou, devagar: 'Lembra-se de se perguntar, ao examinar a tumba, por que faltava uma coisa que normalmente se encontra em uma tumba dessas?'

"'Lembro!', respondi. 'Não havia serdabe.'"

O sr. Corbeck se interrompeu:

— Deve ser melhor explicar: o serdabe é uma espécie de nicho construído ou cavado na parede da tumba. Os examinados até hoje não têm inscrições, e contêm apenas efígies do morto para quem a tumba foi construída.

Então, ele prosseguiu a narrativa:

— Trelawny, ao ver que eu entendera, continuou a falar com um pouco do entusiasmo de outrora: 'Cheguei à conclusão de que deve haver um serdabe, um serdabe secreto. Fomos tolos de não pensar nisso antes. Poderíamos saber que a construtora de tal tumba, uma mulher, que mostrara tanta beleza e completude, que concluíra cada detalhe com uma riqueza elaborada e feminina, não teria negligenciado tal aspecto arquitetônico. Mesmo que não tivesse significado ritual próprio, ela o teria incluído como adorno. Outras tumbas faziam o mesmo, e ela gostava de completar o próprio trabalho. Pode acreditar: havia, há, um serdabe; e lá, quando descoberto, encontraremos as lâmpadas. É claro que, se soubéssemos o que hoje sabemos, ou pelo menos supomos, da existência das lâmpadas, poderíamos ter desconfiado de algum lugar escondido, algum recanto. Vou pedir que você volte ao Egito, busque a tumba, encontre o serdabe, e recupere as lâmpadas!'

"'E se não houver serdabe, ou se eu o descobrir e não contiver as lâmpadas?', perguntei. Ele abriu, com certo pesar, aquele sorriso saturnino, tão raramente visto nos últimos anos, e respondeu devagar: 'Então terá que se esforçar até encontrá-las!'

"Concordei, e ele apontou uma das folhas: 'Eis a transcrição da Capela, no sul e no leste. Estava relendo esses textos e notei que, em sete lugares virando este canto, encontram-se os símbolos da constelação que chamamos de Arado, que a rainha Tera acreditava dominar seu nascimento e destino. Examinei cuidadosamente e noto que são todas representações de agrupamentos de estrelas, como as constelações que aparecem em partes diferentes do céu. Estão todas astronomicamente corretas, e, como no céu, essas indicam a estrela Polar, então apontam para um lugar na parede onde normalmente o serdabe seria encontrado!'

"'Bravo!', exclamei, pois tal lógica merecia aplausos. Ele pareceu satisfeito e continuou: 'Quando estiver na tumba, examine este ponto. Provavelmente há alguma mola, ou mecanismo, que abra o receptáculo. O que quer que seja, não adianta adivinhar. Você saberá o que fazer quando chegar.'

"Parti para o Egito na semana seguinte, e não descansei até voltar à tumba. Encontrei alguns dos acompanhantes de outrora, e tive boa ajuda. O país estava em condição muito diferente de dezesseis anos antes; não precisei de tropas, nem de homens armados.

"Escalei a rocha sozinho. Não foi difícil, pois, naquele bom clima, a madeira da escada ainda era confiável. Foi fácil ver que nos anos passados a tumba fora visitada por outros, e senti um aperto no peito ao pensar que algum deles poderia ter encontrado o esconderijo por acaso. Seria amargo descobrir que tinham se adiantado a mim, e que meu trajeto seria em vão.

"A amargura se confirmou quando, ao acender a tocha, passei pelas colunas de sete lados que levavam à Capela. Lá, bem no lugar que esperava encontrá-lo, estava o serdabe. E ele estava vazio.

"A Capela, porém, não estava vazia; o corpo ressequido de um homem de roupas árabes encontrava-se perto da abertura, como se derrubado ali. Examinei as paredes para verificar se a suposição de Trelawny estava correta, e concluí que, em todas as posições dadas pelas estrelas, as pontas do Arado indicavam um local à esquerda, ou ao sul, da abertura do serdabe, onde ficava uma única estrela dourada.

"Eu a apertei, e ela cedeu. A pedra que marcara a frente do serdabe, apoiada na parede, se moveu um pouco. Ao examinar melhor o outro lado da abertura, encontrei outro ponto semelhante, indicado por outras representações da constelação; mas era uma figura das sete estrelas, cada uma forjada em ouro polido. Apertei cada uma das estrelas, sem resultado. Ocorreu-me, então, que, se a mola da abertura estava à esquerda, aquela área à direita deveria ser projetada para pressão simultânea de todas as estrelas, por uma mão de sete dedos. Usando minhas duas mãos, consegui fazê-lo.

"Com um clique ruídos, uma figura de metal pareceu saltar perto da abertura do serdabe, e a pedra voltou ao lugar lentamente, fechando-se. O vislumbre da figura me chocou. Era como o guardião sombrio que, de acordo com o historiador árabe Ibn And Alhokin, o construtor das pirâmides, rei Saurid Ibn Salhouk, posicionara na pirâmide ocidental para defender seu tesouro: 'Uma figura de mármore, erguida, com lança na mão, e uma serpente envolta na cabeça. Quando alguém se aproximasse, a serpente o morderia de um lado e, após enroscar-se em seu pescoço para matá-lo, voltaria ao lugar.'

"Eu sabia bem que tal figura não fora esculpida por brincadeira, e que enfrentá-la não era simples. O árabe morto aos meus pés era prova do que poderia ocorrer! Por isso, examinei a parede novamente e encontrei, aqui e ali, lascas que indicavam que alguém batera com um martelo pesado. O que ocorrera era o seguinte: o saqueador, mais especialista no trabalho do que nós, e desconfiando da presença de um serdabe escondido, tentara encontrá-lo. Ele atingira a mola por acaso, e soltara o 'Tesoureiro' vingador, como designado pelo autor árabe. A situação era óbvia. Peguei um pedaço de madeira e, mantendo-me a uma distância segura, apertei a estrela.

"A pedra voou imediatamente. A figura escondida saltou e apontou a lança. Em seguida, ergueu-se e desapareceu. Achei, assim, que poderia apertar as sete estrelas com segurança, e assim o fiz. A pedra mais uma vez rolou para trás, e o 'Tesoureiro' passou para seu covil escondido.

"Repeti os dois experimentos diversas vezes, sempre com o mesmo resultado. Eu gostaria de examinar o mecanismo da figura de mobilidade tão maligna, mas não era possível com as ferramentas que tinha à mão. Talvez fosse necessário cortar um pedaço inteiro de rocha. Um dia, espero voltar, com equipamento adequado, e tentar.

"Talvez o senhor não saiba que a entrada de um serdabe é sempre muito estreita; às vezes mal permite a inserção da mão. Aprendi duas coisas com aquele serdabe. A primeira era que as lâmpadas, se é que existissem, não poderiam ser grandes; e a segunda, que teriam alguma associação com Hator, cujo símbolo, o falcão em um quadrado com o canto superior direito formando um quadrado ainda menor, estava esculpido em relevo na parede lá dentro, colorido com o vermelho-vivo da Estela. Hator é a deusa que, na mitologia egípcia, equivale à Vênus grega, por ser a responsável por beleza e prazer. Na mitologia egípcia, porém, cada deus tem várias formas e, em alguns aspectos, Hator tem a ver com a ideia da ressurreição. Há sete formas, ou variantes, da deusa; por que elas não corresponderiam, de algum modo, às sete lâmpadas? Eu me convenci da existência de tais lâmpadas. O primeiro ladrão morrera; o segundo, encontrara o conteúdo do serdabe. A primeira tentativa fora feita anos antes, indicado pelo estado do corpo. Eu não fazia ideia da segunda. Poderia fazer muito tempo, ou ser recente. Se, porém, outros tivessem entrado na tumba, era provável que fizesse tempo do roubo das lâmpadas. Ora! Minha busca seria ainda mais difícil, mas precisaria ser concluída!

"Isso faz quase três anos, e passei esse tempo todo como o homem das Mil e Uma Noites, em busca de lâmpadas antigas, não em troca de novas, mas de dinheiro. Não ousava dizer o que buscava, nem tentar dar descrição, pois teria, assim, ido contra o objetivo. Porém, de início, tinha uma vaga ideia do que deveria encontrar. Ao longo do tempo, foi ficando mais clara, até que, enfim, quase cometi o equívoco de buscar algo errado.

"As decepções que sofri, e as buscas em vão que cometi, encheriam um exemplar inteiro, mas perseverei. Finalmente, há menos de dois meses, um antigo comerciante em Mossul me mostrou uma lâmpada como as que eu sempre buscara. Fazia quase um ano que ia atrás dela, sempre me decepcionando, mas sempre encorajado a seguir o trajeto, por uma esperança crescente de estar no caminho correto.

"Não sei como me convite ao notar que, finalmente, estava pelo menos perto do sucesso. Porém, já era bem versado nas nuances do comércio do leste, e o comerciante judeu-árabe-português encontrou um oponente. Queria ver todo o estoque antes de comprar, e, uma a uma, ele retirou, da massa de lixo, sete lâmpadas diferentes. Cada uma tinha uma marca distinta, e cada uma era uma forma do símbolo de Hator. Acho que me livrei da imperturbabilidade de meu amigo moreno pela magnitude da compra, pois, para impedir que ele adivinhasse quais eram os bens que eu desejava, praticamente esgotei seu estoque. No final, ele quase chorou, e disse que eu o arruinara, pois não tinha mais nada a vender. Ele teria arrancado os cabelos se soubesse o preço que eu estaria disposto a dar por parte de seu estoque, e talvez a parte que menos valorizava.

"Eu me livrei da maior parte da mercadoria a preços normais no caminho apressado de casa. Não ousava dá-la, nem mesmo perdê-la, por medo de atrair suspeitas. Meu fardo era precioso demais para arriscá-lo com qualquer tolice. Viajei o mais rápido possível em tais países, e cheguei a Londres apenas com as lâmpadas, alguns objetos portáteis, e papiros que acumulara na viagem.

"Agora, sr. Ross, sabe tudo que sei; e deixo a sua discrição o que contar, e se contar, à srta. Trelawny."

Quando ele concluiu, uma voz clara e jovem soou atrás de nós:

— O que tem a sra. Trelawny? Cá está ela.

Nós nos viramos, assustados, e nos entreolhamos em questionamento. A srta. Trelawny estava na porta. Não sabíamos quanto tempo ela estivera lá, nem quanto ouvira.

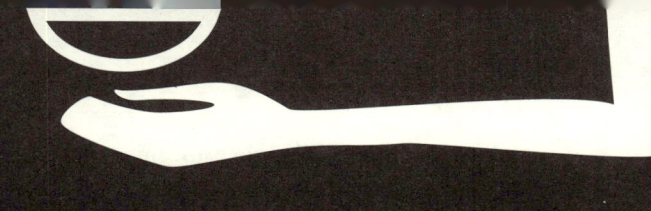

CAPÍTULO XIII

Despertando do Transe

As primeiras palavras inesperadas sempre podem assustar quem as ouve, mas, quando passa o choque, a razão do ouvinte se firmou, e ele pode julgar o modo, assim como o conteúdo, da fala. Foi assim nessa ocasião. Com a inteligência alerta, não pude duvidar da sinceridade simples da pergunta de Margaret.

— Do que vocês dois andam falando esse tempo todo, sr. Ross? Imagino que o sr. Corbeck esteja contando sua aventura em busca das lâmpadas. Espero que um dia me conte também, sr. Corbeck; mas apenas quando meu pobre pai melhorar. Ele gostaria, tenho certeza, de me contar tudo pessoalmente, ou de estar presente quando eu ouvisse a história — falou, olhando bruscamente de um para o outro. — Ah, era isso que diziam quando entrei? Certo! Esperarei, mas tomara que não demore. A continuidade da condição de meu pai está, sinto, me exaurindo. Há pouco tempo, senti que meus nervos estavam à beira do colapso, então decidi dar uma volta no parque. Certamente me fará bem. Sr. Ross, gostaria que, se possível, fizesse companhia ao meu pai enquanto eu estiver fora. Assim, me sentirei mais segura.

Eu me levantei rapidamente, feliz pela pobre moça sair, mesmo que por meia hora. Ela tinha a aparência terrivelmente abatida e cansada, e ver seu rosto pálido fez meu peito doer. Fui ao quarto do doente e me sentei no lugar de costume. A sra. Grant estava de vigília; não achávamos necessário ter mais de uma pessoa no quarto durante o dia. Quando cheguei, ela aproveitou para cumprir seus deveres no lar. As persianas estavam abertas, mas a posição do quarto ao norte suavizava o brilho quente do sol.

Fiquei um bom tempo sentado, pensando em tudo que o sr. Corbeck me contara, e costurando suas maravilhas no tecido de estranhezas que ocorreram desde que eu entrara naquela casa. Às vezes, tendia a duvidar; a duvidar de tudo e todos; de duvidar até das evidências de meus próprios sentidos. As advertências do talentoso detetive sempre me voltavam. Ele considerara o sr. Corbeck como mentiroso astucioso, e mancomunado com a srta. Trelawny. Com Margaret! Isso era o fim! Diante de tal proposta, a dúvida se foi. Sempre que a imagem dela, o nome dela, a mera ideia dela me surgiam, todo evento destacava-se com a nitidez de um fato vivo. Minha vida pela fé dela!

Fui desperto do devaneio, que rapidamente transformava-se em sonho romântico, de modo abrupto. Soou uma voz da cama, uma voz soou da cama: uma voz grave, forte, dominante. A primeira nota chamou meus olhos e ouvidos como um clarim. O doente estava acordado, e falava!

— Quem é você? O que faz aqui?

Qualquer que fosse a ideia que tivéssemos formados de seu despertar, tenho certeza de que ninguém esperava que ele se levantasse, plenamente acordado e em domínio completo de si. Tão surpreso, respondi de modo quase mecânico.

— Eu me chamo Ross. Tenho cuidado do senhor!

Ele pareceu surpreso por um instante, e então vi seu hábito de julgar por si próprio tomar precedência.

— Cuidado de mim! Como assim? Por quê?

O olhar dele encontrou o braço todo enfaixado. Ele continuou a falar em tom diferente, menos agressivo e mais simpático, como se aceitasse os fatos:

— O senhor é doutor?

Quase sorri ao responder; o alívio da longa pressão de ansiedade pela vida dele estava se fazendo ver.

— Não, senhor!

— Então por que está aqui? Se não é médico, o que é?

O tom dele voltara a ser ditatorial. Os pensamentos são rápidos; todo o raciocínio que baseava minha resposta inundou meu cérebro antes das palavras saírem pela boca. Margaret! Eu precisava pensar em Margaret! Era o pai dela, que, até então, não sabia nada de mim, nem mesmo de minha existência. Ele ficaria naturalmente curioso, se não ansioso, para saber por que eu, entre todos os homens, fora escolhido como companheiro da filha durante sua doença. Pais naturalmente são um pouco ciumentos quanto à escolha das filhas, e, no estado não declarado de meu amor por Margaret, eu não deveria fazer nada que pudesse vir a constrangê-la.

— Sou advogado. Porém, não é nesta capacidade que estou aqui, e sim apenas como amigo de sua filha. Provavelmente foi por seu conhecimento de minha profissão que a determinou a me chamar quando achou que o senhor tivesse sido assassinato. Após isso, ela teve a gentileza de me considerar como amigo, e me permitir continuar aqui, de acordo com o desejo que o senhor expressou relativo à vigília.

O sr. Trelawny era nitidamente um homem de pensamento rápido, e poucas palavras. Ele me olhou atentamente quando falei, e seus olhos penetrantes pareciam ler todos meus pensamentos. Para meu alívio, não disse mais nada sobre o assunto então, e pareceu aceitar minhas palavras em pura fé. Evidentemente ele tinha em mente algum motivo de aceitação que ia além de meu conhecimento. Seus olhos brilharam, e um movimento inconsciente da boca — mal chegava a ser um tremor — indicava satisfação. Ele acompanhava algum raciocínio próprio. De repente, falou:

— Ela achou que eu tinha sido assassinado! Foi ontem?

— Não! Faz quatro dias.

Ele pareceu surpreso. Enquanto falava, tinha se sentado na cama; então, fez movimento como se prestes a pular. Com esforço, porém, se conteve e se recostou nos travesseiros.

— Me conte tudo! — falou, em voz baixa. — Tudo que sabe! Todo detalhe! Não omita nada! Mas fique e, primeiro, tranque a porta! Antes de encontrar alguém, quero saber exatamente o estado das coisas.

Isso fez meu peito dar um salto. "Alguém!" Ele evidentemente me aceitava, então, como exceção. Em meu estado presente de sentimento por sua filha, era um pensamento confortante. Senti-me exultante ao ir à porta e girar a chave discretamente. Quando voltei, o encontrei sentado novamente. Ele pediu:

— Diga!

De acordo, contei a ele todos os detalhes, até o mínimo que me ocorresse, do que ocorrera desde minha chegada. É claro que não disse nada de meus sentimentos por Margaret, e falei apenas a respeito de coisas já de seu conhecimento. A respeito de Corbeck, disse apenas que ele trouxera lâmpadas que andara buscando. Em seguida, contei toda a história do desaparecimento delas, e do ressurgimento dentro de casa.

Ele escutou com um autocontrole que, sob as circunstâncias, me era prodigioso. Era impassibilidade, pois, às vezes, seus olhos brilhavam ou ardiam, e os dedos fortes da mão ilesa agarravam o lençol, o puxando em rugas longas. Isso foi mais notável quando falei da volta de Corbeck, e das lâmpadas encontradas no *boudoir*. Às vezes, ele falava, mas apenas poucas palavras, como se inconscientemente, em comentário emocionado. As partes misteriosas, que mais nos confundiam, não lhe pareciam ser de especial interesse; ele parecia já sabê-las. A maior preocupação que demonstrou foi quando contei do disparo de Daw.

— Idiota! — murmurou, olhando de relance para o armário ferido, marcando o nível de seu desprezo.

Quando contei da ansiedade incessante da filha para com ele, de seu cuidado e devoção sem fim, do amor e da ternura que mostrara, ele pareceu muito comovido. Havia uma espécie de surpresa contida em seu suspiro espontâneo:

— Margaret! Margaret!

Quando acabei a narração, chegando até o momento em que a srta. Trelawny saíra para caminhar — no momento, eu pensava nela como "srta. Trelawny", e não "Margaret", por estar na presença de seu pai —, ele manteve-se em silêncio por muito tempo. Provavelmente, na verdade, foram apenas dois ou três minutos, mas me pareceram intermináveis. De repente, se virou para mim e falou, brusco:

— Agora, fale-me do senhor!

Foi um certo choque, e me senti arder de rubor. O sr. Trelawny me fitava, calmo e questionador, mas seu olhar nunca interrompia o escrutínio até a alma. Havia um sinal de sorriso na boca, que, apesar de aumentar meu constrangimento, me dava certo alívio. Porém, estava diante de dificuldade, e o hábito da minha vida me sustentou. Eu o olhei diretamente, e falei:

— Meu nome, como falei, é Ross. Malcolm Ross. Sou, por vocação, advogado. Fui nomeado Conselheiro da Rainha no último ano de reinado. Tive bastante sucesso profissional.

Para meu alívio, ele falou:

— Sim, eu sei. Sempre ouvi falar bem do senhor! Onde e quando conheceu Margaret?

— Primeiro em Hay's, na praça Belgrave, há dez dias. Em seguida, em um piquenique no rio com Lady Strathconnell. Fomos de Windsor a Cookham. Mar... srta. Trelawny estava em meu barco. Eu gosto de remar, e estava com meu barco próprio em Windsor. Conversamos bastante... naturalmente.

— Naturalmente!

Havia apenas um toque levemente sardônico no tom de sua concordância, mas nenhum outro indício do que sentia. Comecei a pensar que estava na presença de um homem forte, e deveria mostrar algo de minha própria força. Meus amigos, e às vezes oponentes, dizem que sou um homem forte. Na circunstância do momento, me mostraria fraco se não fosse inteiramente sincero. Portanto, me ergui diante da dificuldade diante de mim; sempre considerando, contudo, que minhas palavras poderiam afetar a felicidade de Margaret, devido ao amor que tinha pelo pai. Continuei:

— Conversando em um lugar, um momento, e arredores tão agradáveis, e em solidão que convidava a confidências, pude vislumbrar sua vida interior. Que vislumbre um homem de minha idade e experiência pode ter de uma moça!

A expressão do pai ficou mais severa conforme eu falava, mas ele não disse nada. Eu estava decidido em meu discurso, e prossegui com o máximo de domínio mental de que fui capaz. A ocasião poderia levar a consequências graves também para mim.

— Não pude deixar de ver que ela demonstrou uma solidão habitual a ela. Achei entender, pois eu mesmo sou filho único. Assim, tentei encorajá-la a falar livremente, e tive a felicidade de conseguir. Uma espécie de confiança estabeleceu-se entre nós.

Algo no rosto do pai dela me fez acrescentar, apressado:

— Nada foi dito por ela, como o senhor deve imaginar, que não seja correto e adequado. Ela apenas me contou, do modo impulsivo daqueles que desejam dar voz a pensamentos que escondem cautelosamente, de sua vontade de se aproximar do pai que tanto amava; de se relacionar melhor com ele; de estar em sua confiança; de se envolver no círculo de suas simpatias. Ah, senhor, acredite, foi tudo bem! Tudo que o coração de um pai poderia desejar ou esperar! Tudo leal! Ela me contou, talvez, por eu ser praticamente um desconhecido, diante do qual não havia barreiras a confiança.

Aqui, hesitei. Era difícil prosseguir, e temia que, por zelo, fizesse um desserviço a Margaret. O alívio da tensão veio do pai dela.

— E o senhor?

— Senhor, a srta. Trelawny é muito doce, e linda! É jovem, e tem a mente de cristal! Sua empatia é um prazer! Não sou um homem tão velho, e meus afetos nunca se envolveram. Nunca, até então. Espero poder dizer tal coisa, mesmo para um pai!

Abaixei os olhos involuntariamente e, quando ergui o rosto de novo, o sr. Trelawny ainda me fitava com atenção. Toda a gentileza de sua natureza pareceu trançar-se no sorriso quando ele esticou a mão e falou:

— Malcolm Ross, sempre ouvi que você é um homem destemido e honrado. Fico feliz por minha filha ter um amigo assim! Prossiga!

Meu coração deu um salto. A primeira etapa para conquistar o pai de Margaret fora cumprida. Ouso dizer que fiquei ainda mais efusivo, em modo e palavras, conforme continuava. Certamente foi o que senti.

— Uma coisa aprendemos com o tempo: a usar nossa idade com parcimônia! Tive muita experiência. Lutei por ela, trabalhei por ela a vida toda, e senti-me justificado em usá-la. Arrisquei pedir à srta. Trelawny para contar em mim como amigo, e para me permitir servi-la se surgisse a ocasião. Ela me prometeu que sim. Eu não fazia ideia que minha oportunidade de ajudá-la viria tão rápido, e deste modo, mas foi naquela noite mesmo que o senhor foi atacado. Desolada e ansiosa, ela me procurou!

Parei um instante. Ele continuou a me olhar enquanto eu falava:

— Quando ela encontrou sua carta de instrução, ofereci meu serviço. Que foi aceito, como sabe.

— E esses dias, como passou?

A pergunta me surpreendeu. Havia algo da voz e dos modos de Margaret ali, algo tão semelhante a seus momentos mais leves que atiçou toda minha masculinidade. Eu me senti mais firme ao dizer:

— Esses dias, senhor, apesar da ansiedade angustiante, apesar de toda a dor que continham para a moça que amo mais e mais a cada hora que passa, foram os mais felizes de minha vida!

Ele manteve-se muito tempo em silêncio; tanto tempo que, enquanto esperava que ele falasse, com o coração a mil, comecei a temer que minha franqueza fosse efusiva demais. Finalmente, ele respondeu:

— Imagino que seja difícil dizer isso por outrem. A pobre mãe dela deveria tê-lo ouvido; teria ficado muito feliz!

Então uma sombra tomou o rosto dele, e ele continuou, em voz mais baixa:

— Mas tem bastante certeza disso tudo?

— Conheço bem meu coração, senhor; ou, no mínimo, acredito que sim!

— Não! Não! — respondeu. — Não me refiro a você. Isso, tudo bem! Mas falou do afeto de minha filha por mim... mas...! Mas ela mora aqui, em minha casa, há um ano... Ainda assim, falou com o senhor de sua solidão, de sua desolação. E eu nunca... me dói dizer, mas é verdade... eu nunca vi sinal desse afeto por mim, no ano todo!

A voz dele tremeu e voltou-se para introspecção triste e retrospectiva.

— Então, senhor — falei —, tive o privilégio de, em alguns dias, ver mais do que o senhor em toda a vida!

Minhas palavras pareceram despertá-lo, e, quando falou, achei que fosse com prazer e surpresa.

— Não fazia ideia. Achei que ela fosse indiferente a mim. Que o que parecia a negligência por sua juventude voltava-se contra mim em vingança. Que ela tinha o coração frio... É uma alegria inexprimível que a filha da mãe dela também me ame!

Inconscientemente, ele afundou no travesseiro, perdido em lembranças do passado.

Como ele deveria ter amado a mãe dela! Era o amor da filha da mãe dela, mais do que da própria filha, que o interessava. Meu coração sentiu por ele uma onda de empatia e bondade. Comecei a entender. Entender a paixão daquelas duas naturezas grandes, silenciosas e reservadas, que escondiam a fome ávida por amor! Não me surpreendeu que ele tenha murmurado baixinho:

— Margaret, minha filha! Terna, e ponderada, e forte, e sincera, e corajosa! Como a querida mãe! Como a querida mãe!

Então, no fundo do peito, senti a felicidade de ter falado tão abertamente.

O sr. Trelawny falou:

— Quatro dias! Dezesseis! Então hoje é dia vinte de julho?

Confirmei com a cabeça.

— Então fiquei em transe por quatro dias — continuou. — Não é a primeira vez. Já estive em transe, em condições estranhas, por três dias, certa vez, e nem desconfiei até ouvir falar do lapso de tempo. Um dia, contarei a você, se quiser escutar.

Senti um calafrio de prazer. Que ele, pai de Margaret, confiasse tanto em mim possibilitava... A voz alerta, cotidiana, profissional com que continuou a falar me reavivou:

— É melhor levantar logo. Quando Margaret chegar, diga a ela que estou bem. Assim, evitará qualquer choque! E diga a Corbeck que eu gostaria de vê-lo assim que possível. Quero ver as lâmpadas, e saber tudo delas!

A atitude dele para comigo me encheu de alegria. Havia um aspecto de possível sogro que teria me levantado dos mortos. Eu me apressei para obedecê-lo. Porém, quando toquei a chave da porta, sua voz me chamou:

— Sr. Ross!

Não gostei de ouvi-lo me chamar de "senhor". Depois de saber de minha amizade com a filha, tinha me chamado de Malcolm Ross; e a volta óbvia à formalidade não apenas me doía, como me enchia de apreensão. Deveria ter a ver com Margaret. Pensava nela como "Margaret", e não "srta. Trelawny", pois havia perigo de perdê-la. Agora, sei o que senti naquele momento: que estava determinado a lutar por ela, em vez de perdê-la. Voltei, me mantendo ereto sem nem perceber. O sr. Trelawny, observador astuto, pareceu ler meus pensamentos; seu rosto, que estava fisgado de ansiedade, relaxou.

— Sente-se um minuto, é melhor conversarmos agora, e não depois. Somos homens, os dois, e homens do mundo. Tudo isso a respeito de minha filha me é muito novo, e muito repentino, e quero saber exatamente em que pé estamos. Veja, não faço objeção, mas, como pai, tenho deveres sérios, que podem chegar a ser doloridos. Eu... eu... — falou, parecendo um pouco perdido quanto ao que dizer, o que me deu esperança. — Imagino, pelo que me disse do que sente pela minha menina, que é sua intenção pedir pela mão dela, mais adiante?

Eu respondi imediatamente:

— Com certeza! Minha intenção firme e decidida; foi minha intenção, na noite após encontrá-la no rio, procurar o senhor, após, é claro, um intervalo adequado e respeitoso, e pedir se eu poderia abordá-la quanto a este tema. Os acontecimentos me forçaram a um relacionamento próximo com mais rapidez do que esperava ser possível; mas o primeiro propósito manteve-se vivo no meu peito, cresceu em intensidade, e se multiplicou a cada hora que se passou desde então.

A expressão dele pareceu suavizar-se quando me olhou; a memória da própria juventude lhe voltava instintivamente.

— Imagino que eu deva interpretar, Malcolm Ross — falou, após um intervalo, e o retorno da fórmula mais familiar me inundou com uma onda gloriosa de emoção —, que, até agora, não demonstrou nada disso a minha filha?

— Em palavras, não, senhor.

O implícito em minha frase me afetou não por humor, mas pelo sorriso sério e gentil no rosto do pai dela. Havia um sarcasmo agradável em seu comentário:

— Em palavras, não! Que perigo! Ela poderia ter duvidado das palavras, até desacreditado.

Corei até os fios de cabelo ao prosseguir:

— O dever da delicadeza em sua posição indefesa, e meu respeito pelo pai dela, pois, na época, não conhecia o senhor por quem era, apenas como pai dela, me contiveram. Porém, mesmo que essas barreiras não existissem, eu não teria ousado, na presença de tal dor e ansiedade, me declarar. Sr. Trelawny, juro, palavra de honra, que eu e sua filha somos, da parte dela, ainda apenas amigos, e nada mais!

Mais uma vez, ele me ofereceu a mão, e nos cumprimentamos calorosamente. Em seguida, ele falou, com vigor:

— Estou satisfeito, Malcolm Ross. É claro que, até vê-la e dar sua permissão, conto que você não vá declarar nada a minha filha... em palavras, não — acrescentou, com um sorriso indulgente, mas logo seu rosto ficou mais severo. — O tempo passa rápido, e tenho que considerar questões tão urgentes e estranhas que não ouso perder uma hora sequer. Se não fosse o caso, não estaria preparado a abordar, com tanta rapidez e com um amigo tão recente, o tema da segurança de vida de minha filha e de sua felicidade futura.

Havia uma dignidade e um certo orgulho em sua postura que muito me impressionaram.

— Respeitarei seus desejos, senhor! — falei, e voltei para abrir a porta.

Quando saí, o ouvi trancá-la.

Contei ao sr. Corbeck que o sr. Trelawny tinha se recuperado, e ele começou a dançar ensandecido. Até que parou de repente e me pediu para tomar o cuidado de não traçar inferência alguma, de nenhum evento, quando falasse da busca das lâmpadas no futuro, ou das primeiras visitas à tumba. Era para o caso do sr. Trelawny falar daquilo comigo — "como, é claro, falará", acrescentou, me olhando de soslaio e indicando conhecer minhas questões do coração. Concordei, sentindo que estava correto. Não entendi bem o porquê, mas sabia que o sr. Trelawny era um homem peculiar. Não seria erro manter a reticência. A reticência é uma qualidade sempre respeitada por homens fortes.

O modo como os outros da casa receberam a notícia variou muito. A sra. Grant chorou de emoção, e correu para ver se poderia fazer algo pessoalmente, e para arrumar a casa do "senhor", como sempre o chamava. A expressão da enfermeira murchou: ela perdera um caso interessante. Porém, a decepção foi apenas momentânea, e ela comemorou o fim da preocupação. Estava pronta para visitar o paciente assim que ele quisesse, mas, enquanto isso, começou a arrumar seus equipamentos.

Levei o sargento Daw ao escritório, para contar a ele a notícia a sós. Até seu autocontrole férreo foi rompido pela surpresa quando contei a ele o método do despertar. Eu mesmo me surpreendi por suas primeiras palavras em resposta:

— E como ele explicou o primeiro ataque? O segundo ocorreu quando estava inconsciente.

Até então, a natureza do ataque, que era meu motivo para ir à casa, nunca nem me ocorrera, exceto quando eu simplesmente narrara os vários ocorridos em sequência ao sr. Trelawny. O detetive não gostou muito de minha resposta.

— Sabe que nunca me ocorreu perguntar!

O instinto profissional do homem era forte, e parecia sobrepor-se a qualquer coisa.

— É por isso que é tão raro casos darem resultado — falou — a não ser que nossa gente esteja envolvida. Os detetives amadores nunca caçam até a morte. Quanto às pessoas comuns, assim que as coisas começam a se resolver, e o peso do suspense se alivia, abandonam o assunto. É que nem enjoo marítimo — acrescentou, filosoficamente —: no momento em que tocamos a orla, paramos de pensar naquilo, e corremos para nos alimentar no bufê. Ora, sr. Ross, fico feliz com o fim do caso; pois, da minha parte, está findo. Imagino que o sr. Trelawny saiba das próprias questões e que, agora que está bem, vá resolvê-las sozinho. Talvez, contudo, não faça nada. Já que esperava que algo ocorresse e não pediu nenhum tipo de proteção da polícia, suponho que não quisesse interferência com intenção de castigo. Oficialmente seremos informados, imagino, que foi um acidente, sonambulismo, ou algo do tipo, para satisfazer a consciência do departamento de registros, e será o fim. Quanto a mim, sinceramente, senhor, é minha salvação. Acredito mesmo que estava enlouquecendo. Eram mistérios demais, nada na minha linha, para eu me satisfazer com as causas e os fatos. Agora vou poder deixar isso tudo para trás e voltar ao trabalho criminal limpo e puro. Claro, senhor, que ficarei feliz de saber se encontrarem algum tipo de causa. E ficarei agradecido se me contar como o homem foi arrastado da cama quando o gato o mordeu, e quem usou a faca da segunda vez. Pois o senhor Silvio nunca teria conseguido fazê-lo sozinho. Mas pronto! Ainda penso nisso. Preciso sair e me controlar, ou vou pensar nisso quando devo considerar outras coisas!

Quando Margaret voltou da caminhada, eu a encontrei no corredor. Ela ainda estava pálida e triste; por algum motivo, esperei vê-la radiante após o passeio. Assim que me viu, sua expressão se iluminou, e ela me olhou atentamente.

— Tem boas notícias para mim? — perguntou. — Meu pai melhorou?

— Melhorou! Por que pensou isso?

— Vi em seu rosto. Preciso ir vê-lo agora.

Ela se apressou, mas eu a interrompi.

— Ele disse que mandaria chamá-la assim que se vestisse.

— Disse que mandaria me chamar! — repetiu, maravilhada. — Então está acordado de novo, e consciente? Não fazia ideia de que ele estava bem assim! Ah, Malcolm!

Ela se sentou na cadeira mais próxima e começou a chorar. Eu mesmo sucumbi às emoções. Ao vê-la comovida e alegre assim, a menção de meu nome de tal modo em tal momento, a onda de possibilidades gloriosas juntas, tudo me devastou. Ela viu minha emoção e pareceu entender. Estendeu a mão. Eu segurei sua mão com força, e a beijei. Esses momentos, as oportunidades dos apaixonados, são dádivas divinas! Até aquele instante, apesar de saber que a amava, e apesar de acreditar que ela retribuía o afeto, tinha apenas esperança. Porém, a entrega manifesta em sua disposição a me permitir apertar sua mão, o ardor da sua pressão em resposta, e o brilho de amor glorioso em seus olhos lindos, fundos e escuros, voltados para mim, foram todas as eloquências que o apaixonado mais impaciente ou exigente poderia esperar ou pedir.

Não falamos palavra alguma; não precisamos. Mesmo que eu não estivesse jurado ao silêncio verbal, palavras seriam pobres e fracas para expressar o que sentíamos. De mãos dadas, como crianças, subimos a escada e esperamos no patamar pelo chamado do sr. Trelawny.

Sussurrei ao pé do ouvido dela — mais agradável do que falar em voz alta, e à distância — como o pai despertara, e o que ele dissera, e tudo que ocorrera entre nós, exceto pelos trechos da conversa que diziam respeito a ela.

Uma campainha soou no quarto. Margaret me soltou e me olhou, levando um dedo aos lábios em aviso. Ela foi à porta do pai e bateu de leve.

— Entre! — veio a voz forte.

— Sou eu, pai!

Sua voz tremia de amor e esperança.

Soou um passo rápido dentro do quarto; a porta foi escancarada; e, em um instante, Margaret saltou para a frente e foi pega no abraço do pai. Foram poucas as falas, apenas algumas frases interrompidas.

— Pai! Querido, querido pai!

— Minha filha! Margaret! Querida, querida filha!
— Ah, pai, pai! Finalmente! Finalmente!
Foi então que pai e filha entraram juntos no quarto, e fecharam a porta.

CAPÍTULO XIV
A Marca de Nascença

Enquanto esperava ser chamado para o quarto do sr. Trelawny, o que eu sabia que ocorreria, o tempo passou solitário e demorado. Após os primeiros momentos de felicidade emocional diante da alegria de Margaret, me senti só e separado; e, por um breve tempo, o egoísmo do amante me possuiu. Porém, não se demorou. A felicidade de Margaret era tudo que me importava; e, consciente disso, perdi meu impulso mais básico. As últimas palavras de Margaret antes de fechar a porta eram a chave de toda a situação, como fora e como era. Aquelas duas pessoas fortes e orgulhosas, apesar de pai e filha, só tinham vindo a se conhecer quando a moça já era crescida. A natureza de Margaret era do tipo que amadurece cedo.

O orgulho e a força de ambos, e a reticência que lhes servia de corolário, formavam uma barreira inicial. Cada um respeitara a reticência do outro excessivamente, e o mal-entendido tornara-se hábito. Assim, esses dois corações carinhosos, cada um desejando a compreensão do outro, se mantiveram afastados. Porém, finalmente estava tudo bem, e, no fundo, eu me deleitava por Margaret estar, finalmente, feliz. Enquanto ainda refletia sobre o tema, e sonhava sonhos de natureza pessoal, a porta foi aberta, e o sr. Trelawny me chamou.

— Entre, sr. Ross! — falou, cordial, mas com uma certa formalidade que temi.

Entrei, e ele fechou a porta novamente. Ele estendeu a mão, e eu a segurei. Ele não me soltou, e me puxou para perto da filha. Margaret olhou de mim para ele, de volta para mim, e, por fim, abaixou o rosto. Quando me aproximei, o sr. Trelawny soltou minha mão e, fitando a filha, falou:

— Se as coisas forem como desejo, não teremos segredos entre nós. Malcolm Ross já sabe tanto de minhas questões que ele deve deixar tudo como está, em partir em silêncio, ou saber mais ainda. Margaret! Está disposta a mostrar seu punho ao sr. Ross?

Ela olhou rapidamente para ele, em apelo, mas ainda assim pareceu se decidir. Sem dizer uma palavra, ela ergueu a mão direita, e a pulseira de asas abertas que cobria seu pulso caiu um pouco, expondo a pele. Foi então que um calafrio me percorreu.

No pulso dela estava uma linha vermelha, fina e irregular, da qual pareciam pender manchas vermelhas, semelhantes a sangue!

Ela manteve-se empertigada, um retrato de orgulho e paciência.

Ah! Mas que orgulho! Através da doçura, da dignidade, da abnegação de alma elevada que eu conhecia, e que nunca me pareceram mais distintas do que então — através de todo o fogo que parecia brilhar das profundezas escuras dos olhos dela em minha própria alma, brilhava um orgulho visível. O orgulho da fé; o orgulho nascido da pureza consciente; o orgulho de uma verdadeira rainha de antigamente, quando ser da realeza era ser a primeira, a maior e a mais corajosa em tudo de elevado. Após alguns segundos assim, a voz grave e pesada do pai soou como desafio aos meus ouvidos:

— E agora, o que diz?

Minha resposta não veio em palavras. Peguei a mão direita de Margaret quando ela a abaixou e, segurando bem, afastei a pulseira dourada, me abaixei e beijei seu pulso. Quando a olhei, sem soltar sua mão, vi uma expressão de tal alegria em seu rosto que era como meus sonhos do paraíso. Em seguida, me virei ao pai.

— O senhor tem aqui minha resposta!

Seu rosto severo mostrava uma doçura séria. Ele disse apenas uma palavra ao tocar nossas mãos dadas, se abaixar e dar um beijo no rosto da filha:

— Ótimo!

Fomos interrompidos por uma batida na porta. Em resposta a um "Entre!" impaciente do dr. Trelawny, o sr. Corbeck surgiu. Ao nos ver juntos, quis recuar, mas o sr. Trelawny avançou e o puxou na mesma hora. Ao cumprimentá-lo com apertos de mão agitados, ele parecia um homem mudado. Todo o entusiasmo de sua juventude, que o sr. Corbeck nos descrevera, parecia ter voltado em um instante.

— Então você achou as lâmpadas! — quase gritou. — Minha lógica estava certa, afinal. Venha à biblioteca, onde ficaremos a sós, e me conte tudo! Enquanto isso, Ross — falou, se virando para mim —, me faça um favor e pegue a chave do cofre, para eu olhar essas lâmpadas!

Assim, os três, a filha segurando o braço do pai com carinho, seguiram para a biblioteca, e eu fui correndo a Chancery Lane.

Quando voltei com a chave, os encontrei ainda envolvidos em narrativa; o dr. Winchester, que chegara logo após minha partida, também os acompanhava. O sr. Trelawny, ao ouvir de Margaret sobre sua atenção e bondade, e ao saber que, sob muita pressão contrária, o médico obedecera piamente a seus desejos expressos, pediu que ele ficasse ali para ouvir.

— Talvez o interesse saber o fim da história!

Todos jantamos cedo, juntos. Ficamos um bom tempo sentados após a refeição, até o sr. Trelawny falar:

— Agora, acho melhor nos separarmos e irmos deitar cedo. Teremos muito a conversar amanhã, e hoje, quero pensar.

O dr. Winchester partiu, levando, por iniciativa cortes, o sr. Corbeck também, e me deixou para trás. Quando os outros se foram, o sr. Trelawny falou:

— Acho que seria melhor que você também fosse para casa hoje. Quero ficar a sós com minha filha; há muitas coisas que quero dizer a ela, e apenas a ela. Talvez amanhã mesmo eu possa contar essas coisas a você também, mas, por enquanto, teremos menos distrações se ficarmos sozinhos.

Entendi o que ele sentia, e compreendia, mas a experiência dos dias anteriores tinha me marcado, então hesitei.

— Mas não pode ser perigoso? Se soubesse, como sabemos...

Para minha surpresa, Margaret me interrompeu:

— Não haverá perigo, Malcolm. Estarei com meu pai!

Ao falar, ela se agarrou a ele, protetora. Eu não disse mais nada, apenas me levantei para ir embora. O sr. Trelawny falou, com sinceridade:

— Venha o mais cedo que desejar, Ross. Tome café aqui. Em seguida, nós dois conversaremos.

Ele saiu da sala discretamente, e nos deixou. Segurei e beijei as mãos de Margaret, que ela ofereceu, e então a puxei para perto, e nossas bocas se encontraram pela primeira vez.

Não dormi muito naquela noite. A Felicidade, de um lado da minha cama, e a Ansiedade, do outro, afastaram o sono. Porém, se tinha preocupações ansiosas, tinha também uma felicidade inigualável em minha vida — e que nunca terá igual. A noite passou tão rápido que a manhã pareceu chegar correndo, em vez de esgueirar-se como é costumeiro.

Antes das nove, eu estava em Kensington. Toda a ansiedade pareceu esvair-se em nuvem quando encontrei Margaret, e já vi que a palidez de seu rosto dera lugar à cor viva que conhecia. Ela me falou que o pai dormira bem, e que logo nos encontraria.

— Acredito — sussurrou — que meu querido e cuidadoso pai se manteve afastado de propósito, para eu poder encontrar você primeiro, a sós!

Após o café, o sr. Trelawny nos levou ao escritório, dizendo:

— Pedi que Margaret também viesse.

Quando nos sentamos, ele falou com seriedade:

— Ontem à noite, falei que talvez tivéssemos assunto. Ouso dizer que você pode ter pensado que teria a ver com você e Margaret. Não é?

— Pensei, sim.

— Bem, meu jovem, é verdade. Margaret e eu conversamos, e sei de sua vontade.

Ele estendeu a mão. Eu a apertei, e beijei Margaret, que aproximou a cadeira da minha para ficarmos de mãos dadas ao escutar. O homem prosseguiu, mas com certa hesitação — que não descreveria como nervosismo —, que me era nova.

— Você sabe bastante da minha caça a esta múmia e seus bens, e ouso dizer que adivinhou muitas de minhas teorias. Porém, essas explicarei mais tarde, concisa e categoricamente, se necessário. A consulta que desejo fazer agora é a seguinte: Margaret e eu discordamos em uma questão. Estou prestes a conduzir um experimento, o experimento que coroará tudo que me dediquei a preparar por vinte anos, com pesquisa, perigo e trabalho. Por meio dele, podemos aprender coisas que foram escondidas dos olhos e do conhecimento dos homens há séculos, dezenas de séculos. Não quero a presença de minha filha, pois não posso deixar de ver que há perigo nisso, perigo grave, e desconhecido. Porém, eu já enfrentei perigos graves, e desconhecidos; e o mesmo posso dizer do pesquisador corajoso que me auxiliou no trabalho. Quanto a mim, estou disposto a correr qualquer risco. Pois a ciência, a história, e a filosofia podem se beneficiar disso, e podemos virar uma página antiga de sabedoria desconhecida nesta era prosaica. Porém, me recuso a botar minha filha em tal risco. Sua jovem vida brilhante é preciosa demais para desperdiçar, ainda mais especialmente agora, que está à beira de nova felicidade. Não quero vê-la perder a vida, como a de sua mãe se perdeu...

Ele se interrompeu por um momento, cobrindo os olhos com a mão. Em um instante, Margaret foi ao lado dele, o abraçou, o beijou, o acalentou com palavras de carinho. Finalmente, erguendo-se e apoiando a mão na cabeça dele, ela falou:

— Pai! Minha mãe não pediu que você ficasse ao lado dela, nem quando queria partir para aquela jornada de perigos desconhecidos ao Egito, apesar do país, na época, estar em alvoroço devido à guerra e aos perigos que se seguem à guerra. Você me contou que ela o deixou partir como quisesse, apesar de prever seus perigos e temer por você, o que isso prova! — Ela ergueu o braço com a cicatriz que parecia sangrar. — Agora, a filha de minha mãe fará o que minha mãe faria!

Em seguida, se virou para mim.

— Malcolm, sabe que eu te amo! Mas amor é confiança, e você deve confiar em mim no perigo, assim como na alegria. Nós dois devemos acompanhar meu pai neste risco desconhecido. Juntos, superaremos, ou juntos, fracassaremos; ou juntos, morreremos. É este meu desejo, meu primeiro pedido ao que virá a ser meu marido! Não acha que, como filha, estou certa? Diga a meu pai o que acha!

Ela parecia uma rainha em súplica. Meu amor por ela só fazia crescer. Eu me levantei a seu lado, peguei sua mão, e declarei:

— Sr. Trelawny! Neste aspecto, eu e Margaret estamos de acordo.

Ele segurou nossas mãos e apertou com força. Finalmente, falou, emocionado:

— É o que a mãe dela teria feito.

O sr. Corbeck e o dr. Winchester chegaram exatamente na hora prevista, e nos encontraram na biblioteca. Apesar de minha enorme felicidade, senti nossa reunião como função muito solene. Pois nunca esqueceria as estranhezas ocorridas, e a ideia das estranhezas ainda por ocorrer me acompanhava como nuvem, pesando em todos nós. Pela seriedade de meus companheiros, notei que estavam todos também ocupados com tal pensamento dominante.

Instintivamente, arrumamos nossas cadeiras em círculo ao redor do sr. Trelawny, que se posicionara na poltrona perto à janela. Margaret se sentou à sua direita, e eu, ao lado dela. O sr. Corbeck posicionou-se à esquerda de Trelawny, e o dr. Winchester, de seu outro lado. Após alguns segundos de silêncio, o sr. Trelawny disse ao sr. Corbeck:

— Contou ao dr. Winchester tudo que ocorreu até o presente, conforme combinamos?

— Sim — respondeu.

— E eu contei a Margaret, então todos agora sabemos! — disse o sr. Trelawny, antes de se voltar ao doutor. — E devo supor que o senhor, sabendo tudo que nós, que acompanhamos isto há anos, sabemos, deseja participar do experimento que esperamos conduzir?

A resposta do médico foi direta e decidida:

— Certamente! Ora, quando esta questão ainda me era nova, ofereci para segui-la até o fim. Agora que é tão estranha e interessante, não a perderia por nada. Fique tranquilíssimo, sr. Trelawny. Sou cientista e investigador de fenômenos. Ninguém pertence a mim, nem de mim depende. Estou inteiramente só, e livre a fazer o que quiser com tudo que tenho... inclusive minha vida!

O sr. Trelawny fez uma reverência séria, e se voltou para o sr. Corbeck.

— Conheço suas ideias há muitos anos, caro amigo, então não preciso perguntar nada. Quanto a Margaret e Malcolm Ross, já me expressaram seus desejos, sem incerteza.

Ele hesitou alguns segundos, como se precisasse ordenar os pensamentos e as palavras, e então começou a explicar sua perspectiva e intenção. Falou com muita cautela, parecendo sempre considerar que alguns de nós éramos ignorantes da raiz e da natureza de algumas das questões, e nos explicou tudo no decorrer da fala.

— O experimento diante de nós é verificar se há alguma força, alguma realidade, na antiga magia. Não poderia haver condições mais favoráveis ao texto; e é meu desejo fazer todo o possível para tornar eficiente o projeto original. Acredito firmemente que tal poder existe. Pode não ser possível criar, arranjar ou organizar tal poder em nossa época, mas acredito que, se existisse antigamente, pode ter sobrevivência excepcional. Afinal, a Bíblia não é mito; e lá lemos que o sol se deteve ao comando de um homem, e que um burro, e não um burro humano, falou. E se a bruxa de Endor convocaria a Saul o espírito de Samuel, por que não existiram outros de poder igual, e por que não sobreviveria algum deles? Afinal, aprendemos, no Livro de Samuel, que a bruxa de Endor foi apenas uma entre muitas, e que sua consulta com Saul foi por acaso. Ele apenas procurava uma entre os muitos que expulsara de Israel; "os adivinhos e os encantadores". Esta rainha egípcia, Tera, que reinou quase dois mil anos antes de Saul, era adivinha e encantadora. Vejam que os sacerdotes de sua época, e aqueles que vieram depois, tentaram apagar seu nome da face da terra, e amaldiçoaram a entrada de sua tumba para que ninguém nunca descobrisse seu nome perdido. Ora, e tiveram tanto sucesso que nem Manetho, historiador dos reis egípcios, ao escrever no século X antes de Cristo, com todo o histórico do sacerdócio de quatrocentos antes, e a possibilidade de acesso a todos os registros existentes, encontrou seu nome. Ocorreu a algum de vocês, pensando nos acontecimentos recentes, quem ou o que seria o espírito familiar da rainha, típico dos encantadores?

O dr. Winchester bateu uma mão na outra ruidosamente, interrompendo, e exclamou:

— O gato! O gato mumificado! Eu sabia!

O sr. Trelawny sorriu para ele.

— Está correto! Há todos os indícios de que o espírito familiar da rainha encantadora era o gato mumificado junto a ela, e não apenas posicionado em sua tumba, como a seu lado no sarcófago. Foi ele que mordeu meu braço, e me cortou com suas garras afiadas.

Ele pausou, e Margaret soltou um comentário infantil:

— Então meu pobre Silvio foi inocentado! Que bom!

O pai acariciou o cabelo dela e prosseguiu:

— Esta mulher parece ter demonstrado uma intuição extraordinária. Muito, muito além de sua idade e da filosofia de sua época. Ela parece ter visto a fraqueza da própria religião, e até se preparado para emergir em outro mundo. Todas as suas aspirações eram ao norte, o ponto da bússola de onde sopram as brisas frescas e fortificantes que dão alegria à vida. Desde o início, seu olhar se atraiu pelas sete estrelas do Arado, devido ao fato, registrado nos hieróglifos da tumba, de na data de seu nascimento ter caído um grande aerólito, de cujo cerne finalmente foi extraída essa joia das sete estrelas que ela via como talismã da própria vida. Parece ter dominado seu destino a tal grau que só pensava e cuidava daquilo. O cofre mágico, tão maravilhosamente forjado em sete lados, aprendemos na mesma fonte, veio também do aerólito. Sete, para ela, era um número mágico; não surpreende. Afinal, tinha sete dedos em uma das mãos, e sete também em um dos pés. Com um talismã de rubi raro, com sete estrelas na mesma posição daquelas da constelação dominante em seu nascimento, sendo que cada das sete estrelas tinha sete pontas, por si só uma maravilha geológica... seria estranho se não sentisse essa atração. Ela nasceu, como aprendemos na Estela da tumba, no sétimo mês do ano, o mês que começava com a enchente do Nilo. A deusa regente do mês era Hator, deusa de sua própria casa, dos Antef da linha texana, a deusa que, em várias formas, simboliza beleza, prazer, e ressurreição. Mais uma vez, neste sétimo mês, que, de acordo com a astronomia egípcia posterior, começava no dia 28 de outubro e ia até o 27 de nosso novembro, no sétimo dia, a ponta do Arado surge acima do horizonte no céu de Tebas.

"De modo maravilhosamente estranho, portanto, essas coisas variadas se agrupam na vida dessa mulher. O número sete; a estrela polar, com a constelação de sete estrelas; a deusa do mês, Hator, que era sua deusa particular, a deusa de sua família, os Antef da dinastia texana, seu símbolo real, cujas sete formas regiam o amor, os prazeres da vida e a ressurreição. Se jamais houve base para magia; para o poder do simbolismo levado a uso místico; para uma crença em espíritos finitos em uma época que não conhecia o Deus Vivo, cá está.

"Lembrem-se, também, que essa mulher era culta em toda a ciência de sua época. Seu pai sábio e cauteloso cuidou disso, sabendo que, por sabedoria própria, ela precisaria combater as intrigas da hierarquia. Não esqueçam que no Egito antigo a ciência da astronomia surgiu, e foi desenvolvida a altura extraordinária, e que a astrologia seguiu a astronomia em progresso. E é possível que, nos desenvolvimentos futuros da ciência relativa a raios de luz, ainda descubramos que a astrologia tem base científica. Nossa onda seguinte de pensamento científico pode lidar com isso. Deverei ter algo especial a convocar sua atenção relativo a este ponto específico. Considerem, ainda, que os egípcios sabiam de ciências que hoje, apesar de todas nossas vantagens, ignoramos profundamente. Acústica, por exemplo, uma ciência exata para os construtores dos templos de Carnaque, Luxor, das Pirâmides, hoje é misteriosa para Bell, Kelvin, Edison, e Marconi. Repito, esses milagreiros antigos provavelmente entendiam modos práticos de usar outras forças, dentre elas as forças da luz que hoje não sabemos nem em sonho. Porém, disso falarei mais tarde. O cofre mágico da rainha Tera provavelmente é mágico de mais de uma forma. Pode, talvez, conter forças que não conhecemos. Não podemos abri-lo; ele se fecha por dentro. Como, então, se fechou? É um cofre de pedra sólida, de dureza incrível, lembrando mais uma pedra preciosa do que mármore comum, com uma tampa igualmente sólida, e ainda assim é tão finamente construído que a ferramenta mais fina de hoje seria incapaz de encaixar-se na emenda. Como foi forjado em tal perfeição? Como a pedra foi escolhida de modo aos trechos translúcidos combinarem com a conexão das sete estrelas da constelação? Como, ou por quê, quando a luz das estrelas se reflete nele, o cofre brilha por dentro... por que, quando projeto lâmpadas na forma semelhante, o brilho é ainda maior, mas a caixa não responde a luz comum, por mais forte que seja? Digo que essa caixa esconde um grande mistério científico. Descobriremos que a luz há de abri-la de algum modo, seja ao atingir uma substância, peculiarmente sensível a seu efeito, ou ao liberar algum poder maior. Só confio que, por ignorância, não estraguemos tudo a ponto de danificar seu mecanismo, privando nossa época de um conhecimento e uma lição herdados, por milagre, de quase cinco mil anos atrás.

"Também há outro modo da caixa esconder segredos que, por bem ou mal, podem esclarecer o mundo. Sabemos pelos registros, e por inferências que os egípcios estudavam as propriedades de ervas e minerais para propósitos mágicos, de magia da luz, assim como das trevas. Sabemos que alguns dos feiticeiros antigos induziam sonhos determinados no sono. Esse propósito era causado principalmente por hipnotismo, outra arte ou ciência do Nilo antigo, sem dúvida. Porém, devem também ter dominado fármacos muito além de tudo que conhecemos. Com nossa farmacopeia, podemos, até certo ponto, induzir sonhos. Podemos até diferenciar entre sonhos bons e pesadelos, sonhos prazerosos, e sonhos perturbadores e assustadores. Porém, esses praticantes antigos parecem ter conseguido comandar, à vontade, qualquer forma e cor de sonho; trabalhar qualquer tema ou pensamento de qualquer modo necessário. Nesse cofre, que todos viram, pode repousar um verdadeiro arsenal de sonhos. Na verdade, algumas das forças contidas ali talvez já tenham sido usadas nesta casa."

Mais uma vez, o dr. Winchester interrompeu:

— Mas se alguma dessas forças aprisionadas foram usadas no seu caso, o que as liberou na hora oportuna, e como? Além do mais, o senhor e o sr. Corbeck já foram postos em transe por três dias inteiros, na segunda visita à tumba da rainha. E, pelo que entendi do sr. Corbeck, naquela ocasião o cofre não estava na tumba, apesar da múmia estar. Certamente, nos dois casos alguma inteligência ativa precisaria estar desperta, com algum poder.

A resposta do sr. Trelawny foi igualmente direta:

— Havia uma inteligência ativa desperta. Estou convencido. E comandou um poder que nunca lhe falha. Acredito que, nas duas ocasiões, o poder usado foi do hipnotismo.

— E onde tal poder é contido? Qual é sua perspectiva? — perguntou o dr. Winchester, e sua voz vibrou com a intensidade de sua emoção quando se debruçou, ofegante, de olhos arregalados.

O sr. Trelawny respondeu solenemente:

— Na múmia da rainha Tera! Era onde eu estava prestes a chegar. Talvez seja melhor esperar até eu arrumar um pouco o contexto. Minha opinião é que o preparo da caixa foi voltado para uma ocasião especial, como o preparo de toda a tumba e de todo seu conteúdo. A rainha Tera não precisou se proteger de cobras e escorpiões, naquela tumba rochosa recortada em um desfiladeiro íngreme a trinta metros do vale, e quinze do cume. Suas precauções foram contra as perturbações das mãos humanas, contra o ciúme e o ódio dos sacerdotes que, se soubessem de seus objetivos, teriam tentado impedi-los. Do ponto de vista dela, preparou tudo para a época de sua ressurreição, quando quer que fosse. Interpreto dos símbolos da tumba que ela diferia tanto da crença da época que buscava ressurreição da carne. Sem dúvida foi isso que intensificou o ódio do sacerdócio, e lhes deu uma causa aceitável para obliterar a existência, presente e futura, de alguém que ultrajara suas teorias e blasfemara seus deuses. Tudo de que ela precisaria, para atingir a ressurreição ou após o sucesso, estava contido naquela sequência de câmaras quase hermeticamente fechadas na rocha. No sarcófago, que, como sabem, tem tamanho raro até mesmo para reis, ficava a múmia de seu espírito familiar, o gato, que, pelo tamanho, suponho ser uma espécie de gato-do-mato. Na tumba, também em um receptáculo forte, ficavam as botijas que normalmente continham os órgãos embalsamados separadamente, mas que, nesse caso, não continham nada disso. Portanto, interpreto, o embalsamento dela foi atípico, e os órgãos foram devolvidos ao corpo, cada um em seu lugar... isto é, se chegaram a ser removidos. Se isso for verdade, descobriremos que o cérebro da rainha nunca foi extraído do modo habitual, ou que, se foi, acabou sendo substituído, em vez de contido no invólucro da múmia. Finalmente, no sarcófago encontrava-se o cofre mágico, no qual apoiava os pés. Notem também o cuidado na preservação do seu poder de controlar os elementos. De acordo com sua crença, a mão aberta, fora das ataduras, controlava o ar, e a joia de estrelas estranhas, o fogo. O simbolismo inscrito nas solas dos pés dava domínio da terra e da água. Quanto à pedra, explicarei depois, mas, enquanto falamos do sarcófago, notem que ela guardou o segredo para o caso de intrusão e saque. Ninguém poderia abrir o cofre sem as lâmpadas, pois sabemos que a luz comum não tem efeito. A tampa do sarcófago não foi selada como de costume, pois queria controlar o ar. Porém, escondeu as lâmpadas, que em estrutura pertencem ao cofre, em um lugar que ninguém encontraria, a não ser que seguisse uma orientação secreta que ela preparara apenas para os olhos sábios. Mesmo então ela se protegeu contra a descoberta do acaso, e preparou uma flecha assassina para os descobridores desavisados. Para isso, usou a lição da tradição do guarda vingador dos tesouros da pirâmide construída por seus grandes predecessores na quarta dinastia do trono egípcio.

"Devem ter notado, imagino, que, no caso da tumba, houve certos desvios das regras de sempre. Por exemplo, o corredor do poço, normalmente preenchido com pedras e escombros, foi mantido aberto.

Por quê? Imagino que tenha se organizado para abandonar a tumba quando, após a ressurreição, tornasse-se uma nova mulher, com personalidade diferente, menos preparada para as dificuldades que vivera na primeira existência. Pelo que podemos julgar de sua intenção, tudo necessário para sua saída ao mundo fora pensado, até a corrente de ferro, descrita por Van Huyn, próxima à porta na rocha, pela qual conseguiria descer ao chão. Ela esperava que muito tempo passasse, como demonstrado pela escolha do material. Uma corda comum, com o tempo, enfraqueceria e se tornaria perigosa; mas ela previu, acertadamente, que o ferro duraria.

"Sua intenção após voltar a caminhar pela terra, não sabemos, e nunca saberemos, a não ser que sua própria boca morta se suavize e fale."

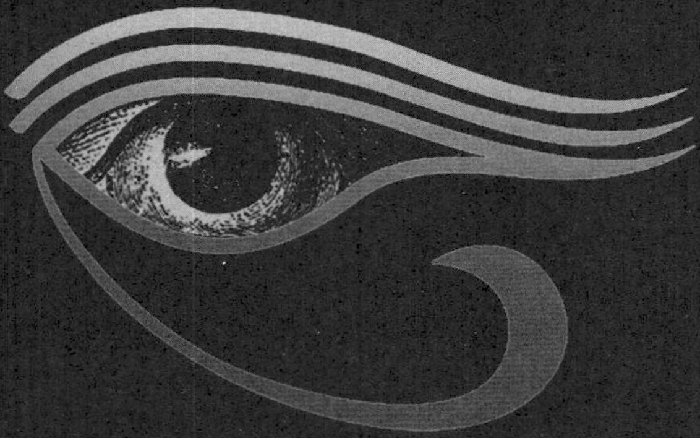

CAPÍTULO XV

O Propósito de Rainha Tera

— Agora, quanto à joia! Ela nitidamente a viu como seu maior tesouro. Nela, gravou palavras que ninguém à época ousou pronunciar. Nas antigas crenças egípcias, dizia-se que havia palavras que, usadas adequadamente, pois o método para pronunciá--las era tão importante quanto as palavras em si, poderiam comandar os mestres dos mundos Superior e Inferior. O *hekau*, a palavra do poder, era fundamental em certos rituais. Na joia das sete estrelas, que, como sabem, é esculpida na forma de um escaravelho, estão gravados hieróglifos de dois *hekaus*, um em cima, e um embaixo. Porém, entenderão melhor ao vê-los! Esperem aqui! Não se movam!

Ele se levantou e saiu. Uma onda de medo por ele me tomou, mas senti um estranho alívio ao olhar para Margaret. Sempre que houvera possibilidade de perigo para o pai, ela mostrava muito medo; no momento, porém, estava calma e plácida. Não falei nada, e esperei.

Dali a dois ou três minutos o sr. Trelawny voltou. Ele trazia na mão uma caixinha dourada. Isso, ao voltar a se sentar, posicionou na mesa. Todos nos debruçamos para ver melhor quando ele a abriu.

No forro de cetim branco encontrava-se um rubi magnífico e imenso, quase do tamanho da falange superior do dedo mindinho de Margaret. Era esculpido — não poderia ser sua forma natural, mas joias não mostram o funcionamento das ferramentas — no formato de um escaravelho, de asas dobradas, patas e antenas apertadas junto ao corpo. Brilhando através da cor sanguínea impressionante estavam sete estrelas, cada uma de sete pontas, em posição de imitar exatamente a imagem do Arado. Não haveria confusão na mente de qualquer um que já tivesse notado a constelação. Estavam ali também alguns hieróglifos, desenhados com a precisão mais impressionante, o que vi melhor quando chegou minha vez de usar a lupa que o sr. Trelawny tirou do bolso e nos ofereceu.

Quando todos vimos bem, o sr. Trelawny virou a joia para apoiá-la de costas na reentrância feita para tal na tampa da caixa. Por baixo, era igualmente incrível, esculpida para lembrar a parte inferior de um besouro. Também era gravada com hieróglifos. O sr. Trelawny voltou ao sermão enquanto cercávamos a joia maravilhosa.

— Veja, há duas palavras, uma em cima, e outra embaixo. Os símbolos de cima representam uma única palavra, composta de uma sílaba prolongada e de seus demonstrativos. Todos devem saber que a língua egípcia era fonética, e que os hieróglifos representavam o som. O primeiro símbolo daqui, a pá, significa "mer", e as duas reticências pontudas indicam a prolongação do "r" final: mer-r-r. A figura sentada com a mono rosto é o que chamamos de "demonstrativo" de "pensamento", e o papiro, de "abstração". Assim, temos a palavra "mer", amor, no sentido abstrato, geral e pleno. É o *hekau* de comando do mundo superior.

O rosto de Margaret foi glorioso ao pronunciar, em voz grave, baixa e vibrante:

— Ah, mas que verdade. Como os milagreiros de antigamente adivinharam uma verdade tão elevada!

Então um rubor quente tomou seu rosto, e ela baixou os olhos. O pai sorriu com carinho para ela ao continuar:

— O símbolo da palavra na parte de baixo é mais simples, apesar do sentido ser mais abstruso. O primeiro símbolo é "men", "obediente", e o segundo, "ab", "coração". Assim, chegamos à "obediência do coração", que, em nossa língua, seria "paciência". É esse o *hekau* de controle do mundo interior!

Ele fechou a caixa e, indicando que ficássemos onde estávamos, voltou ao próprio quarto para guardar a joia no cofre. Quando voltou e se sentou, prosseguiu:

— Essa joia, com suas palavras místicas, que a rainha Tera segurava no sarcófago, seria um fator importante, talvez o mais importante, na realização de seu ato de ressurreição. De início, pareci entender isso por certo instinto. Guardei a joia em meu cofre, de onde ninguém a retiraria, nem mesmo a própria rainha Tera, em seu corpo astral.

— Seu corpo astral? O que é isso, pai? O que quer dizer?

A agudeza da voz de Margaret me surpreendeu um pouco, mas Trelawny dirigiu a ela um sorriso paterno indulgente, que atravessou sua solenidade severa como sol através de uma nuvem esgarçada, e continuou:

— O corpo astral, que é parte da crença budista, muito posterior à época de que falo, e que é fato aceito do misticismo moderno, surgiu no Egito antigo; pelo menos, até onde sabemos. É a ideia de que o indivíduo talentoso pode, por decisão própria, na velocidade do pensamento em si, transferir o corpo para onde quiser, por meio da dissolução e reencarnação das partículas. Na crença antiga, havia várias partes nos seres humanos. É bom que as conheçam, para entender as questões relativas a elas, ou dependentes delas, conforme surgirem.

"Primeiro, há o 'Ka', ou 'duplo', que, como explicado por dr. Budge, pode ser definido como 'individualidade ou personalidade abstrata', impregnada com todos os atributos característicos do indivíduo que representava, e que possuía uma existência absolutamente independente. Era livre para se mover de um lugar a outro, pela terra, como quisesse, e poderia entrar no céu e conversar com os deuses. Em seguida, há 'Ba', ou 'alma', que vivia no 'ka', e tinha o poder de tornar-se corpórea ou incorpórea à vontade; 'tinha substância e forma (...), o poder de sair da tumba (...), poderia revisitar o corpo na tumba (...) e reencarnar e conversar com ele'. Em seguida, vem 'Khu', a 'inteligência espiritual', ou o espírito. Tomava a forma de 'um molde do corpo brilhante, luminoso e intangível'. Então, o 'Sekhem', ou 'poder' de um homem, sua força vital personificada. Havia também 'Kahibit', ou 'sombra', 'Ren', ou 'nome', 'Khat', ou 'corpo físico', e 'Ab', 'coração', que continha a vida, e tudo isso compunha o homem.

"Assim, verão que, se esta divisão de funções, espiritual e física, etérea e corporal, ideal e factual, for aceita como correta, há todas as possibilidades e capacidades de transferência corporal, guiada, sempre, por determinação e inteligência incontidas."

Ele pausou, e eu murmurei um trecho de "Prometeu desacorrentado", de Shelley:

— O mago Zoroastro (...) encontrou a própria imagem ao caminhar pelo jardim.

O sr. Trelawny não se desagradou.

— Precisamente! — falou, daquele modo discreto. — Shelley compreendia as crenças antigas melhor do que qualquer outro de nossos poetas.

Mudando de tom novamente, retomou o sermão, que era visto assim por alguns de nós:

— Há outra crença dos egípcios antigos que devem manter em mente: refere-se às figuras *shabti* de Osíris, posicionadas com os mortos para trabalhar no mundo inferior. O crescimento desta ideia chegou à crença de que seria possível transmitir, por fórmulas mágicas, a alma e as qualidades de qualquer criatura viva a uma figura feita em sua imagem. Isso daria uma extensão de poder terrível àquele que detivesse o dom da magia.

"É pela união dessas muitas crenças, de seus corolários naturais, que cheguei à conclusão de que a rainha Tera esperava ser capaz de efetuar a própria ressurreição, quando, onde, e como quisesse. Não é apenas possível, como provável, que ela tivesse pretendido um tempo específico para tal esforço. Não pararei agora para explicar, mas chegarei à questão mais adiante. Com a alma junto aos deuses, o espírito que poderia vagar a terra à vontade, e o poder de transferência corporal, ou de corpo astral, não há restrições nem limites a sua ambição. A crença nos é forçada de que, por quarenta ou cinquenta séculos, ficou dormente em sua tumba, à espera. À espera, com a "paciência" que dominaria os deuses do mundo inferior, pelo "amor" que comandaria aqueles do superior. O que ela pode ter sonhado, não sabemos, mas seu sonho deve ter sido interrompido pelo explorador holandês que adentrou sua caverna escultural, e por seu seguidor que violou a privacidade sagrada da tumba ao cometer o ultraje grosseiro do roubo de sua mão.

"Esse roubo, e tudo que se seguiu, nos provou uma coisa: que cada parte de seu corpo, apesar de separada do resto, pode ser ponto central ou lugar de encontro para os itens e partículas de seu corpo astral. A mão em meu quarto poderia garantir sua presença instantânea em carne e osso, e sua dissolução igualmente rápida.

"Agora vem a chave de meu argumento. O propósito do ataque a mim foi abrir o cofre, para extrair de lá a joia. A imensa porta do cofre não afastaria o corpo astral, que poderia se reunir tanto dentro quanto fora do cofre, em qualquer parte. E não duvido que, na penumbra da noite, a mão mumificada tenha buscado a joia do talismã, e ganhado nova inspiração por seu toque. Porém, apesar do poder, o corpo astral não conseguia remover a joia através dos limites do cofre. A rubi não é astral, e só poderia ser retirada de modo comum, abrindo a porta. Para isso, a rainha usou seu corpo astral e a força feroz de seu espírito familiar para levar à fechadura do cofre a chave que impedia seu desejo. Por anos, suspeitei, quer dizer, acreditei nisso; e também me protegi contra os poderes do mundo inferior. Também esperei, paciente, até unir todos os fatores exigidos para abrir o cofre mágico e ressuscitar a rainha mumificada!

Ele parou, e a voz da filha soou, doce e clara, cheia de sentimento intenso:

— Pai, na crença egípcia, o poder de ressurreição do corpo mumificado seria geral, ou limitado? Isto é: poderia ressuscitar diversas vezes ao longo do tempo, ou apenas uma vez, sendo esta final?

— Há apenas uma ressurreição. Alguns acreditavam que seria a ressurreição definitiva do corpo no mundo real. Mas, na crença comum, o espírito encontrava alegria nos Campos Elísios, onde havia muita comida, e nenhum medo de fome. Onde havia umidade e juncos enraizados, e todos os prazeres que se esperam de um povo de terra árida e clima ardente.

Então Margaret se pronunciou com uma avidez que mostrou a convicção de sua alma:

— Para mim, então, surge o entendimento do sonho dessa dama antiga, grandiosa, de pensamentos distantes e alma elevada; o sonho que manteve sua alma em espera paciente, aguardando a realização no decorrer de tantas dezenas de séculos. O sonho de um amor possível, um amor que sentia que poderia, mesmo sob novas condições, evocar em si. O amor que é o sonho da vida de toda mulher, antigas ou novas, pagãs ou cristãs, sob qualquer sol, de qualquer post ou vocação, qualquer que seja a dor ou a alegria de sua vida. Ah! Eu sei! Eu sei! Sou mulher, e conheço o coração das mulheres. O que era a falta da comida ou sua plenitude, o banquete ou a miséria dessa mulher, nascida em um palácio, com a sombra da coroa dos dois Egitos em seu rosto! O que eram os charcos de juncos ou o tilintar da água corrente para aquela cujas barcas poderiam varrer o grande Nilo, das montanhas ao ar. O que era seu prazer superficial e sua ausência de medo superficial, visto que sua mão poderia arremessar exércitos ou puxar aos degraus de seus palácios o comércio do mundo! À sua palavra erguiam-se templos repletos da beleza artística da antiguidade, que era seu prazer e objetivo restaurar! Sobe sua orientação, a pedra sólida abriu-se no sepulcro que desenhou!

"Certamente, certamente, tal mulher tinha sonhos mais nobres! Eu os sinto em meu coração, os vejo em meus olhos adormecidos!"

Enquanto falava, ela pareceu se inspirar, e seus olhos tinham a expressão distante de ver algo além da visão mortal. Até que seus olhos fundos se encheram de lágrimas de emoção tremenda. A alma da mulher pareceu soar em sua voz, enquanto nós, que as ouvíamos, estávamos em transe.

— Eu a vejo em sua solidão e no silêncio de seu enorme orgulho, sonhando seus próprios sonhos de coisas muito diferentes daquelas a seu redor. De outra terra, muito, muito distante sob o véu da noite silenciosa, iluminada pela luz fria e linda das estrelas. Uma terra sob a estrela do norte, de onde sopravam os ventos doces que refrescavam o ar febril do deserto. Uma terra verdejante e muito, muito distante. Onde não havia estratagemas, nem sacerdócio maligno; cujas ideias eram levar ao poder por templos sombrios e cavernas de mortos ainda mais sombrios, por um ritual de morte incessante! Uma terra onde o amor não era menor, mas uma posse divina da alma! Onde haveria uma alma gêmea que falaria com ela com lábios mortais como seu próprio, cujo ser poderia mesclar-se ao dela em uma comunhão doce de alma e alma, respirando mesclados no ar ambiente! Sei o que sentiu, pois eu também o senti. Posso falar disso agora, já que a benção chegou à minha vida. Posso falar disso, já que me permite interpretar os sentimentos, a alma desejosa, daquela doce e bela rainha, tão diferente de seu ambiente, tão elevada diante de sua época! Cuja natureza, em palavras, poderia controlar as forças do mundo inferior; e cuja aspiração, nomeada e gravada em uma joia iluminada pelas estrelas, poderia comandar todos os poderes do panteão dos altos deuses.

"E ao realizar esse sonho ela certamente ficará satisfeita em descansar!"

Nós, homens, ficamos calados, enquanto a jovem dava sua interpretação poderosa do projeto e propósito da mulher antiga. Cada palavra e tom carregava a convicção da crença. A elevação de seus pensamentos pareceu nos elevar também ao ouvir. As palavras nobres, fluindo em cadência musical e vibrando de força interna, pareciam surgir de algum grande instrumento de poder elemental. Até o tom nos era novo, e ouvimos como se viesse de algum novo ser estranho de um novo mundo estranho. O rosto do pai estava cheio de prazer. Eu sei, agora, sua causa. Entendia a felicidade que viera a sua vida, ao voltar ao mundo que conhecia, daquele percurso prolongado no mundo dos sonhos. Ao encontrar em sua filha, cuja natureza até então não conhecia, tal riqueza de afeto, tal esplendor espiritual, tal imaginação estudada, tal... O resto do que sentia era esperança!

Os dois outros homens estavam distraidamente silenciosos. Um já sonhara; o outro, tinha sonhos a vir.

Quanto a mim, me vi em transe. Quem era aquele ser novo radiante que vencera a existência nas sombras e névoas de nossos medos? O amor tem possibilidades divinas para o coração do amante! As asas da alma podem se expandir a qualquer hora dos ombros do amado, que então pode voar em forma de anjo. Eu sabia que na natureza de minha Margaret estavam possibilidades divinas de muitos tipos. Quando sob a sombra do salgueiro do rio, eu vira a profundeza de seus lindos olhos, e desde então tinha uma crença completa nas muitas belezas e excelências de sua natureza; porém, aquele espírito elevado e compreensivo era, realmente, uma revelação. Meu orgulho, como o de seu pai, saía de mim; minha alegria e meu arrebatamento eram supremos e completos!

Quando voltamos à terra, cada um a seu modo, o sr. Trelawny, segurando a mão da filha, continuou o discurso:

— Agora, quanto à época em que a rainha Tera pretendia ressurgir! Estamos em contato com alguns dos cálculos astronômicos conectados à verdadeira orientação. Como sabem, as estrelas mudam de posição relativa nos céus, mas, apesar das distâncias verdadeiramente atravessadas irem além de qualquer compreensão ordinária, os efeitos que vemos são reais. Ainda assim, são suscetíveis a medidas não de anos, mas séculos. Foi assim que *sir* John Herschel chegou à data da construção da Grande Pirâmide, uma data fixada pelo tempo necessário para mudar a estrela norte de Draconis à Polar, e desde então verificada por descobertas posteriores. A partir disso, não há dúvida de que astronomia era uma ciência exata para os egípcios pelo menos mil anos antes da época da rainha Tera. Agora, as estrelas que compõem uma constelação mudam de posição relativa ao longo do tempo, e o Arado é um exemplo notável. A mudança de posição das estrelas, mesmo em quarenta séculos, é tão pequena que mal é perceptível para olhos que não sejam treinados na observação mínima, mas pode ser medida e verificada. Algum de vocês notou a exatidão de correspondência das estrelas do rubi e da posição das estrelas no Arado, e que o mesmo vale para os pontos translúcidos do cofre mágico?

Todos concordamos. Ele continuou:

— Estão corretos. Correspondem precisamente. Ainda assim, quando a rainha Tera foi deitada na tumba, nem as estrelas da joia nem os pontos translúcidos do cofre correspondiam à posição das estrelas na constelação tal como era!

Nós nos entreolhamos quando ele parou: nova luz nos esclarecia. Com um ar de maestria na voz, ele continuou:

— Veem o sentido disso? Não ilumina a intenção da rinha? Ela, guiada por augúrio, magia e superstição, naturalmente escolheu, para sua ressurreição, um momento que lhe parece indicado pelos deuses em si, que mandaram a mensagem em um raio de outros mundos. Quando tal ponto foi fixado por sabedoria divina, não seria o auge da sabedoria humana aproveitá-lo? Portanto, é isso — falou, com a voz mais grave e trêmula de intensidade — que deu a nós e a nosso tempo a oportunidade do vislumbre fascinante do velho mundo, um privilégio que não existiu em nenhum outro tempo, e talvez nunca volte a existir.

"Do início ao fim, a escrita e os símbolos crípticos daquela tumba assombrosa daquela mulher assombrosa são repletos de luz-guia; e a chave dos muitos mistérios encontra-se naquela joia assombrosa que ela segurava na mão morta sobre o coração morto, que esperava e cria que voltasse a bater em um mundo mais novo e nobre!

"Agora há apenas pontas soltas a considerara. Margaret nos forneceu a interioridade verdadeira do sentimento da outra rainha!"

Ele a olhou com carinho e fez carinho em sua mão.

— Quanto a mim — continuou —, espero sinceramente que ela esteja certa, pois será um prazer, certamente, ajudarmos na realização de tal esperança. Mas não devemos nos apressar, ou acreditar demais no nosso conhecimento atual. A voz que ansiamos ouvir vem de épocas estranhamente distantes das nossas, quando a vida humana contava pouco, e quando a moralidade dava pouco valor a remover obstáculos a caminho do desejo. Devemos manter-nos atentos ao lado científico, e aguardar desenvolvimentos no lado psíquico.

"Agora, quanto a essa caixa de pedra, que chamamos de cofre mágico. Como falei, estou convencido de que se abra apenas em obediência a algum princípio luminoso, ou ao exercício de alguma força até então desconhecida de nós. Há muito espaço para conjectura e experimentou, pois até agora os cientistas não diferenciaram plenamente os tipos, poderes e graus da noite. Sem analisar os vários raios, podemos, acredito, aceitar que há diferentes qualidades e poderes de luz, e que esse campo de investigação científica é praticamente terreno virgem. Sabemos hoje tão pouco das forças naturais que a imaginação não precisa dar limite a suas asas ao considerar as possibilidades do futuro. Em poucos anos descobrimos coisas que há dois séculos teriam levado à fogueira os descobridores. A liquefação do oxigênio, a existência de rádio, hélio, polônio, e argônio, as forças diferentes dos raios de Roentgen, cátodo e Becquerel. E podemos finalmente provar que há diferentes tipos e qualidades de luz, concluir que a combustão pode ter poderes de diferenciação próprios; que há qualidades em certas chamas que são inexistentes em outras. Pode ser que algumas das condições essenciais das substâncias sejam contínuas, até ao destruir suas bases. Ontem, estava pensando nisso e refletindo que há certas qualidades em alguns óleos que não estão presentes em outros, então pode haver certas qualidades semelhantes ou correspondentes nas combinações de cada um. Imagino que todos notamos, em algum momento, que a luz do óleo de colza não é igual à da parafina, ou que as chamas do carvão e do óleo de baleia são diferentes. É o que veem nos faróis! Assim, me ocorreu que pode haver alguma virtude especial no óleo encontrado nas botijas quando abriram a tumba da rainha Tera. Eles não foram usados para preservar os intestinos, como de costume, então devem ter sido postos lá para algum outro propósito. Lembrei-me que, na narrativa de Van Huyn, ele comentara sobre o fechamento das botijas. Isto é: leve, mas com eficiência; podiam ser abertas sem força. As botijas eram preservadas em um sarcófago que, apesar de imensa força e fechamento hermético, era fácil de abrir. Por isso, fui logo examinar as botijas. Um pouco, muito pouco, do óleo restava, mas tinha engrossado nos dois séculos e meio desde a abertura das botijas. Ainda assim, não estava podre, e ao examiná-lo notei que era pelo de cedro, e que ainda emanava parte do aroma original. Isso me deu a ideia de que era usado para encher as lâmpadas.

Quem botou o óleo nas botijas, e as botijas no sarcófago, sabia que poderia diminuir o volume com o tempo, mesmo em vasos de alabastro, e deu margem para isso, pois cada botija teria enchido as lâmpadas meia dúzia de vezes. Com parte do óleo restante fiz alguns experimentos, que podem dar resultados úteis. Sabe, doutor, que óleo de cedro, muito usado no preparo e nas cerimônias dos mortos egípcios, tem certo poder refrator que não encontramos em outros óleos? Por exemplo, o usamos nas lentes dos microscópios para dar mais nitidez à visão. Ontem botei um pouco em uma das lâmpadas, e a posicionei perto de uma parte translúcida do cofre. O efeito foi fortíssimo; o brilho da luz, mais cheio e intenso do que eu imaginava, enquanto uma luz elétrica de posição semelhante teve pouco efeito, se isso. Deveria ter experimentado as outras lâmpadas, mas meu óleo acabou. Isso, porém, está sendo corrigido. Já mandei encomendar mais óleo de cedro, e espero ter em breve um fornecimento vasto. O que quer que possa acontecer por outros motivos, nosso experimento não fracassará por isso. Veremos! Veremos!

O dr. Winchester evidentemente estava acompanhando o processo lógico, pois comentou:

— Espero que, quando a luz tiver efeito na abertura da caixa, o mecanismo não seja destruído nem danificado.

A dúvida dele nos causou certa ansiedade.

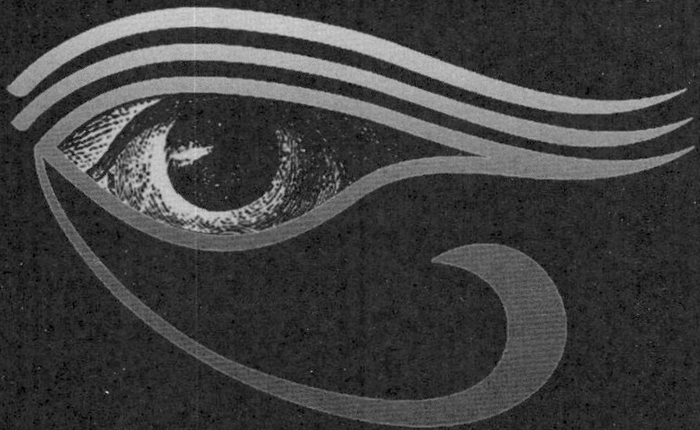

CAPÍTULO XVI

A Caverna

À noite, o sr. Trelawny chamou o grupo todo de volta ao escritório. Quando nos apresentamos, ele começou a desenrolar os planos:
— Cheguei à conclusão de que, para desenvolver adequadamente o que chamaremos de Grande Experimento, devemos ter isolamento absoluto e completo. Isolamento não apenas por um ou dois dias, mas pelo tempo necessário. Aqui tal coisas seria impossível; as necessidades e os hábitos de uma cidade grande, com suas possibilidades intrínsecas de interrupção, nos incomodariam muito, ou pelo menos correriam esse risco. Telegramas, cartas registradas ou mensageiros já bastariam; mas o exército daqueles que querem

ganhar alguma coisa garantiria o desastre. Ademais, os ocorridos da semana passada atraíram a atenção da polícia a esta casa. Mesmo que instruções específicas para ficar de olho aqui não tenham sido transmitidas pela Scotland Yard ou pela delegacia, podem acreditar que o policial individual ficará em observação durante suas rondas. Além do mais, os criados que se demitiram logo começarão a falar. É certo, pois, para defesa do próprio caráter, precisarão dar motivo para o fim de um serviço que tem certa posição no bairro. Os criados dos vizinhos vão começar a falar, e talvez mesmo os vizinhos em si. Então, a imprensa ativa e inteligente, com o zelo costumeiro do esclarecimento do público, e o interesse em aumentar a circulação, tomará conhecimento. Quando o repórter nos alcançar, não teremos a menor chance de privacidade. Mesmo que nos trancássemos, não estaríamos livres de interrupção, quiçá até de intrusão. Qualquer uma dessas coisas estragaria nossos planos, e devemos tomar medidas para efetuar um retiro, carregando conosco todo o equipamento. Para isso, me preparei. Há muito tempo previ tal possibilidade, e me organizei. É claro que não sabia o que ocorreria; mas sabia que algo poderia ocorrer. Há mais de dois anos, minha casa na Cornualha foi preparada para receber todos os objetos preservados aqui. Quando Corbeck saiu em busca das lâmpadas, mandei arrumar a antiga casa em Kyllion; tem luz elétrica, e todos os apetrechos para manufaturar luz. É melhor contar, pois ninguém, nem mesmo Margaret, sabe nada disso, que a casa está absolutamente escondida do acesso público, até mesmo da vista. Fica em um pequeno promontório rochoso atrás de uma colina íngreme, e só pode ser enxergada do mar. Antigamente, era cercada por um muro de pedra alto, pois a casa a que se sucedia foi construída por um ancestral meu na época em que uma casa distante do centro deveria ser preparada para defesa. Lá, então, há um lugar tão adaptado a nossas necessidades que parece até feito para isso. Explicarei melhor quando chegarmos lá. Não vai demorar, pois nosso movimento já começou. Mandei recado para Marvin, pedindo para preparar nosso transporte. Ele contratará um trem especial, que circula à noite, para evitar ser notado. Além de uma quantidade de carroças e carrinhos com a quantidade suficiente de homens e apetrechos para levar nossas bagagens e caixas a Paddington. Teremos fugido antes do jornalista astuto observar. Começaremos a arrumar as malas hoje mesmo, e devo dizer que amanhã à noite estaremos prontos. Tenho no depósito todas as caixas usadas para trazer as coisas do Egito, e, como foram suficientes para a jornada pelo deserto e Nilo abaixo até Alexandria, e, de lá, para Londres, certamente servirão sem dificuldade daqui a Kyllion. Nós quatro, homens, com Margaret para nos entregar o que for necessário, conseguiremos arrumar as caixas todas em segurança, e o transportador as levará às carroças.

"Hoje os criados vão a Kyllion, e a sra. Grant fará os arranjos necessários. Ela levará um estoque de provisões, para não atrairmos atenção local com nossas necessidades diárias, e nos manterá fornecidos de comida perecível de Londres. Graças ao tratamento sábio e generoso de Margaret para com os criados que decidiram permanecer, temos funcionários com os quais contar. Eles já juraram segredo, então não precisamos temer boatos internos. Na verdade, como os criados ficarão em Londres após concluírem as preparações em Kyllion, não haverá muito tema de boato, pelo menos em detalhes.

"Porém, como devemos começar a fazer as malas imediatamente, deixaremos o resto dos procedimentos para mais tarde, quando tivermos tempo."

De acordo, começamos a trabalhar. Sob orientação do sr. Trelawny, e ajudados pelos criados, pegamos caixas imensas do depósito. Algumas eram extremamente fortes, reforçadas com camadas de madeira, tiras de ferro e barras presas com pregos e parafusos. Nós as dispusemos pela casa, cada uma próxima ao objeto que deveria conter. Quando foi concluído esse trabalho preliminar, e todo cômodo, inclusive o corredor, estava repleto de feno, algodão e papel, os criados foram dispensados. Assim, começamos a arrumar as caixas.

Ninguém desacostumado a esse tipo de trabalho pode fazer a menor ideia da quantidade de trabalho envolvido naquela tarefa. Eu tinha uma vaga ideia da quantidade de objetos egípcios na casa do sr. Trelawny, mas até precisar lidar com eles, um a um, não imaginava sua importância, seus tamanhos, nem sua infinitude. Trabalhamos até tarde da noite. Às vezes, usamos toda a força em um só objeto; e então, voltamos a trabalhar separadamente, mas sempre sob ordens imediatas do sr. Trelawny. Ele próprio, acompanhado por Margaret, mantinha registros exatos de cada peça.

Foi só quando nos sentamos, inteiramente exaustos, para um jantar muito atrasado, começamos a notar que parte grande do trabalho fora feita. Apenas algumas das caixas, porém, estavam fechadas, pois ainda restava muito trabalho. Tínhamos concluído algumas das caixas, cada uma das quais continha apenas um dos grandes sarcófagos. As caixas que continham muitos objetos só poderiam ser fechadas após tudo ser diferenciado e embrulhado.

Dormi sem movimento, nem sonhos, e, ao comparar experiências pela manhã, descobri que todos os outros tinham vivido o mesmo.

Na hora do jantar no dia seguinte, o trabalho estava todo concluído, e pronto para os carregadores que viriam à meia-noite. Um pouco antes da hora prevista, ouvimos o rumor de carroças; e então fomos logo invadidos por um exército de funcionários, que, por pura quantidade, pareciam carregar sem esforço, em procissão incessante, todos os nossos pacotes. Pouco mais de uma hora foi suficiente, e, quando as carroças todas partiram, nos preparamos para ir a Paddington também. Silvio, era claro, seria levado com nosso grupo.

Antes de partir, percorremos em grupo a casa, que parecia mesmo desolada. Os criados tinham todos idos à Cornualha, então não houvera tentativa de arrumação; todo cômodo e corredor em que trabalhamos, e as escadas todas, estavam repletos de papel e lixo, e manchados por pegadas sujas.

A última coisa que o sr. Trelawny fez antes de ir embora foi pegar no cofre o rubi das sete estrelas. Guardou a joia em segurança em sua carteira, e Margaret, que de repente parecera ficar fatalmente exausta e acompanhava o pai, pálida e rígida, de repente voltou a brilhar, como se ver o objeto a inspirasse. Ela sorriu para o pai, em aprovação, e falou:

— Está certo, pai. Não haverá mais problemas hoje. Ela não atrapalhará seus arranjos, por motivo algum. Apostaria a vida nisso.

— Ela, ou algo, nos destruiu no deserto quando saímos da tumba no Vale da Feitiçaria! — foi o comentário sombrio de Corbeck, ali por perto.

— Ah! — respondeu Margaret, imediatamente. — Ela estava próxima à tumba da qual seu corpo não saíra por milhares de anos. Ela deve saber que agora a situação mudou.

— Como saberia? — perguntou Corbeck, atento.

— Se ela tiver esse corpo astral de que meu pai falou, certamente saberá! Como não, se tem uma presença invisível e um intelecto que vaga até mesmo às estrelas e aos mundos do além!

— É por tal suposição que prosseguimos — disse o pai dela, solene. — Devemos ter a coragem da convicção, e segui-la em ação... até o fim!

Margaret pegou a mão dele e a segurou de modo meio sonhador, enquanto saíamos da casa em fila. Ela ainda segurava a mão do pai enquanto ele trancava a porta, e ao subirmos a rua até o portão onde pegamos um táxi para Paddington.

Quando tudo foi resolvido na estação, os funcionários subiram no trem, inclusive em alguns dos vagões de carga usados para carregar os sarcófagos. Carroças e muitos cavalos estariam à espera em Westerton, a estação na qual paraíamos a caminho de Kyllion. O sr. Trelawny tinha contratado um vagão-leito para nosso grupo; assim que o trem partiu, nos ajeitamos nos cubículos.

Eu dormi muito bem. Senti uma convicção de segurança absoluta e suprema. O anúncio definitivo de Margaret — "Não haverá mais problemas hoje!" — parecia trazer certeza. Eu não questionei, nem mais ninguém. Foi só depois que comecei a me perguntar como ela tinha tanta certeza. O trem era lento, e parava por tempo longo em muitas estações. Como o sr. Trelawny não desejava chegar a Westerton antes do anoitecer, não tínhamos pressa; arranjos tinham sido feitos para alimentar os funcionários e certos pontos da jornada. Nós tínhamos uma cesta de comida no vagão.

A tarde toda, conversamos sobre o experimento, que parecia ter se tornado uma entidade definitiva no pensamento. O sr. Trelawny ficou mais e mais entusiasmado conforme passava o tempo; a esperança dele tornava-se certeza. O dr. Winchester parecia afetado por seu ânimo, apesar de às vezes soltar algum fato científico que servia de impasse ou de choque brusco na argumentação do outro. O sr. Corbeck, por outro lado, parecia levemente antagônico à teoria. Pode ser que, enquanto as opiniões alheias avançavam, a dele ficasse imóvel; mas o efeito era uma atitude de aparência negativa, mesmo que não fosse de negação completa.

Quanto a Margaret, parecia levemente paralisada. Podia ser uma nova fase de emoções, ou talvez ela estivesse levando a questão mais a sério do que até então. De forma geral, estava mais ou menos distraída, mergulhada em pensamentos, e despertava desse transe de sobressalto. Normalmente, despertava quando ocorria algum fato marcante na jornada, como uma parada, ou quando o ruído de um viaduto erguia os ecos de colinas e desfiladeiros ao nosso redor. Nessas ocasiões, ela entrava na conversa, participando para mostrar que, por mais absorta em pensamentos, absorvera plenamente o que acontecera a seu redor. Comigo, mostrava modos estranhos. Às vezes, a postura era marcada por distância, meio tímida, meio altiva, que me era nova. Outras vezes, havia momentos de paixão em olhar e gesto, que me deixavam quase tonto de prazer. Pouco de distinto, porém, ocorreu durante o trajeto. Houve apenas um episódio com qualquer elemento alarmante, mas estávamos dormindo quando ocorreu, então não nos incomodou. Só soubemos por meio de um guarda falante de manhã. Entre Dawlish e Teignmouth, o trem tinha sido parado por um alerta dado por alguém que sacudia uma lanterna nos trilhos. O maquinista, ao parar, tinha notado que logo à frente do trem ocorrera um pequeno deslize de terra, e um pouco da terra vermelha tinha se desmanchado. Porém, o deslize não chegava aos trilhos, e o maquinista continuou caminho, irritado com o atraso. O guarda, nas próprias palavras, achava que "tinha cautela demais nessa linha aí!".

Chegamos a Westerton por volta de nove da noite. Carroças e cavalos nos aguardavam, e começou logo o trabalho de descarregar o trem. Nosso grupo não esperou o fim do trabalho, confiando que estivesse nas mãos de pessoas competentes. Pegamos a carruagem à nossa espera e aceleramos noite adentro a caminho de Kyllion.

Ficamos todos impressionados com a casa ao luar claro. Uma imensa mansão de pedra cinzenta, do período jacobino; vasta e espaçosa, bem acima do mar, na beira de um penhasco alto. Quando viramos a curva da avenida recortada na rocha, e saímos no platô alto onde ficava a casa, o choque e o murmúrio das ondas na rocha lá embaixo trouxeram um sopro refrescante de ar marinho úmido. Entendemos em um instante como estávamos isolados do mundo naquela prateleira rochosa acima do mar.

Na casa, estava tudo pronto. A sra. Grant e os funcionários tinham trabalhado bem, e estava tudo claro, fresco e limpo. Fizemos uma rápida verificação dos cômodos, e então nos separamos para nos lavar e trocar de roupa após o longo trajeto, de mais de 24 horas.

Jantamos na sala de jantar enorme no lado sul, cujas paredes pendiam acima do mar. O murmúrio chegava abafado, mas nunca se interrompia. Como o pequeno promontório estendia-se bem por cima do mar, o lado norte da casa era aberto, e o norte absoluto não era em nada impedido pela massa de rocha, que, erguendo-se ao nosso redor, bloqueava o resto do mundo. Ao longe, na baía, víamos as luzes trêmulas do castelo, e aqui e ali a luz fraca das janelas dos pescadores pela orla. De resto, o mar era uma planície azul escura, com brilho ocasional quando o luzir de uma estrela refletia-se no volume de uma onda.

Quando acabou o jantar, todos passamos para uma sala que o sr. Trelawny tomara como escritório, por ser próximo de seu quarto. Ao entrar, a primeira coisa que notei foi um grande cofre, parecido com aquele de seu quarto em Londres. Quando chegamos todos, o sr. Trelawny foi à mesa, e lá depositou a carteira. Ao fazê-lo, pressionou o volume com a palma da mão. Uma palidez estranha o tomou. Com dedos trêmulos, ele abriu o embrulho, e falou:

— O volume parece diferente. Espero que nada tenha acontecido!

Nós três, homens, nos aglomeramos ao redor. Margaret foi a única a manter-se calma, ereta e silenciosa, como uma estátua. Tinha um olhar distante, como se não soubesse o que acontecia ao seu redor, nem se incomodasse.

Com gesto de desespero, Trelawny abriu o bolso onde guardara a joia das sete estrelas. Ele se largou em uma cadeira próxima e, rouco, falou:

— Meu Deus! Sumiu. Sem ela, o experimento não dará em nada!

As palavras dela pareceram despertar Margaret da introspecção. Um espasmo angustiado tomou seu rosto, mas se acalmou no mesmo instante. Ela quase sorria ao dizer:

— Talvez tenha deixado no quarto, pai. Pode ter caído enquanto você se trocava.

Sem uma palavra, atravessamos correndo a porta aberta que ia do escritório ao quarto. Então, uma calma repentina nos tomou, que nem uma nuvem de medo.

Ali! Na mesa, a joia das sete estrelas cintilava e brilhava com luz lúrida, como se cada uma das sete pontas das sete estrelas reluzisse através do sangue!

Tímidos, olhamos para trás, e depois entre nós. Margaret estava como nós: perdera a calma escultural, toda a rigidez introspectiva, e apertou as mãos até os dedos empalidecerem.

Sem uma palavra, o sr. Trelawny ergueu a joia e foi correndo com ela ao outro cômodo. No maior silêncio possível, abriu o cofre com a chave presa ao punho, e guardou a joia lá dentro. Quando fechou e trancou a porta pesada, pareceu respirar com mais tranquilidade.

Essa ocorrência, apesar de ser, de muitas formas, perturbador, pareceu nos recompor. Desde a partida de Londres, estávamos tensos, e aquilo foi um certo alívio. Era mais um passo de nosso empreendimento estranho.

A mudança foi mais marcante em Margaret. Talvez fosse por ela ser mulher, e nós, homens; talvez por ela ser mais jovem do que o resto; talvez os dois motivos fossem válidos, cada um a seu próprio modo. De qualquer modo, a mudança ocorreu, e fiquei mais feliz do que estivera no trajeto. Todo seu dinamismo, sua ternura, seus sentimentos profundos pareceram brilhar novamente; vez ou outra, quando o pai a olhava, seu rosto parecia se iluminar.

Enquanto esperávamos a chegada das carroças, o sr. Trelawny nos conduziu pela casa, apontando e explicando onde posicionar os objetos que levamos. Ele só manteve segredo quanto a um aspecto: a posição de tudo conectado ao experimento não foi indicada; as caixas que continham esses objetos deveriam, por enquanto, ser mantidas no saguão.

Após a visita completa, as carroças começaram a chegar, e a agitação da noite anterior se repetiu. O sr. Trelawny ficou ao lado da porta imensa de ferro da entrada, dando instruções para posicionar cada um dos embrulhos. As caixas contendo muitos itens foram postas no corredor, onde seriam desembrulhadas.

Em tempo incrivelmente curto tudo foi entregue; e os homens partiram com presentes de agradecimento, os tornando efusivos em gratidão. Finalmente, fomos todos aos quartos. Estávamos todos tomados por uma estranha confiança. Acho que nenhum de nós duvidava da tranquilidade do resto da noite.

A fé foi justificada, pois, quando nos encontramos de manhã, soubemos que tínhamos todos dormindo bem e em paz.

Ao longo do dia, todos os objetos, exceto os necessários para o experimento, foram postos nos lugares designados. Em seguida, arranjou-se que todos os criados voltassem a Londres com a sra. Grant na manhã seguinte.

Quando partiram todos, o sr. Trelawny trancou a porta e nos levou ao escritório.

— Agora — falou, quando nos sentamos — tenho um segredo a contar; mas, de acordo com uma antiga promessa que não me liberta, devo pedir que cada um de vocês faça a promessa solene de não o revelar. Há no mínimo trezentos anos tal promessa foi exigida de todos que souberam desse segredo, e mais de uma vez vida e segurança foram garantidas por meio da lealdade à promessa. Mesmo agora, estou quebrando a tradição em palavra, apesar de não em espírito, pois deveria contar apenas a membros diretos da minha família.

Todos prometemos, como exigido. Ele continuou:

— Há um lugar secreto, uma caverna, originalmente natural, mas completa por esforço humano, sob a casa. Não vou alegar que sempre foi usada para fins legítimos. Durante os *bloody assizes*, muitos córnicos encontraram refúgio ali; e antes, e depois, serviu, não tenho a menor dúvida, de depósito para contrabando. "Tre, Pol, e Pen", imagino que saibam, sempre foram contrabandistas, e seus parentes, amigos e vizinhos não se pouparam do empreendimento. Por tal motivo, um esconderijo seguro sempre foi considerado de valor, e, como os líderes de nossa casa sempre insistiram em preservar o segredo, por honra sou a ele jurado. Mais tarde, se tudo correr bem, contarei tudo a você, Margaret, e a você também, Ross, sob as condições que me obrigam.

Ele se ergueu, e todos o seguimos. Ele nos deixou no saguão, e saiu sozinho por alguns minutos, antes de voltar e nos chamar.

No corredor, encontramos uma seção de um ângulo sobressalente desconectada e, na cavidade, vimos um buraco imenso e escuro, e o início de uma escada rústica, esculpida na rocha. Como a escuridão não era absoluta, parecia haver algum método de iluminação natural, então seguimos nosso anfitrião na descida sem hesitar. Depois de quarenta ou cinquenta passos em um corredor sinuoso, chegamos a uma grande caverna, cuja ponta sumia na penumbra. Era um lugar imenso, mal iluminado por alguns recortes irregulares de formato excêntrico. Eram falhas na rocha que disfarçariam bem as janelas. Perto de cada uma, havia uma persiana facilmente fechada por meio de cordas pendentes. O som da batida incessante das ondas chegava, abafado, por baixo. O sr. Trelawny logo continuou a falar:

— É este o lugar que escolhi, graças aos meus melhores conhecimentos, como cena do nosso experimento. Cumpre, de cem modos diferentes, as condições que me levaram a crer ser necessárias para o sucesso. Aqui, estamos, e estaremos, tão isolados quanto a rainha Tera na tumba rochosa no Vale da Feitiçaria, e igualmente em uma caverna. Pelo bem ou pelo mal, devemos aqui encarar as probabilidades, e aceitar os resultados. Se tivermos sucesso, poderemos inundar com a luz do velho mundo o mundo da ciência moderna, mudando toda condição de pensamento, experimento e prática. Se fracassarmos, o fato em si da tentativa morrerá conosco. Para isso, e o que mais vier, acredito estarmos prontos!

Ele parou. Ninguém falou, mas todos abaixamos a cabeça em aquiescência grave. Com certa hesitação, ele prosseguiu:

— Ainda não é tarde! Se algum de vocês tiver dúvida ou hesitação, pelo amor de Deus, fale agora! Quem quiser pode partir sem incômodo ou permissão. O resto de nós prosseguirá sozinho!

Mais uma vez, ele parou, e nos olhou com atenção. Nós nos entreolhamos, mas ninguém recuou. Quanto a mim, se tivesse dúvidas, a expressão de Margaret me decidiria. Era destemida; intensa; cheia de calma divina.

O sr. Trelawny respirou fundo e, em tom mais alegre e decidido, prosseguiu:

— Como estamos todos de acordo, quanto mais cedo organizarmos o necessário, melhor. Explicarei que este lugar, como o resto da casa, pode ser iluminado por eletricidade. Não podemos conectar fios daqui, para não revelar o segredo, mas tenho um cabo que podemos prender ao saguão e completar o circuito!

Enquanto falava, começou a subir a escada. De perto da entrada, pegou a ponta de um cabo, que puxou e prendeu a uma tomada na parede. Então, ligando um interruptor, inundou a caverna e a escada com luz. Vi, pelo volume de luz subindo o corredor, que o buraco ao lado da escada dava diretamente à caverna. Acima dele ficava uma polia e uma massa de roldanas presas a vários blocos da ordem Smeaton. O sr. Trelawny viu o que eu olhava e, interpretando corretamente o que eu pensava, falou:

— Sim! É novo. Pendurei isso aí de propósito. Sabia que precisaríamos abaixar objetos de muito peso e, como não queria confiar-me com tanta gente, montei um sistema de polias que conseguiria movimentar sozinho, se necessário.

Logo começamos a trabalhar e, antes de cair a noite, soltamos e posicionamos nos pontos designados por Trelawny todos os sarcófagos, objetos e outros apetrechos que levamos.

Foi um processo estranho e esquisito de posicionar aqueles monumentos maravilhosos de eras passadas naquela caverna verde, que representava, em corte, propósito e mecanismo e eletricidade modernos, a junção do velho e do novo mundo. Porém, com o passar do tempo, fui percebendo a sabedoria e o acerto da escolha do sr. Trelawny. Fiquei muito perturbado quando Silvio, que fora levado à caverna no colo da dona, e que estava dormindo em cima do casaco que eu tirara, levantou-se de um salto quando o gato mumificado foi desembrulhado, e o atacou com a mesma ferocidade que antes exibira. O acontecimento mostrou Margaret em outra fase, que fez meu coração doer. Ela estava imóvel, recostada em um sarcófago, em um daqueles arroubos de introspecção que lhe ocorriam; porém, ao ouvir o som e ver o ataque violento de Silvio, pareceu ser tomada por uma fúria apaixonada. Seus olhos arderam, e a boca tomou uma tensão dura e cruel que me era nova. Por instinto, ela avançou na direção de Silvio, como se fosse interferir no ataque. Porém, eu também avancei, e, quando encontrou meu olhar, um estranho espasmo a tomou, e ela parou. A intensidade me fez perder o fôlego, e eu levantei a mão para limpar o olhar. Quando fiz isso, ela recobrou a calma instantaneamente, e seu rosto mostrou certo fascínio. Com a gentileza e doçura de sempre, abaixou-se e pegou Silvio, como fizera em outras ocasiões, para abraçá-lo, acariciá-lo, e tratá-lo como se fosse uma criancinha bagunceira.

Ao olhá-la, fui tomado por um medo estranho. A Margaret que eu conhecia parecia estar mudando; e, no fundo do coração, orei para que a causa do incômodo logo acabasse. Mais do que nunca, naquele momento desejei que nosso terrível experimento chegasse a um fim próspero.

Quando tudo no ambiente foi organizado conforme os desejos do sr. Trelawny, ele se virou para nós, um após o outro, até concentrar nele a inteligência de todos. Finalmente, falou:

— Está tudo no lugar. Devemos aguardar apenas o momento certo de começar.

Fizemos silêncio. O dr. Winchester foi o primeiro a falar:

— Qual é o momento certo? Chegou a uma data aproximada, mesmo que não precisa?

O sr. Trelawny logo respondeu:

— Depois de muita ansiedade, me decidi pelo 31 de julho!

— Posso perguntar por quê?

Foi devagar que ele explicou:

— A rainha Tera era guiada em muitos aspectos pelo misticismo, e há muitos sinais de que, ao procurar a ressurreição, naturalmente escolheria um período comandado por um deus especialista em tal propósito. Agora, o quarto mês da estação da inundação, era regido por Harmachis, sendo este o nome de "Rá", o deus-sol, ao nascer pela manhã, o que tipifica o despertar e o surgimento. Esse surgimento é da vida física, pois refere-se ao meio-mundo da vida cotidiana humana. Como esse mês começa no nosso dia 25 de julho, o sétimo dia seria 31 de julho, e podemos ter certeza de que a mística rainha não teria escolhido um dia qualquer, e sim o sétimo, ou um múltiplo de sete. Imagino que alguns de vocês tenham se perguntado por que nossos preparos ocorreram de modo tão deliberado. É por isso! Devemos estar prontos de todo modo possível quando chegar a hora; mas não adiantava esperar por dias infinitos.

Assim, esperamos pelo 31 de julho, dali a dois dias, quando ocorreria o experimento.

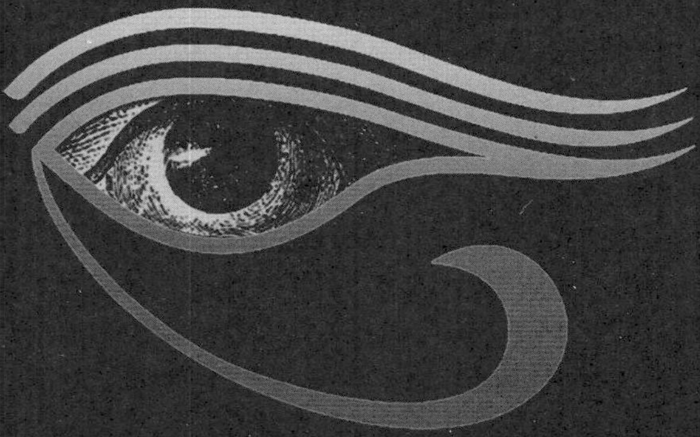

CAPÍTULO XVII

Dúvidas e Medos

Aprendemos muito com pequenas experiências. A história das eras é apenas uma repetição infinita da história das horas. O registro de uma alma é apenas um múltiplo da história de um momento. O anjo registrador não escreve no livro nos matizes do arco-íris; sua caneta não mergulha em cores, apenas em luz e treva. Pois o olhar da sabedoria infinita não precisa de nuances. Todas as coisas, os pensamentos, as emoções, as experiências, as dúvidas, as esperanças e os medos; todas as intenções, todos os desejos, reduzidos à camada mais baixa de seus elementos concretos e inumeráveis, finalmente se resolvem em opostos diretos.

Se algum ser humano desejasse o epítome de uma vida que contivesse a grupasse todas as experiências possíveis de um filho de Adão, a história, escrita plena e francamente, de minha mente nas 48 horas seguintes lhe forneceria tudo que desejou. E o anjo teria-lhe moldado, como sempre, em luz e sombra, que poderiam ser interpretadas como representações da expressão final do Paraíso e do Inferno. Pois no alto do Paraíso está a Fé; e a Dúvida paira sobre as trevas escancaradas do Inferno.

Houve, é claro, momentos de luz naqueles dois dias, momentos em que, na concretização da doçura de Margaret e de seu amor por mim, todas as dúvidas foram dissipadas como a névoa do orvalho diante do sol. Porém, no equilíbrio do tempo — e que equilíbrio pesado foi —, as sombras me envolviam como mortalha. A hora cuja chegada eu aceitara chegava rápido, e já estava tão próxima que a sensação de finalidade pesava em mim! A questão talvez fosse de vida e morte para qualquer um de nós, mas para isso nos preparamos. Margaret e eu estávamos alinhados quanto ao risco. A questão do aspecto moral do caso, que envolvia a crença religiosa na qual eu fora criado, não me incomodava; pois a mera compreensão das questões e das causas por trás delas não estava sob meu poder. Duvidar dos sucessos do experimento seria a dúvida que existe em todos os empreendimentos de grandes possibilidades. Para mim, cuja vida foi passada em uma série de embates intelectuais, essa forma de dúvida era um estímulo, e não um impeditivo. O que, então, me incomodava, me angustiava se eu me permitisse pensar?

Eu estava começando a duvidar de Margaret!

Do que duvidava, não sabia. Não era do amor dela, da honra, da sinceridade, da gentileza, nem do zelo. Então do que era?

Era dela!

Margaret estava mudando! Às vezes, naqueles últimos dias, eu mal a reconhecia como a moça que conhecera no piquenique, e cuja vigília compartilhara no quarto em que seu pai convalescia.

Então, mesmo em seus momentos de maior tristeza, medo ou ansiedade, ela era pura vida, consideração e perspicácia. No momento, porém, estava em geral distraída, e às vezes em uma espécie de condição negativa, como se sua mente — sua própria essência — se ausentasse. Nesses momentos, ela não teria domínio completo de observação e memória. Saberia e lembraria tudo que ocorria, e ocorrera a seu redor, mas, quando voltava a quem era antes, a sensação que me passava era a de que uma nova pessoa chegara. Até partirmos de Londres, eu estava contente sempre que ela estava presente. Era tomado por aquele senso de segurança delicioso que vem com a consciência do amor recíproco. Porém, a dúvida o substituíra. Eu nunca sabia se a personalidade presente era minha Margaret — a antiga Margaret que eu amara à primeira vista — ou a outra, nova, Margaret, que eu mal compreendia, e cuja distância intelectual criava uma barreira impalpável entre nós. Às vezes, eu diria, ela despertava de uma vez. Nesses momentos, apesar de me dizer as coisas doces e agradáveis que sempre dizia antes, parecia inteiramente diferente. Era quase como se repetisse, como um papagaio, o ditado de alguém que sabia ler palavras e atos, mas não pensamentos. Depois de uma ou duas experiências desse tipo, minha dúvida começou a formar outra barreira, pois eu não podia falar com a tranquilidade e liberdade que me eram costumeiras. Assim, hora a hora, nos distanciamos. Se não fosse pelos poucos e breves momentos quando a antiga Margaret voltara a mim com seu pleno charme, não sei o que teria ocorrido. Cada momento desses me dava um recomeço, e impedia que meu amor mudasse.

Eu teria dado tudo por um confidente, mas era impossível. Como poderia falar de duvidar de Margaret com qualquer um, mesmo seu pai! Como falaria dessa dúvida com Margaret, se era ela mesma o tema! Eu só podia suportar, e esperar. Dentre essas duas opções, suportar era a que menos doía.

Acho que Margaret deve, em certos momentos, ter sentido uma nuvem entre nós, pois, no final do primeiro dia, começou a me afastar um pouco; ou talvez estivesse mais tímida do que de costume para comigo. Até então, buscara todas as oportunidades de estar comigo, bem como eu fizera com ela; assim, qualquer tentativa de nos evitar doía em nós dois.

Nesse dia, a casa parecia muito quieta. Cada um de nós se dedicava ao próprio trabalho, ou se ocupava com os próprios pensamentos. Só nos encontramos para as refeições e, apesar de conversarmos, parecíamos todos preocupados. Não havia nem o menor movimento da rotina do serviço na casa. A precaução do sr. Trelawny, ao preparar três cômodos para cada um, tornara criados desnecessários. A sala de jantar estava preparada com alimentos já cozidos para vários dias. Ao anoitecer, saí para caminhar sozinho. Tinha procurado Margaret para convidá-la, mas, quando a encontrei, ela estava em um estado de apatia, e o charme de sua presença se esvaiu. Furioso comigo mesmo, mas incapaz de conter meu espírito descontente, saí sozinho para o promontório rochoso.

No penhasco, diante da vastidão do maravilhoso mar, sem som além do quebrar das ondas abaixo e dos gritos ásperos das gaivotas acima, meus pensamentos correram soltos. O que quer que eu fizesse, voltavam sempre a um tema, a solução da dúvida que me tomara. Ali na solidão, entre o círculo vasto da força e da contenda da natureza, minha mente começou a trabalhar. Inconscientemente, me peguei fazendo uma pergunta que não me permitia responder. Finalmente, a persistência da mente tomou prioridade; me encontrei diante da dúvida. O hábito de minha vida começou a se fazer valer, e analisei as evidências diante de mim.

Era tão chocante que precisei me forçar a obedecer a lógica. O ponto de partida era o seguinte: Margaret mudara — de que modo, e por que meios? Seria seu caráter, sua mente, ou sua natureza? Pois, afinal, sua aparência física permanecia a mesma. Comecei a agrupar tudo que soubera dela, começando no nascimento.

Era estranho desde o início. De acordo com o relato de Corbeck, ela nascera de uma mãe morta enquanto o pai e seu amigo estavam em transe na tumba em Assuã. O transe supostamente foi causado por uma mulher; uma mulher mumificada, que preservava, como tínhamos motivo para acreditar por experiência futura, o corpo astral sujeito a livre arbítrio e inteligência ativa. Com esse corpo astral, o espaço deixava de existir. A vasta distância entre Londres e Assuã não era mais nada; e a feiticeira poderia ter exercitado qualquer poder de necromancia sobre a mãe morta, e talvez a filha morta também.

A filha morta! Seria possível que a filha tivesse morrido, e renascido? De onde vinha, então, o espírito animador, a alma? A lógica me apontava o caminho com ferocidade!

Se a crença egípcia era verdade para os egípcios, o "Ka" da rainha morta, assim como seu "Khu", poderia animar quem ela escolhesse. Nesse caso, Margaret não seria indivíduo algum, e simplesmente uma fase da própria rainha Tera; um corpo astral obediente a sua vontade!

Aí me rebelei contra a lógica. Cada milímetro de meu ser se incomodava com aquela conclusão. Como acreditar que não existia Margaret alguma, mas apenas uma imagem animada, usada pelo duplo de uma mulher de quarenta séculos atrás, para seus próprios fins...! A perspectiva ficou mais clara, apesar das novas dúvidas.

Ao menos eu tinha Margaret!

O pêndulo lógico voltou. A criança, então, não morrera. Se fosse assim, será que a feiticeira tivera qualquer relação com seu nascimento? Era evidente — pelo que Corbeck dissera — que havia semelhança estranha entre Margaret e os retratos da rainha Tera. Como seria? Não poderia ser nenhuma marca de nascimento reproduzindo a mente da mãe, pois a sra. Trelawny nunca vira os retratos. Nem mesmo o pai dela os vira até encontrar a tumba, meros dias antes de seu nascimento. Dessa fase eu não poderia me livrar com a facilidade da anterior; meu ser continuou quieto. Restava o horror da dúvida. E, mesmo assim, de tão estranha a mente do homem, a dúvida tomou imagem concreta: uma sombra vasta e impenetrável, através da qual cintilavam pontinhos irregulares e espasmódicos de luz evanescente, que pareciam animar a escuridão em existência positiva.

A possibilidade restante das relações entre Margaret e a rainha mumificada era que a feiticeira, de algum modo oculto, tinha o poder de trocar de lugar com a outra. Essa perspectiva não podia ser desconsiderada com tanta tranquilidade. Havia circunstâncias suspeitas demais, agora que minha atenção estava fixa naquilo e minha inteligência reconhecia a possibilidade. Começou assim a surgir na minha mente todas as questões estranhas e incompreensíveis que tinham revirado nossas vidas nos últimos dias. De início, todas se aglomeraram ao meu redor em mistura embolada; mas, novamente, o hábito mental de minha vida profissional se fez valer, e as ordenou. Achei mais fácil me controlar, pois havia algo a me agarrar, algum trabalho a fazer, apesar de ser um trabalho triste, pois ser, talvez, antagônico a Margaret. Porém, a própria Margaret estava em risco! Eu estava pensando nela, lutando por ela; porém, se trabalhasse no escuro, poderia fazer-lhe mal. Minha primeira arma em sua defesa era a verdade. Eu deveria saber e entender, e assim talvez pudesse agir. Certamente não poderia agir beneficamente sem concepção e reconhecimento justos dos fatos. Em ordem, eram o seguinte:

Primeiro: a estranha semelhança de rainha Tera e Margaret, que nascera em outro país, a 1.600 quilômetros de lá, onde sua mãe não poderia ter nem o menor conhecimento da aparência da rainha.

Segundo: o desaparecimento do livro de Van Huyn quando eu li até a descrição do rubi.

Terceiro: o encontro das lâmpadas no *boudoir*. Tera, com o corpo astral, poderia ter aberto a porta do quarto de Corbeck no hotel e a trancado novamente após sair com as lâmpadas. Poderia, do mesmo modo, abrir a janela e guardar as lâmpadas no *boudoir*. Não era necessário que Margaret tivesse feito nada disso pessoalmente; mas... mas era no mínimo estranho.

Quarto: aqui as desconfianças do detetive e do doutro me voltaram com força renovada, e maior compreensão.

Quinto: as ocasiões em que Margaret previu com precisão a tranquilidade futura, como se tivesse convicção ou conhecimento das intenções do corpo astral da rainha.

Sexto: a sugestão de encontrar o rubi que o pai perdera. Pensando de novo nesse ocorrido, à luz da desconfiança de envolvimento de seus poderes, só podia concluir que — sempre supondo a verdade da teoria dos poderes astrais da rainha — a rainha Tera, ansiosa de que tudo corresse bem no trajeto de Londres a Kyllion, tinha, a seu próprio modo, tirado a joia da carteira do sr. Trelawny, achando útil sua vigília sobrenatural. Então, de algum modo misterioso, por Margaret, sugerira a perda e o encontro.

Sétimo: por último, a estranha existência dual que Margaret recentemente parecia viver, e que parecia consequência ou corolário do que ocorrera antes.

A existência dual! Era mesmo a conclusão que superava toda dificuldade e reconciliava os opostos. Se Margaret não fosse um agente livre, mas compelida a falar ou agir conforme instrução; ou se seu ser não pudesse inteiramente ser substituído sem a possibilidade de alguém notar, então tudo era possível. Tudo dependeria do espírito de individualidade que permitiria tão compulsão. Se essa individualidade fosse justa, boa e limpa, tudo estaria bem. Mas, se não!... Era horrível demais para botar em palavras. Rangi os dentes de raiva fútil, conforme as ideias de possibilidades horríveis me varriam.

Até aquela manhã, os lapsos de Margaret em seu novo ser tinham sido poucos, difíceis de notar, exceto por uma vez o outra em que sua atitude para comigo fora marcada por uma postura que eu estranhava. Porém, naquele dia, o caso era o contrário, e a mudança era mau presságio. Poderia ser que essa outra individualidade fosse de tipo inferior, e não superior! Pensando bem, tinha motivo para temer. Na história da múmia, desde a invasão da tumba por Van Huyn, o registro de mortes de que sabíamos, supostamente causadas por sua vontade e agência, era chocante. O árabe que roubara a mão da múmia, e o que a tirara de seu corpo. O líder árabe que tentara roubar a joia de Van Huyn, e cujo pescoço trazia a marca de sete dedos. Os dois homens encontrados mortos na primeira noite após Trelawny levar o sarcófago; e os três no retorno à tumba. O árabe que abrira o serdabe secreto. Nove mortos, um deles nitidamente pela mão da rainha! E, além disso, os vários ataques violentos a sr. Trelawny no próprio quarto, quando, assistida pelo espírito familiar, tentara abrir o cofre e extrair a joia. Seu método de prender a chave ao punho por uma pulseira, apesar de ter sucesso, quase lhe custara a vida.

Se, então, a rainha, decidida a ressuscitar sob as próprias condições, tinha, digamos, nadado até lá pelo sangue, o que não faria se seu objetivo fosse impedido? Que passo terrível não tomaria para concluir os desejos? Ora, quais eram seus desejos? Seu maior propósito? Até então, só sabíamos a declaração de Margaret, dada em todo o entusiasmo glorioso de sua própria alma elevada. No registro, não havia expressão de amor buscado ou encontrado. Só sabíamos com certeza era que ela se decidira pela ressurreição, e que o norte que demonstrava amar tinha papel especial. Porém, era aparente que a ressurreição ocorreria na tumba solitária do Vale da Feitiçaria. Todas as preparações tinham sido feitas cuidadosamente para o processo lá dentro, e para sua saída final em forma nova e viva. O sarcófago não tinha tampa. As botijas de óleo, apesar de hermeticamente fechadas, seriam facilmente abertas à mão, e tinham sido preparadas para a diminuição do conteúdo com o tempo. Até sílex tinha sido fornecido para produzir chamas. O poço, diferente do uso habitual, fora deixado aberto, e uma corrente perene fora presa ao lado da porta de pedra, pela qual ela poderia descer à terra com segurança. Porém, não havia pistas de suas intenções futuras. Se ela quisesse recomeçar a vida como indivíduo humilde, a ideia era tão nobre que até me dava simpatia por ela, e me fazia desejar seu sucesso.

A própria ideia parecia apoiar o tributo magnífico de Margaret quanto a seu propósito, e me ajudou a acalmar minha angústia.

Bem então, com aquele sentimento forte, me decidi a advertir Margaret e o pai de possibilidades terríveis, e a aguardar, o mais tranquilo que poderia ficar naquela ignorância, o desenvolvimento de coisas sobre as quais não tinha poder.

Voltei para casa em estado de espírito diferente de quando saíra; e fiquei encantado ao encontrar Margaret — a velha Margaret — à minha espera.

Após o jantar, quando me encontrei a sós com pai e filha, trouxe o assunto à tona, apesar de considerável hesitação:

— Não seria melhor tomar todas as precauções, caso a rainha não aprove o que fazemos, considerando o que pode acontecer antes, durante ou após o experimento, ou mesmo após seu despertar?

A resposta de Margaret foi rápida, tão rápida que me convenci de que ela já a deveria ter preparado fazia tempo.

— Mas ela aprova, sim! Não dá para ser o contrário. Meu pai, com todo seu cérebro, sua energia e sua enorme coragem, faz exatamente o que a grande rainha escolheu!

— Mas não pode ser. Tudo que ela escolheu era em uma tumba no alto de uma rocha, em solidão deserta, afastada do mundo de todos os modos possíveis. Ela parece ter dependido desse isolamento para se proteger de acidentes. Certamente, aqui, em outro país e outra época, com condições bem diferentes, ela pode, por ansiedade, cometer um erro e tratar qualquer um de vocês, de nós, como naquelas outras épocas. Nove homens, pelo que sabemos, foram mortos pela mão dela, ou por sua instigação. Ela pode ser impiedosa, se quiser.

Só depois, ao pensar na conversa, percebi como aceitara a condição viva e consciente da rainha como fato. Antes de falar, temia ofender o sr. Trelawny, mas me surpreendi quando ele abriu um sorriso muito simpático para me responder:

— Meu caro, de certo modo, está certo. A rainha sem dúvida pretendia isolamento; e, em suma, seria melhor que seu experimento fosse conduzido como arranjado. Mas pense só: isso se tornou impossível após o explorador holandês invadir sua tumba. Isso não foi minha culpa. Sou inocente disso, apesar de ser o que me causou a partir para redescobrir o sepulcro. Note: não digo, nem por um momento, que não teria feito exatamente o mesmo que Van Huyn. Entrei na tumba por curiosidade, e tirei de lá o que quis, instigado pelo zelo ganancioso do colecionador. Mas lembre-se também que, nesse momento, eu não sabia da intenção de ressurreição da rainha; não fazia ideia da completude de seus preparos. Isso só me veio muito depois. Porém, desde que veio, fiz todo o possível para cumprir seus desejos ao máximo. Meu único medo é de ter interpretado mal alguma de suas instruções crípticas, ou ter omitido ou ignorado algo. Mas disso tenho certeza: não deixei de fazer nada que considero correto fazer, e não fiz nada, que saiba, que irá contra o arranjo da rainha. Quero que seu experimento tenha sucesso. Para isso, não poupei trabalho, tempo, dinheiro, nem a mim mesma. Sobrevivi a dificuldades, e enfrentei perigos. Meu cérebro, meu conhecimento e minha cultura, como são, minhas empreitadas como podem ser, tudo foi, é e será dedicado a este fim, até ganharmos ou perdermos o grande prêmio pelo qual jogamos.

— O grande prêmio? — repeti. — A ressurreição da mulher, e da vida dela? A prova de que a ressurreição pode ser atingida, por poderes mágicos, por conhecimento científico, ou por uso de alguma força que no momento o mundo desconhece?

Foi então que o sr. Trelawny falou da esperança de seu peito, que até então indicara mais do que expressara. Uma ou outra vez, ouvi

Corbeck falar da energia ardente de sua juventude, mas, exceto pelas palavras nobres de Margaret ao falar da esperança da rainha Tera — que, vindo da filha, possibilitavam a crença de que seu poder era de algum modo hereditário —, não vira sinal distinto disso. Porém, naquele momento, suas palavras, varrendo qualquer pensamento antagônico como uma enchente, me deram uma nova ideia do homem.

— "A vida de uma mulher!" O que é a vida de uma mulher na balança do que esperamos! Ora, estamos já arriscando a vida de uma mulher; a vida mais cara a mim, no mundo todo, que se torna mais cara a cada hora passada. Estamos arriscando a vida de quatro homens, a sua e a minha, assim como a de dois outros que foram trazidos para nossa confiança. "A prova de que a ressurreição é possível!" É muito. Uma coisa maravilhosa nessa era da ciência, e no ceticismo que o conhecimento cria. Mas vida e ressurreição são, em si, meros itens no que pode ser ganho no sucesso deste experimento. Imagine o que significará, para o mundo do pensamento, o mundo do progresso humano, a verdadeira estrada das estrelas, o *itur ad astra* dos antigos, se puder voltar a nós, do passado desconhecido, uma alma capaz de nos transmitir os registros da grande biblioteca de Alexandria, perdida nas chamas. Não apenas a história pode ser corrigida, e os ensinos da ciência, tornados verdadeiros desde o início, mas podemos ser colocados na trilha do conhecimento das artes perdidas, do aprendizado perdido, da ciência perdida, até nossos pés pisarem no trajeto indicado que levam a sua restauração última e completa. Ora, essa mulher pode nos dizer o que o mundo era antes do que chamam de "enchente", pode nos dar a origem desse mito vasto e chocante, pode retomar a mente à consideração de coisas que a nós se parecem primitivas, mas que eram velhas histórias antes da época dos patriarcas. Mas isso nem é o fim! Não, nem mesmo o início! Se a história dessa mulher foi o que pensamos, o que alguns de nós creem com firmeza; se seus poderes e sua restauração forem o que esperamos, ora, podemos chegar a um conhecimento além do que nossa era jamais soube, além do que hoje se acredita possível para os filhos dos homens. Se essa ressurreição for possível, como podemos duvidar do antigo conhecimento, da antiga magia, da antiga fé? E, se for o caso, devemos aceitar que o "Ka" dessa grande e culta rainha adquiriu segredos de valor acima do mortal a partir das estrelas que a cercam. Essa mulher desceu ao túmulo voluntariamente, ainda em vida, e saiu de novo, como aprendemos pelos registros da tumba; ela escolheu morrer uma morte mortal ainda jovem, para ressuscitar em outra era, além de um transe de magnitude incontável, e emergir da tumba no pleno esplendor da juventude e do poder. Já temos evidências que, apesar do corpo dormir paciente por tantos séculos, sua inteligência nunca se esvaiu, sua determinação nunca hesitou, seu desejo continuou supremo; e, mais importante, sua memória não foi afetada. Ah, que possibilidades há na chegada de tal ser a nosso mundo! Um ser cuja história começou antes do ensino concreto da nossa Bíblia; cuja experiência antecedeu a formulação dos deuses gregos; que pode unir o velho e o novo, a Terra e o Céu, e ceder aos mundos conhecidos do pensamento e da existência física o mistério do desconhecido, do velho mundo ainda jovem, e dos mundos além do nosso!

Ele pausou, quase derrubado por emoção. Margaret pegou sua mão quando ele falou de ela lhe ser cara, e a segurava com força. Enquanto ele falava, ela não o soltou. Porém, ocorreu no rosto dela aquela mudança que eu vira tão frequentemente nos últimos tempos, aquele véu misterioso sobre sua personalidade que me dava a impressão sutil de separação. Na veemência apaixonada, o pai não notou, mas, quando parou, ela pareceu voltar a ser quem era de repente. Em seus olhos gloriosos surgiu o brilho das lágrimas e, com um gesto de amor e admiração apaixonados, ela se abaixou e beijou a mão do pai. Então, virando-se para mim, ela também falou:

— Malcolm, você falou das mortes que vieram por causa da pobre rainha; ou, na verdade, que vieram, justamente, por interferência com seus arranjos, e por impedimento a seu propósito. Não acha que, ao descrevê-las assim, foi injusto? Quem não faria exatamente o que ela fez? Lembre-se que ela estava lutando pela vida! Ora, por mais do que a vida! Pela vida, pelo amor, e por todas as possibilidades gloriosas daquele futuro distante no mundo desconhecido do norte, que lhe trazia esperanças tão encantadoras! Não acha que ela, com todo o conhecimento da época, com toda a força imensa e irresistível da natureza poderosa, tinha esperanças de espalhar de modo ainda mais ampla as aspirações elevadas de sua alma? Que pretendia levar a conquista de mundos desconhecidos, e usar, para vantagem do próprio povo, tudo que ganhara com sono, morte e tempo, tudo que poderia ter sido frustrado pela mão impiedosa de um assassino ou ladrão? Se fosse você, nesse caso não faria tudo para atingir o objetivo de sua vida e esperança, cujas possibilidades cresciam e cresciam no passar daqueles anos sem fim? Acha que aquele cérebro ativo descansou durante tantos séculos cansados, enquanto sua alma livre flutuava de mundo a mundo entre as regiões ilimitadas das estrelas? Se essas estrelas não tivessem, em sua vida vária e múltipla, lições para ela; como tiveram para nós desde que seguimos o trajeto glorioso que ela e seu povo marcou para nós, quando mandaram suas imaginações aladas cercarem as lâmpadas da noite!

Aqui, ela parou. Também estava tomada por emoção, e as lágrimas escorreram por seu rosto. Eu fiquei mais comovido do que sei expressar. Aquela era mesmo minha Margaret, e meu coração saltou na consciência de sua presença. Da minha felicidade veio a ousadia, e arrisquei dizer o que temia ser impossível: algo que chamaria a atenção do sr. Trelawny ao que eu imaginava ser a existência dual da filha. Peguei a mão de Margaret e a beijei, e falei ao pai:

— Ora, senhor! Ela não falaria com mais eloquência nem mesmo se o espírito da rainha Tera estivesse aqui para animá-la e sugerir seus pensamentos!

A resposta do sr. Trelawny me surpreendeu tremendamente. Mostrou que ele também passara por um processo mental semelhante ao meu.

— E se estivesse; e se estiver! Sei bem que o espírito da mãe está dentro dela. Se, além disso, estiver aqui o espírito da grande e maravilhosa rainha, ela não me seria menos cara, mas cara em duplo! Não tema por ela, Malcolm Ross; pelo menos não tema mais do que temerá por todos nós!

Margaret seguiu o tema, falando tão rápido que suas palavras pareceram uma continuação das do pai, em vez de uma interrupção.

— Não tema especialmente por mim, Malcolm. A rainha Tera sabe, e não nos machucará. Eu sei! Eu sei, com tanta certeza quanto estou perdida no meu amor por você!

Havia algo de tão estranho na voz dela que olhei rapidamente para seus olhos. Brilhavam como sempre, mas um véu me impedia de ver o pensamento por trás deles, como os olhos de um leão enjaulado.

Então os outros dois homens chegaram, e o assunto mudou.

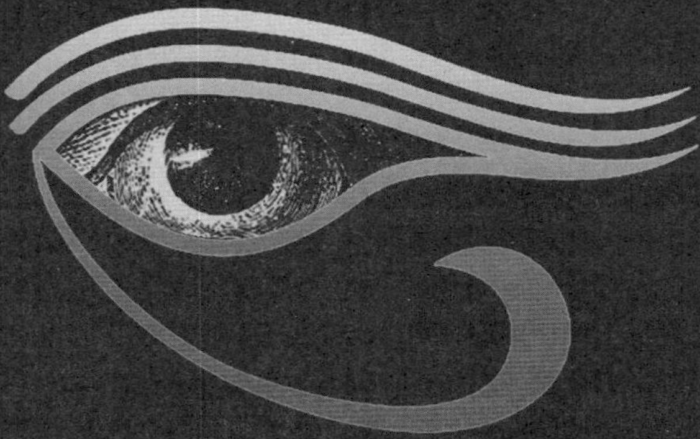

CAPÍTULO XVIII

A LIÇÃO DO "KA"

Naquela noite, fomos todos dormir cedo. A noite seguinte seria ansiosa, e o sr. Trelawny achou que deveríamos todos nos fortalecer com o sono possível. O dia também seria cheio de trabalho. Tudo conectado ao experimento precisaria ser analisado, para não fracassarmos por nenhuma falha até então impensada no nosso trabalho. É claro que nos organizamos para pedir socorro se necessário, mas acho que nenhum de nós tinha medo verdadeiro do perigo. Certamente não temíamos a violência como aquela de que tivemos que nos proteger durante o longo transe do sr. Trelawny em Londres.

Quanto a mim, senti um estranho alívio naquilo. Tinha aceitado a lógica do sr. Trelawny, de que, se a ranha fosse mesmo como supusemos — como aceitávamos —, não haveria oposição de sua parte; pois estávamos cumprindo seus desejos até o fim. Até então, estava tranquilo — mais do que imaginaria ser possível na véspera —, mas havia outras fontes de preocupação que não conseguia apagar inteiramente. A principal era a estranha condição de Margaret. Se fosse verdade que ela continha uma existência dupla, o que aconteceria quando as duas se tornassem uma? Revirei de novo, de novo, e de novo essa questão me mente, até estar prestes a gritar de ansiedade nervosa. Não me consolou lembrar que Margaret estava satisfeita, e o pai, aquiescente. O amor, afinal, é egoísta; e joga uma sombra escura em tudo que se encontra entre ele e a luz. Eu parecia ouvir as mãos do relógio andarem; vi a sombra virar trevas, e as trevas virarem cinza, e o cinza virar luz, sem pausa nem interrupção em meus sentimentos miseráveis. Por fim, quando foi decentemente possível sem medo de incomodar ninguém, me levantei. Desci o corredor de fininho, para ver se estava tudo bem com todos, pois combinamos de deixar as portas dos quartos entreabertas para que fosse fácil ouvir qualquer barulho de incômodo.

Todos dormiam; ouvia a respiração tranquila de cada um, e meu coração se alegrou por aquela noite miserável de ansiedade ter passado em segurança. Quando me ajoelhei, no meu quarto, em um arroubo de prece agradecida, soube, no fundo do peito, a medida de meu medo. Saí da casa e desci à água por meio da escada comprida entalhada na pedra. Nadar no mar fresco e brilhante reavivou meus nervos, e me fez voltar a mim.

Quando voltei pela escada, vi a luz forte do sol, erguendo-se de trás de mim, transformar as rochas da baía em ouro cintilante. Ainda assim, me senti um pouco perturbado. Brilhava demais, como às vezes ocorre antes de uma tempestade. Quando parei para observá-lo, senti um toque leve no ombro e, ao me virar, vi Margaret junto a mim; Margaret, brilhante e radiante quanto a glória do sol da manhã! Era minha própria Margaret! Minha antiga Margaret, sem mescla a nenhuma outra; e senti que, finalmente, o último dia fatal começara bem.

Infelizmente, a alegria não durou. Quando voltamos à casa, após um passeio pelo desfiladeiro, a rotina da véspera foi retomada: desânimo e ansiedade, esperança, ânimo, profunda depressão, apatia.

Mas deveria ser um dia de trabalho, então todos nos entregamos à tarefa com uma energia que forjou a própria salvação.

Após o café, fomos todos à caverna, onde o sr. Trelawny verificou, ponto a ponto, a posição da parafernália. Explicou, no caminho, por que cada peça ocupava que lugar. Ele trazia os rolos de papel com os projetos medidos, e os sinais e desenhos que transcrevera das anotações de Corbeck e de si próprio. Como nos explicara, continham todos os hieróglifos nas paredes, no teto e no chão da tumba do Vale da Feiticaria. Mesmo que as medidas, feitas em escala, não registrassem a posição de cada peça, teríamos conseguido posicioná-las através do estudo do texto e dos símbolos misteriosos.

O sr. Trelawny nos explicou algumas outras coisas, não registradas nos mapas. Por exemplo, que a parte oca da mesa se encaixava perfeitamente no fundo do cofre mágico, que, portanto, ali deveria ser posto. As pernas respectivas da mesa eram indicadas por breus de formas diferentes desenhados no chão, cada cabeça estendida na direção do creu semelhante enroscado na perna. A múmia, quando deitada na porção elevada no fundo do sarcófago, aparentemente moldada à sua forma, ficaria de cabeça para o oeste e pés para o leste, assim recebendo as correntes naturais da terra.

— Se isso foi pretendido como suponho, imagino que a força a ser usada tenha relação com magnetismo, eletricidade, ou ambas as coisas. Pode ser, é claro, que outra força, como, por exemplo, a que emana do rádio, deva ser utilizada. Experimentei com esta última, mas apenas na pequena quantidade que pude obter, mas até agora posso garantir que a pedra do cofre é absolutamente impermeável à sua influência. Deve haver alguma substância impérvia na natureza. Rádio não parece se manifestar quando distribuído por pechblenda, e sem dúvida há inúmeras outras substâncias semelhantes para aprisioná-lo. Talvez pertençam à classe de elementos "inertes" descobertos ou isolados por *sir* William Ramsay. É, assim, possível que este cofre, feito de aerólito e portanto talvez contendo algum elemento desconhecido de nosso mundo, contenha alguma força poderosa que será liberada quando aberto.

Isso parecia o fim desse ramo do tema; porém, como ainda tinha o olhar fixo de alguém envolvido em um tema, esperamos todos em silêncio. Ele finalmente prosseguiu:

— Há uma coisa que até agora, confesso, me deixa perplexo. Pode não ter importância fundamental, mas, em uma situação como esta, em que tudo é desconhecido, devemos supor que é tudo importante. Não posso pensar que em uma questão pensada com escrúpulos tão extraordinários algo assim seria ignorado. Como podem ver pela planta da tumba, o sarcófago fica próximo à parede norte, e o cofre, a seu sul. O espaço coberto por aquele primeiro é bastante desprovido de símbolos e ornamentos. De início, isso pareceria indicar que os desenhos foram feitos após o posicionamento do sarcófago. Porém, um exame mais minucioso mostrará que os símbolos do chão são arranjados para causar um efeito definido. Veja, aqui a escrita segue em ordem correta, como se tivesse pulado o espaço. É apenas por certos efeitos que fica claro que há sentido de algum tipo. O sentido em si é o que queremos saber. Olhe por cima e por baixo o espaço vazio que vai do oeste ao leste, correspondendo à cabeça e ao pé do sarcófago. Em ambos estão duplicados os mesmos símbolos, mas organizados de modo a partes de cada um serem porções integrais de outro texto escrito no outro sentido. É apenas quando olhamos do pé ou da cabeça que reconhecemos os símbolos. Veja! São triplicados nos cantos e no centro, em cima e embaixo. Em todos os casos há um sol cortado ao meio pela linha do sarcófago, como se pelo horizonte. Logo atrás, virado par ao outro lado, como se de alguma forma dependesse deles, está o vaso cujo texto hieroglífico simboliza o coração, "Ab", como os egípcios diziam. Além disso, de novo, a figura de um par de braços abertos voltados para cima a partir do cotovelo; indica "Ka", ou o "duplo". Porém, sua posição relativa é diferente em cima e embaixo. Na cabeça do sarcófago, o topo do "Ka" está voltado para a boca do vaso, mas, no pé, os braços estendidos apontam no sentido oposto.

"O símbolo parece indicar que, na passagem do sol do oeste ao leste, do nascer ao pôr do sol, ou pelo submundo, ou seja, a noite, o coração, que é material até na tumba e não pode deixá-la, apenas gira, para sempre se apoiar em 'Rá', o Deus-Sol, a origem de todo o bem; mas o duplo, que representa o princípio ativo, vai aonde quiser, tanto à noite, quanto de dia. Se for correto, é uma advertência, um aviso, um lembrete de que a consciência da múmia não descansa, e precisa ser enfrentada.

"Ou pode pretender transmitir que, após a noite específica da ressurreição, o 'Ka' abandonaria inteiramente o coração, assim indicando que, ressuscitada, a rainha seria restaurada a uma existência menor, puramente física. Neste caso, o que ocorreria com sua memória e com as experiências de sua alma que tanto vagou? O principal valor de sua ressurreição seria perdido ao mundo! Isso, porém, não me preocupa. É, afinal, apenas adivinhação, e contraditório à crença intelectual da teologia egípcia, que o 'Ka' é porção essencial da humanidade."

Ele parou, e todos esperamos. O silêncio foi quebrado pelo dr. Winchester:

— Mas isso não indicaria que a rainha temia intrusão à tumba?

O sr. Trelawny sorriu ao responder:

— Meu caro senhor, ela se preparou para tal. Saque a tumbas não é comportamento nem empreendimento moderno; provavelmente ocorria mesmo na dinastia da rainha. Não apenas ela se preparou para a intrusão, mas ainda, como demonstrado de vários modos, a esperava. O esconderijo das lâmpadas no serdabe, assim como o "tesoureiro" vingador, mostra que havia defesa, positiva e negativa. Na verdade, devido às muitas indicações nas pistas distribuídas com o maior pensamento, podemos concluir que ela considerava possível que outros, como nós, por exemplo, tentassem seriamente continuar o trabalho preparado por suas próprias mãos quando chegasse a hora. Esta questão mesma da qual falo é um exemplo. A pista é feita para os olhos que a veem!

Mais uma vez, nos calamos. Foi Margaret quem se pronunciou:

— Pai, posso ver esse esquema? Quero estudar durante o dia!

— Claro, meu bem! — respondeu o sr. Trelawny, animado, e entregou a ela o papel, antes de continuar as instruções em outro tom, mais direto e adequado ao tema prático sem mistérios. — Acho melhor que todos entendam o funcionamento da luz elétrica para o caso de surgir qualquer contingência. Imagino que tenham notado nosso fornecimento completo em todas as partes da casa, para que não haja um canto escuro sequer. Isso foi feito especialmente. Funciona por meio de turbinas movimentadas pelo vaivém da maré, inspirada nas turbinas de Niágara. Espero, assim, anular acidentes e, sem falha, ter um fornecimento pleno a qualquer momento. Venham comigo e explicarei o sistema de circuitos, e indicarem os botões e fusíveis.

Não pude deixar de notar, enquanto percorríamos a casa, como o sistema era completo, e como ele se protegera de qualquer desastre previsto pelo pensamento humano.

Porém, da completude veio o meio! Em uma empreitada como a nossa, os limites do pensamento humano eram estreitos. Além deles estava a vasta sabedoria divina, e o poder divino!

Quando voltamos à caverna, o sr. Trelawny começou outro tema:

— Temos agora que decidir a hora exata quando deve ocorrer o experimento. Em relação a ciência e mecanismo, se o preparo estiver findo, todas as horas são iguais. Porém, como temos que lidar com preparos feitos por uma mulher de mente extraordinariamente sutil, e que tinha crença plena na magia e encontrava sentidos crípticos em tudo, devemos nos colocar na posição dela antes de decidir. Agora é óbvio que o pôr do sol tem lugar importante nos arranjos. Como esses sóis, tão matematicamente cortados pela beira dos sarcófagos, foram arrumados por projeto pleno, devemos tomá-los como sinais. Repito que encontramos sempre que o número sete teve impacto importante em todas as fases de pensamento, razão e ação da rainha. O resultado lógico é que a sétima hora após o pôr do sol foi aquela pela qual se decidiu. Isso é reiterado pelo fato de que, em toda ocasião em que alguma ação ocorreu na minha casa, foi essa a hora escolhida. Quando o sol se pôr hoje às oito na Cornualha, nossa hora será as três da manhã!

Ele falava de forma direta, e com grande seriedade, mas não havia mistério algum em fala nem postura. Ainda assim, ficamos todos tremendamente impressionados. Vi a palidez que surgiu no rosto dos outros homens, e a imobilidade e o silêncio sem reservas com que receberam a decisão. A única pessoa que se manteve relativamente à vontade foi Margaret, que passara para um de seus humores abstratos, mas pareceu despertar com um ar alegre. O pai, que a observava atentamente, sorriu; seu humor era, para ele, confirmação direta da teoria.

Quanto mim, fiquei praticamente paralisado. A hora definitiva e fixa me parecia a voz da fatalidade. Quando penso nisso agora, sei como um homem condenado se sente diante da sentença, ou ao soar da última hora que escutará.

Não haveria mais volta! Estávamos nas mãos de Deus!

Nas mãos de deus...! Mas ainda assim...! Que outras forças se envolviam? ... O que seria de nós, pobres átomos de poeira terrestre esvoaçando ao vento que vem de onde e vai aonde homem algum há de conhecer. Não era por mim... Margaret...!

Fui despertado pela voz firme do sr. Trelawny:

— Agora cuidaremos das lâmpadas e concluiremos os preparos.

Assim, começamos a trabalhar e, sob sua supervisão, aprontamos as lâmpadas egípcias, garantindo que estavam repletas de óleo de cedro, e que os pavios estavam em ordem e bem ajustados. Acendemos e testamos uma a uma, e as deixamos prontas para acenderem igualmente e de uma só vez. Quando acabamos, demos uma olhada geral e nos aprontamos rapidamente para o trabalho da noite.

Tudo isso demorou, e acho que nos surpreendemos quando, ao emergir da caverna, ouvimos o relógio do saguão soar as quatro horas.

Almoçamos tarde, tarefa simples no estado atual de nossos arranjos de abastecimento. Em seguida, por conselho do sr. Trelawny, nos separamos, e cada um foi se preparar a seu próprio modo para a tensão da noite vindoura. Margaret estava pálida, e relativamente cansada, então recomendei que ela se deitasse e tentasse dormir. Ela me prometeu que o faria. A abstração que lhe ia e vinha o dia todo se foi pelo momento; com toda a doçura e delicadeza carinhosa de outrora, ela me deu um beijo de boa noite! Com a alegria que isso me deu, fui caminhar pelo promontório. Não queria pensar, e tive a impressão instintiva de que o ar fresco e o sol de Deus, assim como a miríade de belezas do trabalho de Sua mão seriam a melhor preparação de força para o que viria.

Quando voltei, estavam todos reunidos para um chá atrasado. Retornando refrescado do êxtase da natureza, achei quase cômico que nós, nos aproximando do fim de uma empreitada tão estranha, quase monstruosa, ainda fôssemos limitados às necessidades e aos hábitos de nossas vidas.

Todos os homens do grupo estavam sérios; o tempo de reclusão, apesar do descanso, dera também oportunidade para pensar. Margaret estava animada, quase álacre, mas senti falta de certa espontaneidade nela. Para comigo, ela mostrava um ar nebuloso de reserva, que me fez retomar certa desconfiança. Quando o chá acabou, ela saiu da sala, mas voltou em um minuto com o papel que levara mais cedo. Ao se aproximar do sr. Trelawny, falou:

— Pai, considerei cuidadosamente o que você disse hoje sobre o sentido oculto dos sóis, corações e *kas*, e examinei os desenhos novamente.

— Qual foi o resultado, minha filha? — pergunto o sr. Trelawny, ávido.

— Há outra leitura possível!

— Qual é?

A voz dele tremia de ansiedade. Margaret respondeu com um toque estranho na voz, impossível a não ser com a consciência da verdade por trás:

— Quer dizer que, ao pôr do sol, "Ka" entrará em "Ab", e apenas ao nascer do sol o abandonará!

— Prossiga! — pediu o pai, rouco.

— Quer dizer que, nesta noite, o duplo da rainha, que, de resto, é livre, ficará em seu coração, que é mortal e não pode abandonar seu aprisionamento na mortalha mumificada. Quer dizer que, quando o sol mergulhar no mar, a rainha Tera deixará de existir como poder consciente até o nascer do sol; a não ser que o experimento a traga de volta à vida desperta. Quer dizer que não haverá nada a temer da parte dela, nada do que temos motivo para lembrar. Qualquer mudança que possa ocorrer do trabalho no experimento, não ocorrerá a partir da pobre e desamparada mulher morta que esperou tantos séculos por esta noite, e que entregou à hora vindoura toda a liberdade da eternidade, ganhada do modo antigo, na esperança de uma nova vida em um novo mundo que ela tanto desejava...!

Ela parou bruscamente. Conforme ela falava, saíra em suas palavras um tom estranho, patético, quase suplicante, que me comoveu. Quando parou, vi, antes de desviar o rosto, que seus olhos estavam marejados.

Daquela vez, o coração do pai não espelhou seu sentimento. Ele parecia exultante, mas mantinha um domínio sério no rosto que me lembrou da expressão severa com que ficara desacordado no transe. Não ofereceu consolo à filha, nem dor de empatia. Disse apenas:

— Vamos testar a precisão de sua suposição, e de seu sentimento, quando vier a hora!

Tendo dito isso, ele subiu ao quarto pela escada de pedra. Margaret, ao olhá-lo, tinha uma expressão perturbada.

Estranhamente, sua perturbação não me comoveu como de costume.

Quando o sr. Trelawny partiu, reinou o silêncio. Acho que nenhum de nós queria falar. Margaret foi ao próprio quarto, e eu saí para o terraço com vista para o mar. O ar fresco e a beleza da vista me ajudaram a recuperar o bom humor que sentira antes. Eu me rejubilei na crença de que o perigo que temia da violência da rainha na noite vindoura fora prevenido. Acreditava tão profundamente na crença de Margaret, que nem me ocorreu discordar da lógica. Em estado elevado, e menos ansioso do que nos últimos dias, voltei ao meu quarto e me deitei no sofá.

Fui acordado por Corbeck, que me chamava, apressado:

— Desça à caverna, rápido. O sr. Trelawny quer nos encontrar lá imediatamente. Corra!

Eu me levantei de um salto e desci correndo. Estavam todos ali, exceto por Margaret, que chegou logo depois, carregando Silvio no colo. Quando o gato viu o antigo inimigo, se debateu, mas Margaret o abraçou com força e o acalmou. Olhei o relógio. Era quase oito.

Quando Margaret chegou, o pai dela falou, direto, com uma insistência seca que me era nova:

— Acredita, Margaret, que a rainha Tera voluntariamente optou por abrir mão da liberdade esta noite? Por se tornar uma múmia, e apenas isso, até o experimento ser findo? Por aceitar que ela estará impotente, em toda e qualquer circunstância, até tudo acabar e o ato de ressurreição for concluído, ou o esforço fracassar?

Depois de uma pausa, Margaret respondeu em voz baixa:

— Sim!

Na pausa, todo seu ser — aparência, expressão, voz, postura — mudou. Até Silvio notou e, com esforço violento, se desvencilhou de seus braços; ela nem pareceu notar. Esperei que o gato, ao encontrar-se livre, atacasse a múmia, mas não foi o que fez. Ele parecia temer se aproximar. Em vez disso, se encolheu e, com um miado de dar dó, veio se esfregar no meu tornozelo. Eu o peguei no colo, e ele se aninhou, contente. O sr. Trelawny continuou:

— Tem certeza do que diz? Acredita com toda a alma?

O rosto de Margaret perdera o ar abstrato; parecia iluminado pela devoção de alguém que se dedica a falar coisas grandiosas. Ela respondeu com uma voz que, apesar de baixa, vibrava de convicção:

— Eu sei! Meu conhecimento é inacreditável!

— Então tem tanta certeza — continuou o sr. Trelawny — que, se fosse a própria rainha Tera, estaria disposta a provar de qualquer modo que eu sugerisse?

— De qualquer modo, sim! — soou a resposta, destemida.

Ele falou de novo, em uma voz sem nota de dúvida:

— Até no abandono de seu espírito familiar à morte... à aniquilação.

Ela hesitou, e vi que sofria, horrivelmente. Havia em seu olhar um ar acossado, que nenhum homem pode ver no olhar da amada sem se comover. Estava prestes a interromper quando o olhar do pai dela, cheio de determinação firme, encontrou o meu. Fiquei em silêncio, quase enfeitiçado, e os outros homens, também. Algo ocorria ali sem que entendêssemos!

Com poucos passos compridos, o sr. Trelawny foi até o lado oeste da caverna e abriu a persiana que escondia a janela. O ar fresco soprou e a luz do sol se derramou sobre ele e Margaret, que parara ao seu lado. Ele apontou o sol mergulhando no mar em um halo de fogo dourado, com o rosto duro como ferro. Em uma voz cuja frieza absolutamente inflexível ouvirei ainda até a morte, falou:

— Escolha! Fale! Quando o sol mergulhar inteiramente no mar, já será tarde!

A glória do sol poente pareceu iluminar o rosto de Margaret até brilhar como se aceso por dentro por uma luz nobre.

— Até isso! — respondeu ela.

Então, indo até onde o gato mumificado se encontrava, na mesinha, o tocou. Ela deixara a luz do sol, e as sombras lhe cobriam, escuras e fundas. Em voz cristalina, falou:

— Se eu fosse Tera, diria: "Tome tudo que tenho! A noite é apenas dos deuses!".

Quando ela se pronunciou, o sol baixou, e a sombra fria nos cobriu de repente. Ficamos todos imóveis por um momento. Silvio pulou do meu colo e correu até a dona, se esticando no vestido dela, pedindo para ser pego. Ele não dava atenção alguma à múmia.

Margaret, gloriosa com toda a doçura habitual, falou, triste:

— O sol se pôs, pai! Será que voltaremos a vê-lo? Chegou a noite das noites!

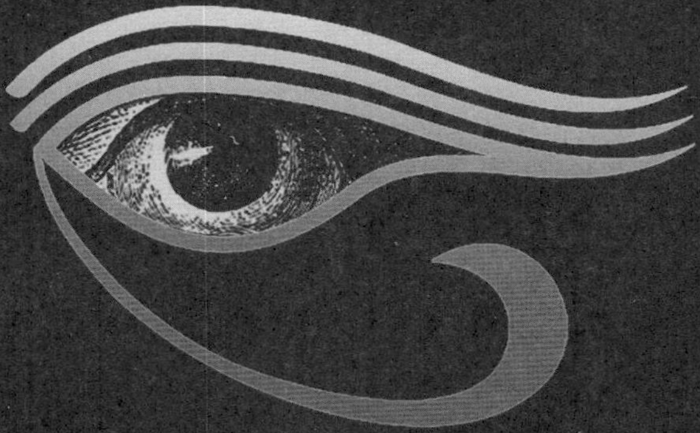

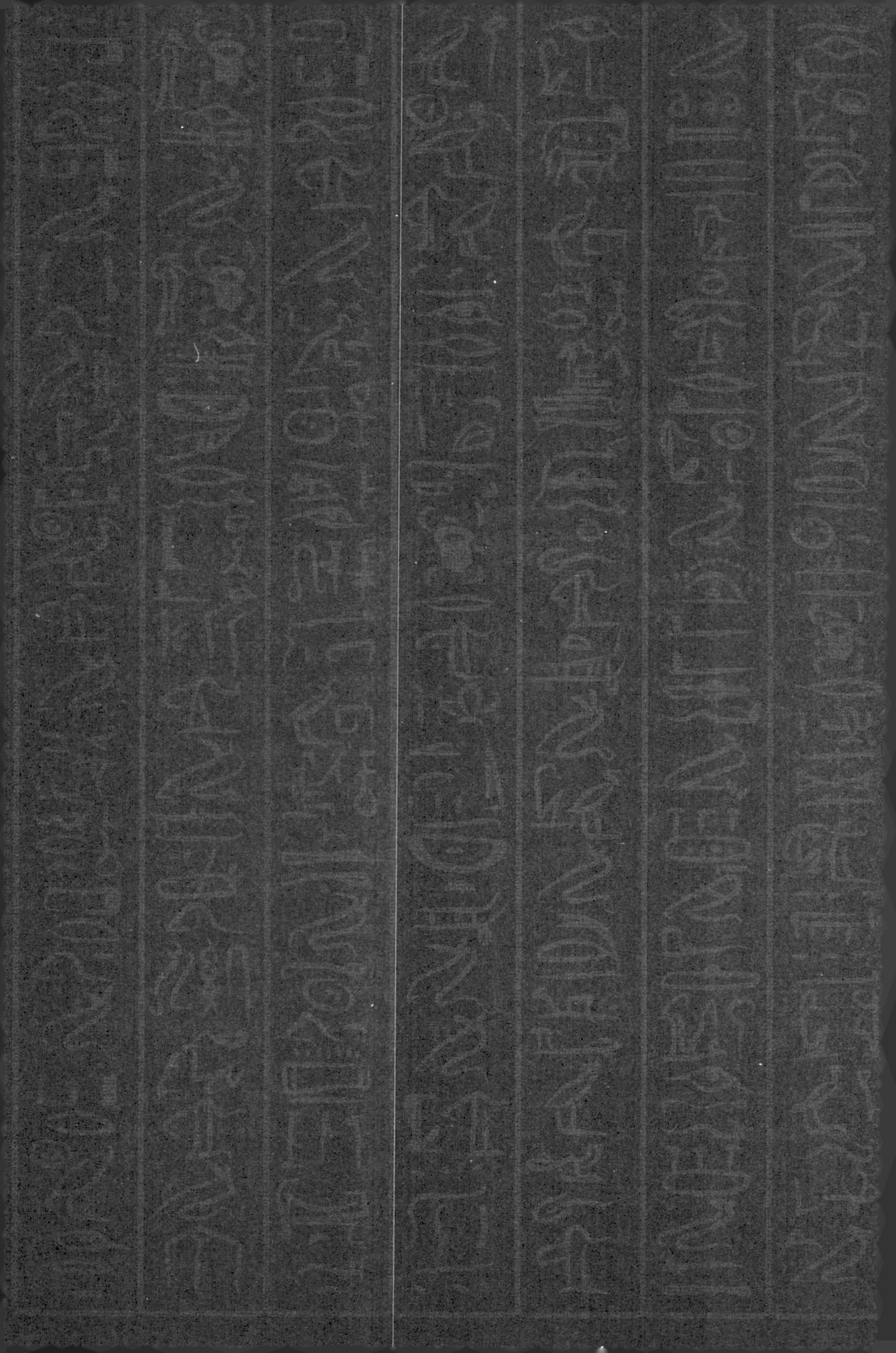

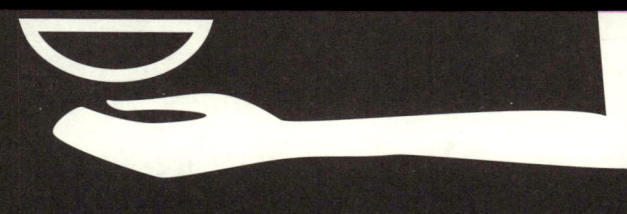

CAPÍTULO XIX
O Experimento

Se exigissem evidências da plenitude da crença que todos nós acabamos desenvolvendo na existência espiritual da rainha egípcia, seriam encontradas na mudança efetuada, em meros minutos, pela declaração de negação voluntária feita, acreditávamos, através de Margaret. Apesar da chegada do suplício temido, cuja sensação era inesquecível, demonstrávamos, em ação e aparência, que um enorme alívio nos ocorrera. Tínhamos vivido em estado de tamanho terror nos dias do transe do sr. Trelawny, que a sensação nos mordera fundo. Ninguém sabe, até viver aquilo, como é sentir o pavor constante de um perigo desconhecido que pode vir a qualquer momento, de qualquer forma.

A mudança foi manifestada de modos diferentes, de acordo com cada natureza. Margaret ficou triste. O dr. Winchester ficou animado, e muito observador; o processo de pensamento que servia de antídoto ao medo, aliviado do dever, acrescentava ao entusiasmo intelectual. O sr. Corbeck parecia estar em humor introspectivo, em vez de especulativo. Já eu, me inclinava à alegria; o alívio de certa ansiedade relativa a Margaret já me era suficiente.

Quanto ao sr. Trelawny, ele pareceu menos mudado do que o resto. Talvez fosse natural, pois ele tinha, havia muitos anos, a intenção de fazer aquilo que faríamos naquela noite, então cada evento ligado àquilo lhe pareceria apenas um episódio, um passo dado até o fim. Ele mostrava a natureza imperiosa que, diante do fim de um empreendimento, torna todo o resto de importância secundária. Mesmo que a severidade terrível relaxasse sob o alívio da tensão, ele não hesitou nem bambeou por um momento sequer naquele propósito. Pediu que os homens o seguissem, e, pelo corredor, conseguimos baixar à caverna uma mesa de carvalho, relativamente comprida, e não muito larga, que normalmente ficava junto à parede do saguão. Nós a posicionamos sob o grupo de luzes elétricas fortes no meio da caverna. Margaret observou por um momento até que, de repente, seu rosto ficou pálido e, em voz agitada, falou:

— O que vai fazer, pai?

— Desenrolar a múmia do gato! A rainha Tera não precisará do familiar hoje. Se o quisesse, poderia nos oferecer perigo, então vamos torná-lo segundo. Não está preocupada, meu bem?

— Ah, não! — respondeu ela, rápido. — Mas estava pensando em meu Silvio, e no que sentiria se fosse ele a múmia a ser desenrolada!

O sr. Trelawny aprontou facas e tesouras e posicionou o gato na mesa. Foi um início sombrio do trabalho, e senti um aperto no peito ao pensar no que poderia acontecer naquela casa solitária na penumbra da noite. A solidão e o isolamento do mundo ficavam mais palpáveis devido ao gemido do vento que se erguia em augúrios, e ao quebrar das ondas nas rochas. Porém, a tarefa diante de nós era séria demais para ser afetada por manifestações externas. Assim, começamos a desenrolar a múmia.

A quantidade de ataduras era incrível, e o barulho do rasgo — pois estavam bem grudadas por betume, goma e especiarias —, junto às nuvenzinhas de pó vermelho e pungente que se soltavam dali, afetavam todos os nossos sentidos. Finalmente, as ataduras se soltaram, e vimos o animal sentado diante de nós. Ele estava acocorado, de cabelo, dentes, e garras completos. Os olhos estavam fechados, mas as pálpebras não traziam o olhar feroz que eu esperava. Os bigodes tinham sido esmagados contra o rosto devido às ataduras, mas, sem a pressão, se espetaram, como teriam feito em vida. Era uma criatura magnífica, um gato-do-mato de grande estatura. Porém, ao olhá-lo, nossa admiração inicial transformou-se em medo, e fomos todos tomados por calafrios, pois lá estava a confirmação dos medos que enfrentamos.

A boca e as garras dele estavam manchadas de sangue recente, vermelho e seco!

O dr. Winchester foi o primeiro a se recuperar, pois o sangue em si não o perturbava tanto. Ele pegou a lupa e examinou as manchas na boca do gato. O sr. Trelawny suspirou profundamente, como se livrado de um peso.

— É o que esperei — falou. — Isso é bom presságio do que virá a seguir.

O dr. Winchester já tinha passado ao exame das patas vermelhas e manchadas.

— Como esperava! — falou. — Ele também tem sete garras!

O médico abriu a carteira e tirou o pedaço de mata-borrão marcado pelas patas de Silvio, no qual marcara também, em lápis, um diagrama dos cortes feitos no punho do sr. Trelawny. Ele posicionou o papel sob a pata do gato mumificado. O encaixe era perfeito.

Após examinarmos minuciosamente o gato, sem encontrar nada de estranho nele além da preservação assombrosa, o sr. Trelawny o ergueu da mesa. Margaret avançou bruscamente, exclamando:

— Cuidado, pai! Cuidado! Ele pode machucar!

— Agora não, querida! — respondeu ele, indo em direção à escada.

O rosto dela murchou.

— Aonde você vai? — perguntou ela, em voz fraca.

— À cozinha. O fogo vai acabar com qualquer perigo futuro; nem um corpo astral pode se materializar nas cinzas!

Ele fez sinal para o acompanharmos. Margaret se virou, soluçando. Fui até ela, mas ela me afastou com um gesto e sussurrou:

— Não, não! Vá com os outros. Meu pai pode precisar da sua ajuda. Ah! Me parece assassinato! O pobre bichinho da rainha...!

As lágrimas escorriam dos dedos que cobriam os olhos.

Na cozinha estava uma lareira de lenha organizada. O sr. Trelawny acendeu um fósforo e, em alguns segundos, o fogo pegou e as chamas saltaram. Quando estava bem aceso, ele jogou o corpo do gato na lareira. Por alguns segundos, ficou caído em uma massa escura entre as chamas, e o cômodo encheu-se do fedor de cabelo queimado. Finalmente, o corpo seco também pegou fogo. As substâncias inflamáveis usadas no embalsamento serviram de combustível, e as chamas rugiam. Alguns minutos de conflagração feroz, e finalmente respiramos tranquilamente. O familiar da rainha Tera já se fora!

Quando voltamos à caverna, encontramos Margaret sentada no escuro. Ela tinha apagado a luz elétrica, e apenas um brilho distante de luz noturna entrava pelas frestas estreitas. O pai foi até ela rápido e a abraçou, de modo carinhoso e protetor. Ela apoiou a cabeça no ombro do pai por um minuto e pareceu reconfortada. Finalmente, me chamou:

— Malcolm, acenda a luz!

Obedeci e vi que, apesar de ter chorado, estava de olhos secos. O pai viu o mesmo, e pareceu feliz. Ele falou para nós, em tom sério:

— Agora é melhor prepararmos para nosso trabalho. Não será bom deixar nada para cima da hora!

Margaret deve ter desconfiado do que viria, pois foi com a voz fraca que falou:

— E agora, o que vão fazer?

O sr. Trelawny deve ter também suspeitado do que ela sentia, pois respondeu em voz baixa:

— Desenrolar a múmia da rainha Tera!

Ela se aproximou mais e suplicou, em sussurros:

— Pai, não vai desenrolá-la! Vocês todos são homens...! E sob essa luz forte!

— Por que não, querida?

— Pense bem, pai, uma mulher! Sozinha! Desse modo! Nesse lugar! Ah! Que crueldade, que crueldade!

Ela ficou muito afetada. O rosto ardia em vermelho, e os olhos estavam cheios de lágrimas indignadas. O pai viu seu incômodo e, com pena, começou a reconfortá-la. Eu me afastei, mas ele fez sinal para que eu ficasse. Interpretei que, como era costumeiro dos homens, queria ajuda naquela ocasião, e, sendo homem, desejava jogar para outra pessoa a tarefa de lidar com uma mulher em angústia indignada. Porém, de início, tentou apelar à razão dela:

— Não é uma mulher, querida; é uma múmia! Ela está morta há quase cinco mil anos!

— E que diferença faz? Sexo não muda com os anos! Mulher é mulher, mesmo morta há cinco mil séculos! E espera que ela se erga desse longo sono! Não seria morte de verdade, se ela acordar! Você me levou a crer que ela vai ganhar vida quando o cofre for aberto!

— Levei, sim, querida, e acredito mesmo! Mas se o que passou nesses anos todos não foi morte, foi algo estranhamente semelhante. Pense bem: foram homens que a embalsamaram. As mulheres não tinham direitos, e não existiam médicas, no Egito antigo, querida! Além do mais — continuou, mais livremente, vendo que ela aceitava o argumento, mesmo que não cedesse a ele —, nós, homens, estamos acostumados a tais coisas. Corbeck e eu desenrolamos cem múmias, e eram tantas mulheres quanto homens. O dr. Winchester, no trabalho, tem que lidar com mulheres, assim como homens, e o costume faz com que ele nem pense no sexo. Até Ross, trabalhando como advogado...

Ele parou de repente.

— Você também ia ajudar! — me disse ela, indignada.

Não falei nada; achei que o silêncio era melhor. O sr. Trelawny continuou com pressa; vi que estava feliz pela interrupção, pois a parte do argumento ligada à advocacia era nitidamente fraca.

— Meu bem, você também estará conosco. Faríamos qualquer coisa para magoar ou ofender você? Pense bem! Seja razoável! Não estamos em uma festa por prazer. Somos todos homens sérios, iniciando um experimento sério que pode desenrolar a sabedoria dos velhos tempos, e expandir o conhecimento humano de modo indefinido; que pode levar a mente dos homens a novos caminhos de pensamento e pesquisa. Um experimento — prosseguiu, com a voz mais grave — que pode arriscar a morte de qualquer um de nós... de todos! Sabemos, pelo que já foi, que há, ou pode haver, perigo vasto e desconhecido a nossa frente, e talvez nenhum dos presentes hoje nesta casa chegue a vê-lo até o fim. Entenda, meu bem, que não estamos agindo de forma leviana, mas com toda a gravidade de homens profundamente sérios! Além do mais, querida, o que quer que você ou qualquer um de nós possa sentir, é necessário, para o sucesso do experimento, desenrolá-la. Acho que sob qualquer circunstância seria necessário tirar as ataduras antes que ela se tornasse um ser humano vivo em vez de um cadáver espiritualizado com corpo astral. Se sua intenção original fosse cumprida, e ela ganhasse vida dentro das ataduras, trocaria o caixão pela sepultura!

Morreria a morte dos enterrados vivos! Mas agora, quando ela abandonou voluntariamente o poder astral por um momento, não há dúvida alguma.

Margaret se tranquilizou.

— Tudo bem, pai! — falou, o beijando. — Mas, ah, parece uma afronta horrível para uma rainha, e uma mulher.

Eu estava a caminho da escada quando ela me chamou.

— Aonde vai?

Voltei, peguei a mão dela, a acariciei e falei:

— Voltarei quando acabarem de desenrolar!

Ela me olhou longamente, e uma breve sugestão de sorriso surgiu em seu rosto.

— Talvez seja melhor que fique, também! Pode ser útil para seu trabalho de advogado! — falou.

Ela sorriu ao encontrar meu olhar, mas, em um instante, mudou. Seu rosto ficou sério, e pálido. Com a voz distante, falou:

— Meu pai está certo! É uma ocasião terrível, devemos todos mostrar seriedade. Mas mesmo assim... não, por esse motivo mesmo, é melhor que fique, Malcolm! Mais tarde, pode ficar feliz por estar presente hoje!

Meu peito afundou ao ouvir aquelas palavras, mas achei melhor não dizer nada. O medo já estava presente demais entre nós!

O sr. Trelawny, assistido pelo sr. Corbeck e pelo dr. Winchester, ergueu a tampa do sarcófago de minério de ferro que continha a múmia da rainha. Era um sarcófago grande, mas não demais. A múmia era ao mesmo tempo comprida, larga e alta; e o peso era tanto que erguê-la não era fácil, mesmo em quatro. Sob instruções do sr. Trelawny, a deitamos na mesa preparada.

Só então o horror completo daquilo tudo me ocorreu! Ali, ao brilho forte da luz, o lado material e sórdido da morte me pareceu manifestamente concreto. As ataduras externas, rasgadas e afrouxadas pelos toques grosseiros, e com a cor escurecida pelo pó ou clareada pela fricção, pareciam amarrotadas pelo tratamento duro; as bordas rasgadas do pano pareciam esfiapadas; a pintura estava manchada, e o verniz, descascado. A quantidade de ataduras era nitidamente grande, pois fazia muito volume. Porém, através daquilo tudo, se mostrava a figura humana impossível de esconder, que parece mais horrível quando parcialmente disfarçada do que em qualquer outro momento. O que estava diante de nós era a morte, e só. Todo o romance e o sentimento da fantasia desapareceram. Os dois homens mais velhos, entusiastas que já tinham feito muitos trabalhos como aqueles, não ficaram desconcertados; e o dr. Winchester parecia se portar com atitude profissional, como se diante de uma mesa de operação. Porém, eu me sentia desanimado, miserável, e envergonhado; e também alarmado, sofrendo com a palidez fantasmagórica de Margaret.

Então o trabalho começou. O ato de desenrolar o gato tinha me preparado parcialmente, mas aquela múmia era muito maior, e tão infinitamente elaborada, que era bem diferente. Ademais, além da sensação sempre presente de morte e humanidade, havia uma impressão ainda mais fina ali. O gato fora embalsamado com materiais mais rústicos; na múmia da rainha, tudo, conforme as cobertas eram removidas, fora feito com mais delicadeza. Parecia que apenas as gomas e especiarias mais finas foram usadas no embalsamento. Porém, o ambiente era o mesmo, assim como o pó vermelho e a presença pungente do betume; o mesmo som áspero das ataduras rasgadas. As ataduras eram enormemente numerosas, e o volume era igualmente grande. Conforme os homens as desenrolavam, eu ia ficando mais e mais agitado. Não participei pessoalmente, e Margaret me olhou com gratidão quando recuei. Nós nos demos as mãos e nos seguramos com força. Conforme iam desenrolando, as ataduras ficavam mais finas, e o cheiro, menos pesado de betume, mas mais pungente. Nós todos, acredito, começamos a sentir que nos pegava ou tocava de modo especial. Isso, porém, não interferiu com o trabalho, que continuou, ininterrupto. Algumas das ataduras externas tinham símbolos ou imagens, às vezes inteiramente em um tom de verde pálido, e outras, em várias cores, mas sempre com verde predominante. Vez ou outra, o sr. Trelawny ou o sr. Corbeck indicavam algum desenho especial antes de deixar a atadura na pilha atrás deles, que crescia a uma altura monstruosa.

Finalmente, notamos que as ataduras estavam chegando ao fim. As proporções já tinham se reduzido às de uma silhueta normal da altura da rainha, que era maior do que a média. Conforme chegava o fim, a palidez de Margaret se intensificava, e o coração dela batia cada vez mais forte, até seu peito arquejar de modo que me assustava.

Quando o pai tirava a última atadura, ergueu o rosto e notou a expressão de dor e ansiedade no rosto pálido da filha. Ele hesitou e, supondo que a preocupação fosse o ultraje pela modéstia, falou, com tom reconfortante:

— Não se preocupe, filha! Viu! Nada aqui vai ofendê-la. A rainha está de manto. E são vestes reais!

O último invólucro era um pedaço largo de tecido, do comprimento do corpo inteiro. Ao ser removido, revelou vestes de linho branco e volumoso, cobrindo o corpo do pescoço aos pés.

E que linho! Nós todos nos debruçamos para ver melhor.

Margaret perdeu a preocupação, distraída pelo interesse feminino em belos trajes. Então o resto de nós admirou; pois tal linho nunca fora visto em nossa era. A finura era da seda mais fina. Porém, nenhuma seda, tecida ou fiada, jamais fora disposta em dobras tão graciosas, por mais constringidas pelas ataduras, e endurecidas pelos milênios.

No pescoço, era bordada delicadamente, com ouro puro, em pequenos galhos de sicômoro; e, ao redor dos pés, fora feito um trabalho semelhante, retratando uma fileira incessante de lótus de tamanho irregular, com o abandono gracioso do crescimento natural.

Cobrindo o corpo, mas não o cercando, estava um cinto de joias. Um cinto assombroso, que brilhava e reluzia com todas as formas, fases e cores do céu!

A fivela era de uma pedra amarela imensa, arredondada, funda e curvada, como se um globo tivesse sido esmagado. Cintilava e reluzia, como se um verdadeiro sol estivesse ali contido; os raios de luz pareciam se refletir e iluminar tudo a seu redor. De cada lado dela ficavam duas selenitas de tamanho menor, cujo brilho, ao lado da glória da pedra solar, lembrava o brilho prateado da lua.

E então, de cada lado, unidas por elos dourados de formato estonteante, seguia-se uma ilha de joias flamejantes, cujas cores pareciam brilhar. Cada pedra parecia conter uma estrela viva, que cintilava a cada fase da luz mutável.

Margaret ergueu as mãos em êxtase. Ela se debruçou para examinar mais de perto; mas, de repente, recuou e se ergueu plenamente em sua grande altura. Ela falou com a convicção do conhecimento absoluto ao falar:

— Não é uma mortalha! Não é uma roupa feita para mortos! São vestes de casamento!

O sr. Trelawny se abaixou e tocou a roupa de linho. Ergueu uma dobra no pescoço e, pelo suspiro brusco, soube que algo o surpreendera. Ergueu mais um pouco e, finalmente, também recuou e apontou.

— Margaret está certa! Esse vestido não foi feito para os mortos! Veja! O corpo não está envolto. As vestes estão apenas deitadas sobre ela.

Ele ergueu o cinto de joias e o entregou a Margaret. Então, com as duas mãos, ergueu o manto vasto e o deitou nos braços que ela estendera por impulso natural. Coisas de tal beleza eram preciosas demais para serem manuseadas sem o maior dos cuidados.

Ficamos todos maravilhados diante da beleza da figura que, exceto pelo pano que cobria o rosto, encontrava-se deitada, completamente nua. O sr. Trelawny se abaixou e, com as mãos levemente trêmulas, ergueu o pano de linho que cobria o rosto, da mesma finura das vestes. Quando recuou e a beleza gloriosa da rainha se revelou inteira, senti uma onda de vergonha me tomar. Não era certo estarmos ali, admirando com olhos irreverentes tal beleza despida; era indecente, quase sacrílego! Porém, a beleza branca daquela linda forma era coisa de sonho. Não se assemelhava à morte; era como uma estátua esculpida em marfim pelas mãos de Praxíteles. Não havia nada do encolhimento horrível que a morte parece causar em um momento. Não havia nada da rigidez enrugada que parece ser a característica central da maior das múmias. Não havia a atenuação reduzida do corpo seco na areia, como já vira em museus. Os poros todos do corpo pareciam ter sido preservados de modo maravilhoso. A carne era cheia e arredondada, como em uma pessoa viva; e a pele, lisa como cetim. A cor parecia extraordinária. Era como marfim, marfim novo; exceto pelo braço direito, que, com seu punho quebrado e manchado de sangue, e sem a mão, fora exposto no sarcófago por tantas dezenas de séculos.

Com um impulso feminino, a boca torcida de dó, os olhos ardendo de raiva e o rosto corado, Margaret cobriu o corpo com a linda veste em seus braços. Apenas o rosto ficou visível. Era ainda mais impressionante do que o corpo, pois não parecia morto, mas vivo. As pálpebras estavam fechadas, mas os cílios compridos, pretos e curvos ficavam apoiados nas faces. O nariz, em orgulho sério, parecia mostrar o repouso que, visto em vida, é maior que o da morte. Os lábios cheios e vermelhos, apesar da boca fechada, revelavam a mínima linha branca de dentes perolados. O cabelo, glorioso em quantidade, de um preto reluzente como a asa de um corvo, cobriam em volume a testa branca, na qual caíam algumas mechas onduladas. Fiquei impressionada com a semelhança de Margaret, apesar de ter me preparado para isso pela menção de que o sr. Corbeck fizera à declaração do pai dela. Aquela mulher — não podia pensar nela como múmia, nem cadáver — era igual a Margaret quando eu a vira pela primeira vez. A semelhança aumentava devido ao ornamento de joias que ela usava no cabelo, de disco e plumas, igual ao que Margaret também usara. Era outra joia gloriosa; uma pérola nobre de lustre lunar, cercada de seletivas esculpidas.

O sr. Trelawny ficou comovido ao olhar. Ele desabou e, quando Margaret foi correndo até ele, o abraço e confortou, o ouvi murmurar, trêmulo:

— Parece que você morreu, minha filha!

Fez-se um longo silêncio. Escutei o rugido do vento lá fora, que se erguera em tempestade, e o quebrar furioso das ondas lá embaixo. A voz do sr. Trelawny rompeu o feitiço:

— Mais tarde, devemos tentar descobrir o processo de embalsamento. Não se assemelha a nenhum que eu conheça. Não parece haver corte feito para tirar as vísceras e os órgãos, que devem estar intactas no corpo. Porém, não há umidade na pele, e algo tomou seu lugar, como se cera ou estearina tivessem sido introduzidas nas veias por algum processo sutil. Eu me pergunto se seria possível terem usado parafina. Pode ter sido introduzida nas veias, por um processo que desconheço, até lá endurecer!

Margaret, após cobrir o corpo da rainha com um lençol branco, pediu que a levássemos ao quarto dela, onde a dispusemos na cama. Então, ela nos dispensou, e disse:

— Deixem-na comigo. Ainda há muitas horas a passar, e não gosto da ideia de deixá-la lá, toda exposta sob a luz. Pode ser a noite de núpcias que ela preparou, as núpcias da morte, e no mínimo deve poder usar suas vestes de casamento.

Quando, enfim, me levou de volta ao quarto, a rainha morta estava paramentada no vestido de linho fino bordado em ouro, e todas suas lindas joias estavam no lugar. Velas tinham sido acesas ao seu redor, e flores brancas postas em seu seio.

De mãos dadas, a admiramos por um tempo. Finalmente, com um suspiro, Margaret a cobriu com um de seus lençóis brancos. Ela se virou e, após fechar a porta do quarto suavemente, desceu comigo para encontrar os outros, que se reuniram na sala de jantar. Começamos então a conversar sobre o que acontecera, e o que viria a acontecer.

Vez o outra, sentia que um de nós forçava a conversa, como se não sentisse certeza. A espera estava começando a nos deixar nervosos. Ficou aparente a mim que o sr. Trelawny sofrera mais do que suspeitávamos, ou que ele gostaria de mostrar, quando estivera no transe. Era verdade que sua determinação era forte como sempre, mas o lado físico fora um pouco enfraquecido. Era apenas natural. Nenhum homem pode passar quatro dias de negação absoluta da vida sem se enfraquecer um pouco.

Conforme passavam as horas, o tempo ia ficando mais lento. Os outros homens pareceram ficar um pouco sonolentos, inconscientemente. Eu me perguntei se, no caso do sr. Trelawny e do sr. Corbeck, que já tinham sofrido a influência hipnótica da rainha, era a mesma dormência que se manifestava. O dr. Winchester tinha períodos de distração que iam ficando mais longos e frequentes com o passar do tempo.

Quanto a Margaret, o suspense lhe custava muito, como se esperaria no caso de uma mulher. Ela ia ficando pálida e mais pálida até que, perto da meia-noite, comecei a me preocupar seriamente com ela. Fiz com que ela me acompanhasse à biblioteca, e tentei convencê-la a se deitar um pouco no sofá. Como o sr. Trelawny decidira que o experimento ocorreria exatamente na sétima hora após o pôr do sol, seria o mais perto possível das três da manhã. Mesmo com a margem de uma hora inteira para preparos finais, ainda tínhamos que suportar duas horas de espera, e prometi acompanhá-la e acordá-la na hora que quisesse. Porém, ela se recusou. Agradeceu com doçura, e sorrindo, mas me garantiu que não estava com sono, e era perfeitamente capaz de suportar. Que era apenas o suspense e a ansiedade da espera que a empalideciam. Forçado, aceitei, mas continuei a falar de muitas coisas por mais de uma hora na biblioteca; então, enfim, quando ela insistiu em voltar ao quarto do pai, senti que pelo menos fizera algo para ajudá-la a passar o tempo.

Encontramos os três homens sentados em silêncio paciente. Com fortitude masculina, ficavam contentes na imobilidade ao sentir que tinham feito tudo que podiam. Assim, esperamos.

O badalar das duas horas parecem nos reavivar. As sombras que nos cobriram nas horas de espera se esvaíram de uma vez, e seguimos para nossas tarefas separadas bem alertas, e com alacridade. Primeiro conferimos se as janelas estavam fechadas, e então preparamos as máscaras para nos proteger quando chegasse a hora. De início, tínhamos combinado de usá-las pois não sabíamos se algum gás tóxico sairia do cofre mágico ao ser aberto. Nunca nos ocorreu qualquer dúvida quanto a abri-lo.

Enfim, sob orientação de Margaret, carregamos o corpo mumificado da rainha Tera do quarto dela ao quarto do pai, e aceitamos no sofá. Nós a cobrimos com o lençol bem frouxo, para que, ao despertar, pudesse sair dali com facilidade. A mão arrancada foi posicionada no lugar correto, em seu seio, e segurando a joia que o sr. Trelawny buscara do cofre, e que parecia brilhar e arder quando posicionada.

Era uma imagem estranha, e uma experiência estranha. O grupo de homens sérios e silenciosos carregaram a silhueta branca e imóvel, que parecia uma estátua de marfim quando o lençol se soltava, a afastando das velas acesas e das flores brancas. Nós a posicionamos no sofá naquele outro ambiente, onde o brilho da luz elétrica iluminava o grande sarcófago fixo no meio do cômodo, pronto para o experimento final, o grande experimento consequente das pesquisas de vida inteira daqueles dois acadêmicos viajados. Mais uma vez, a semelhança gritante entre Margaret e a múmia, intensificada pela palidez extraordinária da moça, intensificava a estranheza. Quando tudo finalmente estava pronto, tinham se passado três quartos da hora, pois fizemos tudo de modo deliberado. Margaret me chamou, e fui com ela buscar Silvio. Ele chegou ronronando. Ela o pegou no colo e me entregou ele, e então fez lago que me comoveu estranhamente e me fez entender profundamente a natureza desesperada do empreendimento que iniciáramos. Uma a uma, apagou as velas com cautela e as posicionou no lugar costumeiro. Ao fim, me falou:

— Agora, acabaram. O que quer que venha, vida ou morte, não há propósito em usá-las.

Assim, pegando Silvio no colo e o abraçando junto ao peito, onde ele ronronou alto, ela voltou à caverna, acompanhada de mim. Fechei a porta com cuidado, sentindo um tremor estranho de finalidade. Não havia mais volta. Pusemos as máscaras e nos posicionamos como combinado. Eu deveria ficar perto do interruptor elétrico perto da porta, pronto par apagar ou acender as luzes de acordo com as ordens do sr. Trelawny. O dr. Winchester ficaria atrás do sofá, para não estar entre a múmia e o sarcófago; deveria observar cuidadosamente o que ocorreria em relação à rainha. Margaret ficaria ao lado dele, e segurava Silvio, pronta para deixá-lo no sofá ou ao lado quando pensasse melhor. O sr. Trelawny e o sr. Corbeck deveriam cuidar de acender as lâmpadas. Quando o relógio se aproximou da hora, seguraram os bota-fogos, a postos.

O sino de prata do relógio soou e bateu em nossos peitos como o dobre fatal. Um! Dois! Três!

Antes da terceira batida, os pavios das lâmpadas tinham se acendido, e apaguei a luz elétrica. Na escuridão das lâmpadas fracas, após o brilho forte da luz elétrica, o cômodo e tudo ali dentro tomou formas estranhas, e tudo pareceu mudar de repente. Esperamos com o coração a mil. Sei que o meu batia forte, e achei ouvir a pulsação dos outros.

Os segundos passaram com asas de aço. Parecia que o mundo todo estava imóvel. As silhuetas dos outros se destacavam, fracas, e apenas o vestido branco de Margaret era nítido na penumbra. As máscaras pesadas que usávamos acrescentavam à aparência estranha. A luz fraca das lâmpadas mostrava a mandíbula quadrada e a boca forte do sr. Trelawny, e o rosto marrom e barbeado do sr. Corbeck. Os olhos deles cintilavam à luz. Do outro lado, os olhos do dr. Winchester brilhavam como estrelas, e os de Margaret ardiam como sóis negros. Os de Silvio eram esmeraldas.

As lâmpadas nunca arderiam!?

Em alguns segundos, pegaram fogo. Uma luz lenta e firme, cada vez mais brilhante, mudando de cor, do azul ao branco cristalino. Assim ficaram por alguns minutos, sem mudança no cofre; até que, finalmente, começou a surgir sobre ele um brilho delicado. Este brilho cresceu e cresceu até lembrar uma joia reluzente, e então um ser vivo, cuja essência era a luz. Esperamos e esperamos, de coração parado.

Finalmente, houve um som de uma explosão pequena e abafada, e a tampa se ergueu em alguns centímetros, no mesmo plano; não havia como se equivocar, pois o cômodo inteiro brilhou em luz. Finalmente, a tampa, bem presa de um lado, se ergueu do outro, como se cedesse a uma pressão do equilíbrio. O cofre continuava a reluzir, e dele começou a escapar uma fumaça verde fraca. Não senti o cheiro completo, devido à máscara, mas, mesmo assim, notei o estranho odor pungente. A fumaça então ficou mais grossa, e começou a se espalhara em volume cada vez mais denso até o ambiente inteiro ficar enevoado. Tive um desejo terrível de correr até Margaret que, pela fumaça, via ainda ereta atrás do sofá. Então, sob meu olhar, vi o sr. Winchester desabar. Não estava inconsciente, pois abanava a mão, como se para impedir que alguém fosse até lá. As silhuetas do sr. Trelawny e do sr. Corbeck iam ficando indistintas na fumaça, que soprava ao redor deles em nuvens grossas e esvoaçantes. Finalmente, os perdi de vista. O cofre ainda brilhava; mas as lâmpadas iam se enfraquecendo. De início, achei que a luz estivesse sendo ofuscada pela fumaça escura e espessa, mas acabei notando que estavam mesmo se apagando, uma a uma. Devem ter ardido rápido, para produzir chamas tão fortes e vívidas.

Esperei e esperei, supondo a qualquer instante que ouviria o comando de acender a luz, mas nada veio. Esperei ainda, e, com intensidade assustadora, olhei as ondas de fumaça ainda jorrando do cofre brilhante, enquanto as lâmpadas apagavam uma a uma.

Finalmente, restou apenas uma lâmpada, de luz azul fraca e bruxuleante. A única luz efetiva era do cofre. Fiquei de olhar fixo em Margaret; era por ela que sentia toda ansiedade. Via o vestido branco além da silhueta branca, envolta e imóvel no sofá. Silvio estava perturbado; os miados tristes eram o único som ali. A névoa preta ficou mais densa e grossa, e o cheiro começou a arder em meu nariz e nos olhos. O volume de fumaça vindo do cofre pareceu diminuir, e a fumaça foi ficando menos densa. Do outro lado da sala, vi algo de branco se mover perto do sofá. Foram vários movimentos. Vislumbrei o brilho branco através da bruma espessa e da luz fraca, pois o brilho do cofre diminuiu com rapidez. Ainda ouvia Silvio, o miado cada vez mais próximo; um momento depois, o senti se agachar em meu pé, assustado.

Finalmente, o final do brilho se esvaiu e, através da escuridão egípcia, vi a linha branca indistinta nas persianas da janela. Senti que era a hora de falar, então tirei a máscara e exclamei:

— Acendo a luz?

Não veio resposta, então, antes de sufocar na fumaça, falei mais alto:

— Sr. Trelawny, acendo a luz?

Ele não respondeu, mas, do outro lado da sala, ouvi a voz de Margaret, doce e cristalina como um sino.

— Sim, Malcolm!

Acendi o interruptor, e as lâmpadas elétricas brilharam. Porém, eram pontos fracos em meio àquela fumaça nebulosa. Na atmosfera espessa, a iluminação era impossível. Corri até Margaret, guiado pelo vestido branco, e peguei sua mão. Ela reconheceu minha ansiedade e logo falou:

— Estou bem.

— Graças a Deus! E os outros? Rápido, vamos abrir as janelas e ventilar essa fumaça!

Para minha surpresa, ela respondeu com ar sonolento:

— Vão ficar bem. Não vão se ferir.

Não parei para perguntar por quê, nem de onde tirara tal opinião, e apenas abri as janelas todas, por cima e por baixo, antes de escancarar a porta.

Alguns segundos causaram mudança perceptível, e a fumaça grossa e preta começou a escapar pelas janelas. Então, a luz ganhou força, e vi o ambiente. Os homens estavam todos afetados. Ao lado do sofá, o dr. Winchester estava deitado de costas, como se tivesse desabado e rolado; e, do outro lado do sarcófago, onde antes estiveram de pé, o sr. Trelawny e o sr. Corbeck estavam deitados. Fiquei aliviado ao ver que, apesar de inconscientes, os três respiravam profundamente, como se em estupor. Margaret ainda estava de pé atrás do sofá. De início, pareceu estar parcialmente entorpecida, mas a cada instante ganhou mais domínio de si. Avançou e me ajudou a levantar o pai e levá-lo para perto da janela. Juntos, fizemos o mesmo com os outros, e ela foi correndo à sala de jantar antes de voltar com um decantador de conhaque, que servimos a eles, um de cada vez. Não levou muitos minutos para os três recobrarem a consciência, com dificuldade. Nesse tempo, só pensava e trabalhava para sua restauração, mas, tendo me aliviado da tensão, olhei ao redor em busca do efeito do experimento. A fumaça grossa praticamente se fora, mas o ambiente ainda estava enevoado, tomado por um estranho odor pungente e acre.

O enorme sarcófago estava igual ao que estivera antes. O cofre estava aberto, e nele, espalhadas por certas divisões ou repartições esculpidas na própria substância, estavam cinzas pretas. Por cima de tudo, do sarcófago, do cofre e, na verdade, de tudo no cômodo, havia uma espécie de camada preta de fuligem gordurosa. Fui até o sofá. O lençol branco ainda estava ali, mas fora afastado, como por alguém que levantara da cama.

Não havia nem sinal da rainha Tera! Peguei a mão de Margaret e a puxei. Ela relutantemente deixou o pai, de quem cuidava, mas veio com docilidade. De mãos dadas com ela, sussurrei:

O que ocorreu com a rainha? Me conte! Você estava perto, e deve ter visto se aconteceu algo!

Ela respondeu com suavidade:

— Não pude ver nada. Até a fumaça ficar espessa demais, fiquei de olho no sofá, mas não houve mudança. Então, quando a escuridão me impediu de ver, achei ouvir movimento perto d mim. Pode ter sido o dr. Winchester, ao desmaiar, mas não tive certeza. Achei que pudesse ser a rainha acordada, então soltei Silvio. Não vi o que aconteceu com ele, mas senti que ele tinha me abandonado quando o ouvi miar perto da porta. Espero que ele não esteja ofendido!

Como se em resposta, Silvio veio correndo e se esfregou no vestido dela, o puxando como se suplicasse para ser pego no colo. Ela se abaixou, o pegou e começou a acariciar e confortá-lo.

Fui até lá, e examinei o sofá e os arredores minuciosamente. Quando o sr. Trelawny e o sr. Corbeck se recuperaram o suficiente, o que ocorreu rápido, apesar do dr. Winchester demorar um pouco mais, analisamos tudo outra vez. Porém, só encontramos uma espécie de estria de pó impalpável, que emanava um estranho odor morto. No sofá estava a joia de disco e plumas do cabelo da rainha, e a joia das estrelas cujas palavras comandavam os deuses.

Fora isso, nunca tivemos pista do que ocorreu. Apenas uma coisa confirmou nossa ideia da aniquilação física da múmia. No sarcófago do corredor, onde tínhamos deixado a múmia do gato, havia um pedaço de pó semelhante.

〰〰〰〰〰

No outono, eu e Margaret nos casamos. Na ocasião, ela usou as vestes da múmia, assim como o cinto e a joia que a rainha Tera usara no cabelo. No seio, incrustada em um anel de ouro forjado na forma de um caule de lótus retorcido, trouxe a estranha joia das sete estrelas, contendo as palavras que comandavam os deuses de todos os mundos.

No casamento, a luz do sol entrando pelas janelas da igreja caiu na joia, e a fez brilhar como se viva.

As palavras gravadas podem ter efeito; pois Margaret se atém a elas, e não há nenhuma vida no mundo mais feliz do que a minha.

Frequentemente pensamos na grande rainha, e falamos dela livremente. Certa vez, quando suspirei e falei que sentia pena por ela não ter despertado em uma nova vida em um novo mundo, minha esposa tomou minhas mãos e me olhou de frente, com aquela expressão sonhadora, eloquente e distante que às vezes lhe ocorre, falou, carinhosa:

— Não sofra por ela! Quem sabe, talvez ela possa ter encontrado a alegria que buscava. O amor e a paciência são tudo que fazem felicidade neste mundo; ou no mundo do passado, ou do futuro; dos vivos, ou dos mortos. Ela sonhou seu sonho, e é tudo que podemos pedir!

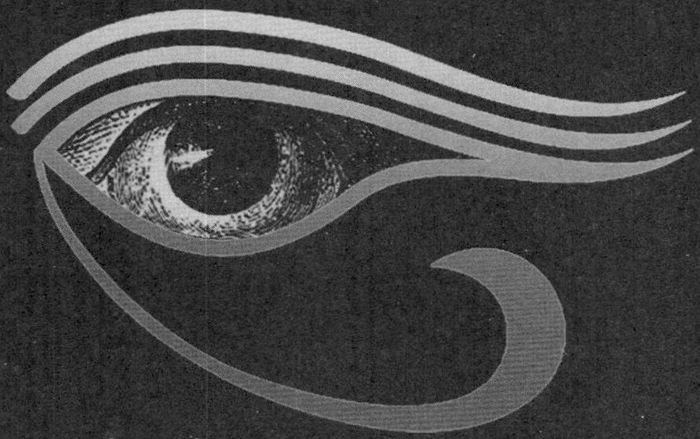

BRAM STOKER

Bram Stoker (1847-1912), nascido Abraham Stoker, em Dublin, Irlanda, é um autor cuja fama perdura graças ao seu icônico romance de terror "Drácula". Sua infância, marcada por desafios de saúde, influenciou seu fascínio pelo sobrenatural. Além de sua carreira literária, Stoker atuou como gerente do Lyceum Theatre em Londres, convivendo com importantes figuras literárias da época. Sua contribuição para a literatura de terror gótico é inegável, e seu legado continua a influenciar escritores e a cativar leitores até os dias de hoje.

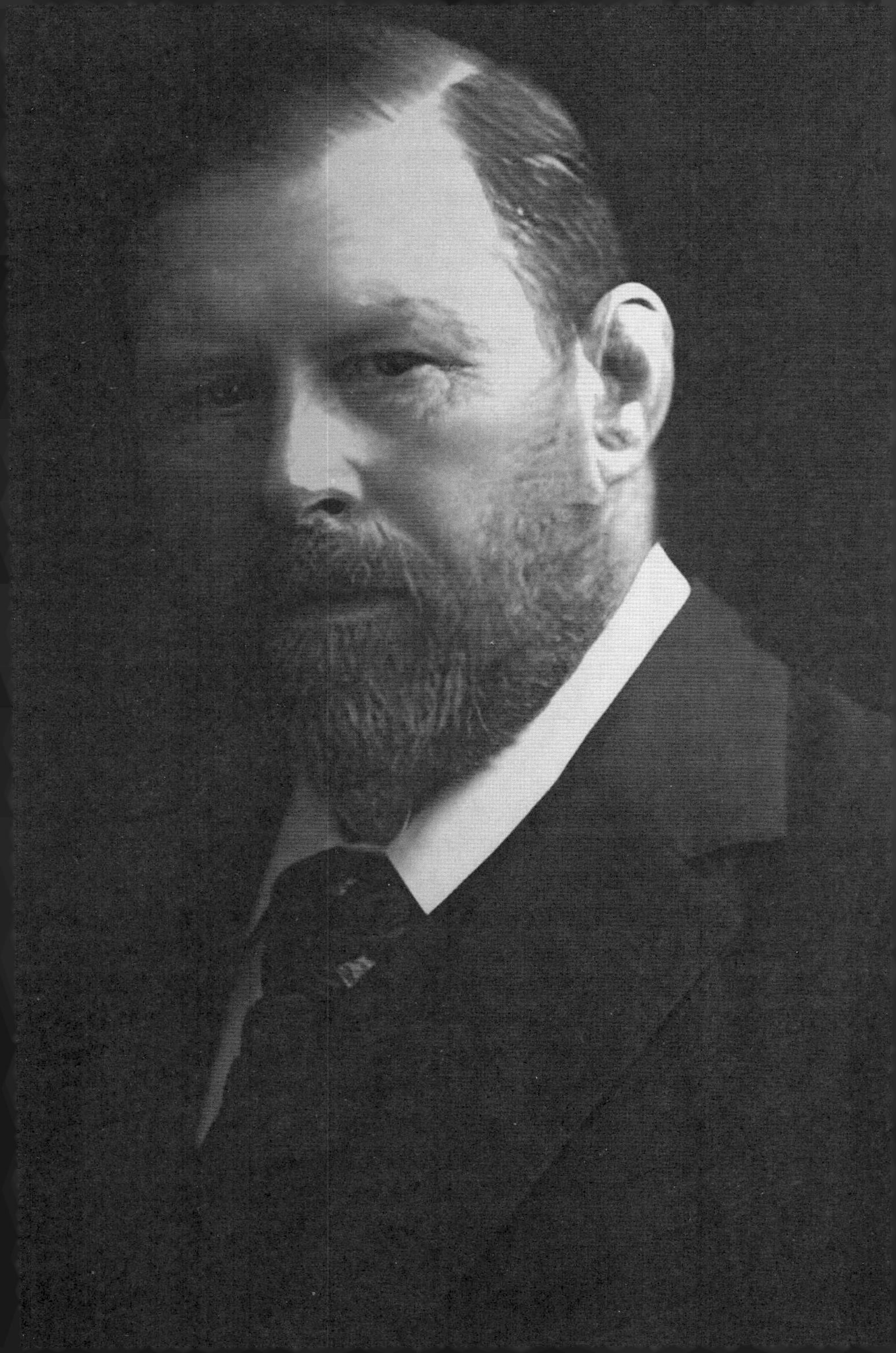

ILUSTRAÇÃO
Ian Laurindo

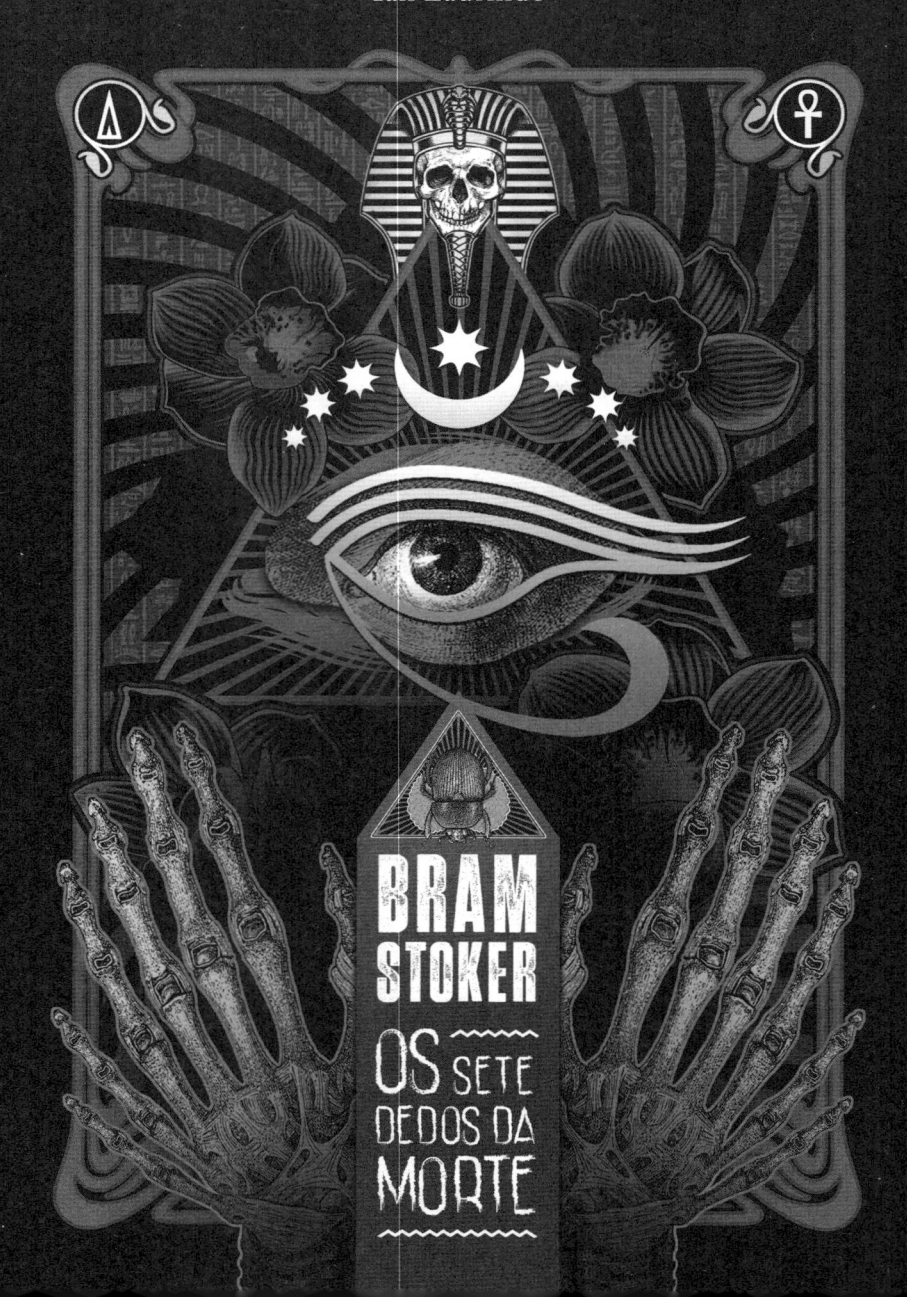

BRAM STOKER

OS SETE DEDOS DA MORTE

Bram Stoker

DIREÇÃO EDITORIAL
Luiz Vasconcelos

PRODUÇÃO EDITORIAL
Mariana Paganini
Marianna Cortez

TRADUÇÃO
Sofia Soter

REVISÃO
Luciane Ribeiro dos Santos de Freitas

DIAGRAMAÇÃO
Marília Garcia

CAPA E PROJETO GRÁFICO
Ian Laurindo

grupo novo século | NS CLASSICS

@nsclassics

Edição: 1ª